新潮文庫

査察機長

内田幹樹著

新潮社版

8475

査察機長　目　次

査察機長

I 前日

五大湖の一番東にあるオンタリオ湖上空で国境を越えると、いよいよアメリカ本土に入る。キャビンが到着の準備を始める頃、遠方に大西洋が望めるようになる。あの海をイギリスから渡ってきた一隻《せき》の船、メイフラワー号がマサチューセッツ湾に到着したのが現代の超大国の始まりだったという感慨が湧《わ》く。広大な緑を眼下にハドソン川に沿うように南下し、朝のニューヨークへは北から近づく。

郊外のなだらかな丘陵地帯から集まったハイウエイは、大きくうねりながら高層ビル群へ吸い込まれて消える。木立《こだち》に囲まれた家々の広さと、ニューヨーク湾に白い帆を張るヨットの数が、異国から飛んできた者には、圧倒的な豊かさを象徴しているようにみえる。このあたりの空域は交通量が多く、衝突防止装置《TCAS》に映る機影を目視するのに追われて、あまり景色を楽しむ余裕はない。

たたみかけるような早口の航空英語が、次々とイヤホンに飛び込んでくる。上空を飛行する航空機の国籍や型、それぞれが今どのあたりを飛んでいるのか、自分の着陸は何番目なのか。頭の中で立体像を組みあげる。

ニューヨークJFK《ケネディ》国際空港への進入は、北西にあるLGA《ラガーディア》空港付近の上空から始まる。二万フィート（約六〇〇〇メートル）前後から見おろすマンハッタンは、意外に小さい。世界の経済と金融の中心であり、新しい文化の発信地であるが、くすんだ高層ビルの固まりを初めて見た時は、とてもそんな場所とは思えなかった。

大西洋に面した手前の一角、両側を川に挟まれた細長い土地に高層ビルが隙間《すきま》無く建ち並ぶ光景は、天気情報の降雨量の棒グラフを思い起こさせる。摩天楼《まてんろう》の東側面が朝日を反射して、あちこちで輝く。長方形に広がってみえるのがセントラルパークだ。高さを競うように上に伸びたビル群のまん中で、低く平らな一角の緑が、かえって目をひく。自由の女神は、建ち並ぶ摩天楼の迫力に存在すら忘れられそうだ。

目的地上空に着いたからといって、安堵《あんど》するにはまだ早い。着陸が難しいのではない。そこに至るごく平凡な到着経路は、高度処理の自由度が他より少しだけ大きいのだ。そのため速度、降下率、方向という三次元のプランニングの善《よ》し悪《あ》しが、はっきりと飛び方に現れてしまう。

ラガーディアの上空を通過すると、右下にマンハッタンが、映画のタイトルバックのように見えてくるはずだ。そこから洋上に出て、大きく右旋回しながら一気に高度を降ろしていく。主翼の上にスピードブレーキが立ち上がるのが、キャビンからも見えるだろう。

乗客は降下が始まるとまもなく到着となるわけだが、操縦している人間にとってはここからが勝負だ。スピードや降下率の制限を満足させながら、どう飛行高度の処理をすべきか。もたもたしていると前に他機を入れられ、時間にも燃料にも無駄がでる。張り切って小さく回りすぎると、高度とスピードの処理に無理が出て、最終進入コースに乗れなくなる。いかに早く降ろし無駄なく回るかだ。

それでもプロかよ。

査察機長《チェッカー》に、そんな風に思われないようにしなければならない。

方法としては二つ。高度処理の計算と飛び方をコンピューターに任せるか、あるいはオートパイロットのモードを使い分けながら、自分の頭と腕で飛ばすかだ。

俺は、自分の頭と腕で飛ぶのが好きだ。暗算も必要だし、時にはかなり忙しくなる。仲間内でも自信のある連中は、今流のコンピューターに頼るやりかたはパイロットらしくない、と言っている。どこまでコンピューターに頼らずに飛べるかを、それとなく自慢してみせる先輩機長もいる。細かい調整や変化に即応できるし、鮮やかに飛べるというのだ。古くさいようだが、そこには腕を恃《たの》む技術屋の、いや職人としての隠れた本音がある。

飛行機は鳥類と同じく、離着陸を風に向かって行う。冬は北風が主なので、ＪＦＫでは滑走路４Ｒ《フォーライト》を使用することが多い。ここはコンピューターでもたも飛ぶよりも、自分の腕で見せ場を作った方が良さそうだ。降下の指示が来たらスピードブレーキを引いて、一気に高度を降ろす。その前にシートベルトサインをオンにしておこう。アプローチチェックリストは、一万フィートに近づいたらすることにしよう。コンピューターなど使わないほうが、速度も降下率も制限ぎりぎりまで使えるし、旋回も切れの良さが際《きわ》だって、安全でしかも鮮やかにみえるだろう。

右側に見えていた高層ビル群が左側に変わるので、ジャマイカ湾上空に入ったことは、キャビンにいてもわかるはずだ。行き交うフェリーやヨットの白い帆に混じって、摩天楼をバックに低い高度で飛ぶヘリコプターが見えることもある。濁った海面が近くなり、海面すれすれを飛ぶ水鳥の群れが目にはいるようになると、もう最終進入コースに近い。

最終進入コースの二〇〇〇フィートで高揚力装置《フラップ》を下ろすまで、スピードブレーキはそのままでいい。JFKの4Rには着陸に障害となるような建造物もなければ、気流を乱す丘や川もない。計器着陸装置《ILS》の電波に乗ってしまえば、他の空港よりも楽だ。日本にあるような進入角指示灯《PAPI》がないから、接地点には気をつけなければならない。着陸時の機《シップ》の姿勢というか〝形〟にも留意すべきだ。

できれば通常より機首を高く上げた姿勢を保ったまま接地したい。海幕《かいばく》（海上自衛隊）のやり方だと聞いたことがあるが、これは格好が良い。しりもちをつくような不安定な着陸とは違う。頭を高く保ったまま、二六〇トンが地面を撫《な》でるように、ノーショックで決まったときのあの満足感は忘れられない。俺も最近できるようになったばかりだ。トリムとピッチの操作にこつがいるし、接地の勘が要求される。同期のなかでもうまく決めたという話はあまり聞いたことがない。

イメージトレーニングをそこまで終えた時、サイドテーブルの電話が鳴った。

〈――俺も前泊でさ、今フロントに着いたんだ。宿泊クルー名簿に、村《ムラ》井の名前があったから。久しぶりに一杯どうだ？　一五分後に一階のビュッフェ、ヴァンヴェールへ降りて来いよ〉

同期の宮田竜太郎だ。この前会ったのは半年以上前かもしれない。明日はニューヨーク路線での定期審査《チェック》だからと断ったが、いつもの陽気な声に誘われて、食事だけ付き合うことにした。

しばらく会っていなかった宮田が、またどうしてチェック前日に現れたりするのだ。友達と食事を楽しむ。今日はそんな気分にならないことぐらいわかりそうなものだが。宮田は頼みがあると言っていた。チェックフライトで、なにか頼まれても困るのだ。

ニューヨーク線のイメージトレーニングを、何回繰り返したことだろう。実際に一二時間かかるものを、全《すべ》てなぞるわけにはいかない。特に重要な最初と最後の部分だけに絞って、繰り返すことになる。いつも心がけている安全運航を前面に打ち出しつつ、絶対に野暮《やぼ》ったいフライトにはしない。それが理想だ。

それにしてもだ。初めての定期審査で、氏原査察機長《うじはらチェッカー》ときた。機長昇格審査で同期の相沢を不合格としたチェッカーだ。

相沢は納得がいかなかったのか、チェックフライトでは指の動き一つまで細かく指摘するし、口述の質問はやたら長くて重箱の隅をほじくるようなものばかりだ、と吐き捨てるように言っていた。

「パイロットが二〇〇〇人いて査察機長も七〇人いるというのに、よりによって、なざ氏原チェッカーに当たるんだ！」

その思いはつのるばかりだ。機長の路線審査は一年ごとの決まりだから「そろそろだ」とは思っていたが、実際にCIS《クルーインフォメーションシステム》の画面で通知を見つけた日は、ショックで食欲も失《う》せた。

あれから一ヶ月、どこにいても何をしていても、頭からチェックのことが離れない。それが日常を圧迫するほどの重荷となって、前日を迎えた。安全性を高めるためにチェックは不可欠というが、それにしても多すぎる。噂《うわさ》では英語の試験も加わるらしい。これは一種の労務対策ではないだろうか。

「……よお、久しぶりだな」

ビュッフェへ行くと宮田が人混みの中から、手を振りながら満面の笑みで近づいてきた。背丈は自分より少し低いのだが、学生時代は水泳の選手だったという逆三角形の上半身と日焼けした顔に、フィッシャーマンズセーターがよく似合っている。こちらは黒のタートルネックのカシミアセーターに、細身のパンツで決めたのだが、彼の着こなしが上手《うま》いのか、どうも自分の方が貧相に見える気がする。ジャケットを部屋に置いてきたのが失敗だった。

家族づれの去ったあとの窓際席に案内された。窓から見える木という木にはすべてイルミネーションがほどこされている。

「どうだい村井《ムラ》、〝キャプテン〟は」

「なってみりゃわかるから、お前も早くなれよ。そっちこそ肩の具合は、どうなんだ？」

「プレートを外したのはずいぶん前だぞ、もう半年は経《た》つかな。異常なしだ」

前と同じタイムが出ないんだ。宮田は腕をぐるぐる回しながら椅子《いす》を引いた。彼とは同期だが機長昇格訓練に入る直前に、犬の散歩中に転んだと会社に報告して一ヶ月休んだ。砕けた肩にチタニュームのプレートを埋め込むほどの怪我《けが》だったそうだ。どうも車輪が二つあるドゥカティという名の犬で、筑波《つくば》のコースを時速一六〇キロで散歩中のできごとらしい。周りではそう噂されていた。そんな不運なことがあったために、まだ副操縦士《コーパイ》でいる。

「今日は千歳《ちとせ》の泊まり明けで、羽田からバスでまっすぐ成田に来たんだ。明日はワシントンだから、一度家に戻るより前泊の方が楽だからな。お前、何か生白いし、最近は潜りに行ってないのか？　いや、少し痩《や》せたな」

「うれしいね、ダイエットの効果がやっとでたかな。俺は冬は働いて、遊ぶのは夏と決めてるんだ。さっきも言ったけど、明日はニューヨークのチェックでさ」

「相変わらず神経質だな」

いや、繊細という意味だよ、とすかさず白い歯を見せる。クリスマスツリーが飾られた店内は珍しく混んでいて、まだ水一つきていない。

「ニューヨークというと一〇便か。査察機長《チェッカー》は？」

「氏原さんだ」

その名を聞いただけで、宮田は硬い表情になった。

「あれから、相沢に会ったか？」

急に声が低くなる。同期会にも出てこなくなって、すでに一年になるだろう。宮田は月一回くらいは会っていると言った。

「あいつに言わせると氏原チェッカーのことは、ぼろくそだな。フェイルしたときの詳しいこと、聞いたか？」

「いいや、励まし会以来会ってないからな、詳しくは聞いていない。機長昇格の審査を受けたのは俺の方が半年早かったし、あれから暇がなかったんだ」

「氏原チェッカーは、ともかくすごいらしい」

宮田は自分で言いながら納得したように何度もうなずいた。若者でもあるまいし、〝すごい〟だけではわからない。何がすごいのか、思わず身を乗り出す。

「口述審査《オーラル》だ。雰囲気からして、冷たい。質問するときも、体は一切動かさないで、じっとこちらの表情を見ているそうだ。笑顔は一切ない……。何にする?」

「カレーだ。ここの特製カレーはうまいぞ」

宮田は迷った末ハンバーグセットを注文して、一杯だけビールを飲まないか、と誘った。

「中と大ですね」

グラスに水を注いでウエイトレスが離れると、宮田は周りを気にしながら小声で続けた。

「まず気象について聞かれて、航空情報とフライトプラン、重量重心位置表《ウエイトアンドバランス》の説明となるよな。それから航空法、機長の義務、機長の権限、搭載書類まではまだいい。運用規程、運航規程は聞かれて当然だからな。相沢は答えられたと言っていた。普通ならその辺で終わりで、フライトの準備に入るだろう?」

特に決まっているわけではないので、そうともいえないが、先を促す。

「それなのにもう一度ウエイトアンドバランスに戻って、細かく内容についての質問が始まったというんだ。挙げ句の果てに、その場で自分の手で作らされたそうだ。普段はコンピューターが計算して作っているものだろう。お前だったらすぐ作れるか？」

もちろん作り方は習っている。ただ飛行機運用規程を広げたり、細かい表を引いて計算をしたりで時間はかかるだろう。チェッカーがじっと見ている前でとなると、緊張して間違える可能性もある。

宮田が運ばれたジョッキを、目の高さまで持ち上げる。

「ほんと、久しぶりだな」

「お疲れさん」

テーブルに料理が並べられている間は宮田も気を遣ってか、ウエイトレスが離れるまでは話が途切れた。

「相沢も時間はかかったが、何とか作った。ただ間違いがあっていろいろ注意されたらしい。飛ぶ前にそんなことで文句をつけられたら、チェックフライトが上手くできるわけがないと思わないか」

後から考えると、この時点で落とそうという態度が見え見えだったという。

「……ともかくフライトになった」

宮田はハンバーグを旨《うま》そうに口に運んで続けた。

「シミュレーターに乗り込んでからも、CDU《コントロールデイスプレイユニット》（コンピューター端末機）

のセットを全部させられたそうだ。そんな状況でも奴《やつ》は全《すべ》ての科目を飛んで、間違いは一つもなかったんだ。一フィートも、一ノットもリミットからオーバーしなかった。だから相沢は当然合格と思った」

「普通ならそうだな」

問題は降りてからだった。「ほんの五分で終わりますから」ともう一度部屋に呼ばれ、そこでまた口述審査が始まった。

「聞かれたのが、管制所の種類やら管制業務の種類、接地点標識の大きさや、計器着陸装置《ILS》の設定基準だっていうからさ、冗談だろうって聞き返したんだ」

二、三質問されただけで、これは落とすための審査だと相沢は確信した。

以前からそういうことがあるとは知っていたが、実際に身近で起きたのは初めてだった。明日がチェックだというのに、そんなことを聞かされるのは、気分のいいものではない。せっかくの特製カレーがまずくなる。

「そりゃ、基礎知識のところで習った覚えはあるよ。でも正確に答えられるかと言うと、別問題だ。そう思わないか。全く現実離れした質問だろう？ こんなことまで聞かれたんじゃ、誰でもフェイルするよ」

相沢の場合は加えて、最低気象条件の設定までも聞かれたらしい。優秀な人間は下手な奴のことなんかわからない。氏原チェッカーは自分と同じ水準で他人《ひと》をチェックする。だから厳しいのだと仲間内では言われている。でも、これではあら探しだ。

　カレーはまだだいぶ残っていたが、スプーンを置いた。氏原のすごい話ばかりを聞かされて、食事をする気が失せてしまったのだ。付け合わせのフライドポテトを口にして、宮田はジョッキを持ち上げた。

「明日の相方は誰だい？」

「大隅利夫《おおすみとしお》機長だ」

「爺《じ》っつぁまか。あの人も教官だった頃は人気があったけどな。今じゃ世話が焼けるぞ。それにしても変な組み合わせだな。二人してお前をチェックしようっていうんじゃないの？」

「まさか、そんなことってあるのか？」

「俺たちみたいな若いのが、－400《ダッシュよんひゃく》のキャプテンになるなんて今までになかったわけだし、何かあったら会社は航空局《CAB》に申し開きがたたないだろう。だからどんな手を使ってチェックしたって、おかしくないよ」

　ますます気が滅入《めい》る話だ。チェックの組み合わせは査察室が決めるのだという。もしそうだとすると焦《あせ》りもでてくる。早く部屋に帰って予習をしなければならない。提出する宿題も残っている。引き上げたい気分だが、食後のコーヒーがきていないので席を立てない。宮田はコーパイだから、まだチェックを受ける機長の重圧がわかっていないのだろう。

「村井《ムラ》、おまえまた車換えたんだって？　よく換えるな、前のに二年乗ってないだろう？」

「娘に犬を買ってやったんで、後ろに乗せられるようにと思ってさ。同じアルファのワゴンにしたんだ」

「大型犬なのか？」

「ゴールデンレトリバーというやつだ。まだ子犬だけどな」

「毛の長いラブラドルみたいな犬だろう？　知っているよ。お嬢さんは気に入っているのかい？」

「ああ、どこへ行くにも一緒だ。パパは今年もクリスマスにいないって、今日はふくれてたけどね」

「ちょうどいい。帰ってきたら遅いクリスマスというか、うちは子供がいないから忘年会なんだけど、家族で来ないか。そのゴールデンも連れてさ。相沢が来年再訓練に入るんで、その景気づけにね。実は俺もやっと訓練に入れることになったんで、そっちも兼ねてなんだけど——

「お前も機長昇格か。なんでそれを早く言わないんだ」

空《から》になりかけたジョッキを軽く合わせる。宮田のように自分の事情で遅れるのはしょうがないとしても、同期たちが次々に昇格するのを見ると焦るものだ。パイロット要員として採用され、訓練生から始まって、コーパイでフライト経験を重ね、一〇年目あたりから機長に昇格しはじめる。自分は九年目、三二歳の時だった。フェイルするとチャンスはあと一度しかない。チェックにフェイルしてからというもの、相沢は集まりにも顔を出さなくなり、同期全員が心配していたのだった。

宮田が財布からメモを出して、テーブルの上に置いた。

「ニューヨークで頼みがあるんだ。パエリヤ鍋《なべ》を買ってきてほしいんだけど、いいかな」

日本には小さいものしかない。この前ワシントンで調べたら、ニューヨークの方が安かったという。特に難しい買い物でもないので引き受けたが、持って帰るのが大変そうだ。やっとコーヒーが来た。

「このあいだ、スペイン産の米とハモンセラーノを手に入れたからな、リオハのワインで本式のスペイン料理を食わせてやるよ」

宮田の手料理はこのあいだまでイタリアンだったが、今はスパニッシュに変わったようだ。コーヒーが終わるのを待ってメモを手に席を立った。

「機長発令まで〝犬の散歩〟もほどほどにしろよ」

「お前こそ、明日のチェック、がんばれよ」

宮田もやっと機長になれる。そんな折に会えて良かった。それにしても、氏原チェッカーの口述審査は思っていたより厳しそうだ。明日は何を聞かれるのだろう——。

II　その朝

いよいよ今日が本番だと思うと、気分が落ち着かない。陽《ひ》の光とコーヒーの香りに誘われてホテルのテラスレストランへ入ったものの、真っ白なテーブルクロスを前にしても食欲が湧《わ》かなかった。何か胃に入れなければと、コンチネンタルブレックファーストを頼んだ。しかしなんでトーストとバターロールなのだ。トーストは英国のもので、ヨーロッパ大陸《コンチネンタル》ではないだろう。バターロールだって本来は夕食に食べるものだ。南欧風などと書いてあったから、クロワッサンにコーヒーだと思って、うっかり頼んでしまったのだ。贅沢《ぜいたく》を言うわけではないが、次の食事は何としても気分良く食べたい。

エレベーターはなかなか来ないし、フロントはチェックアウトで行列だし、ロビーには網をかぶせた団体客の荷物が置かれ、人がそこら中にあふれている。玄関を出ると、いきなり空港行きバスの排ガスで息が詰まった。うんざりだ。成田前泊などしなければよかった。

どうもネガティブなモードに入っている。やはり今日は神経質になりすぎているのかもしれない。

前泊の良いところは、渋滞による時間の遅れを気にする必要がないことだ。ともかくこうやってタクシーに乗ってしまえば、一〇分ほどで成田運航所に到着する。その間にもつい運航関係資料を膝《ひざ》の上に広げてしまう。試験直前までノートを開いていないと落ち着かないのは、学生の頃からの習慣だから仕方がない。ただ、氏原査察機長《チェッカー》のことが気になって、目は活字を追ってはいるものの頭になかなか入ってこない。

今朝はいつもより二〇分早く出たので、二泊四日を共にする氏原チェッカーと、相方の大隅機長より早く着くだろう。

二人については友人に聞き回った。いろいろ知ったからといって特に有利になることもないはずだが、情報が集まると少しは気が安らぐものだ。そんなの初めのうちだけだよ、とある先輩は笑っていたがそれでもいい。同じ頃に機長になった同期の田中などは、指導層の特徴をまとめたノートまで作っていたほどだ。

大隅とは、かつて一緒に飛んだことがある。国際航空貨物専門のニッポン・インターナショナル・カーゴ社に三年ほど出向していたと聞く。戻ってからまだ一年経《た》っていないかもしれない。一緒にフライトをするのは久しぶりだ。

出向前の大隅は教官をしていた。受け持った生徒は、一人もチェックに落ちたことがないということで、受訓者には非常に人気が高かった。手元のフライト記録《ログ》によれば、一緒に飛んだのは副操縦士《コーパイ》の頃に三回しかない。それも国内線《ドメ》の日帰り便で、一往復と二往復を一回ずつだ。小松便では白山《はくさん》を越えてレーダー誘導で降下するときに、高度と速度の処理が上手《うま》いと褒めてくれた。着陸についてはいろいろな先輩が細かく指導してくれるのだが、上空での勘が良いという珍しい評価だったので記憶に残っている。たぶん自分のことは覚えてくれていると思う。

五〇代後半で、ずんぐりした体つき、人なつこい笑顔を絶やしたことがない。コーパイの間でも評判が良い。コーパイは経験を多く積むためにどんなときでも操縦したい。そんな彼らに操縦や着陸をまかせてくれるからだ。

操縦していたのは副操縦士だった。事故があったときなどマスコミはいかにも違法のように騒ぎ立てるが、国家試験を受け正規の資格に基づいて操縦しているので、多くの場合全く問題はない。

宮田も言っていたが、操縦をさせてくれるのはよいとして、かなり忙しくなるときがあるという。定年前に出向先から親会社に帰れて、ほっと一息というところなのだろうか。戻ってからは、以前にも増してのんびりした性格になったというのだ。帰り便は大隅がチェックを受けるわけだから、今回のフライトに限って世話が焼けることはないだろう。相方としては決して悪くはない。

大隅は食道楽で現地の店に詳しく、美味《おい》しい食事にクルーを連れて行ってくれるという話だ。肉料理なら何でもござれだが特にイタリア料理が好きで、バローロやバルバレスコなど、イタリア産Bワインがあれば言うことはないそうだ。あの人が生き生きするのは、食事のときだけだと言った奴《やつ》もいた。それでも身体検査の前二週間は、ダイエットのためワインの量が少し減る。またオーディオマニアとでもいうのだろうか、CDではなく今でも糸で回すターンテーブルでオペラを聴いている。若い頃は歌手になるのが夢だったらしい。

乗務管理課によれば住まいは浦安なので、ホテルに前泊はせずいつも直接自宅から来るとのことだった。

問題は昨日も話題にのぼったチェッカーの氏原査察機長だ。二六歳で機長、二八歳でジェットの機長になったという伝説の人だ。いつ、-400のチェッカーになったかは知らない。導入に先だってボーイング社へ行ったパイオニアグループのパイロットの中に、氏原の名前はなかった。

羽田で見かけたことはあるが、コーパイ時代にも一緒に飛んだ経験はない。所属べースが大阪で、乗務の時だけ東京に来るせいかもしれない。情報が集まりにくいのもそのためだ。同じ機種にいる以上、いつかは自分も「氏原チェッカー」に当たることは覚悟していたが、まさか初めての定期審査で、とは予想もしていなかった。

うつむき加減で下から覗《のぞ》くように窪《くぼ》んだ目で見られると、答えられる質問も答えられなくなると以前から聞いている。だが昨夜の宮田の話では、そんな生やさしいものではなかった。

氏原は、泊まり先でも決してクルーと一緒には外出しない。部屋に閉じこもっているのか一人で出かけるのか、誰に聞いても知らないとのことだった。操縦をさせてくれる機長は普通は人気があるのだけれど、氏原とのフライトに限っては、操縦をやりたがるコーパイが少ない。いかに厳しい人間か、それだけでもわかる気がする。

洋風の食事がだめで、肉は見るのもいやだという話もある。特に国際線《インター》ではC　A《キャビンアテンダント》が苦労するとも聞いた。一番気がかりなのはかなりの気分屋らしいことだ。そこを気をつけろよと宮田にも念を押された。それも離婚して以来、特にひどくなったそうだ。

あれは離婚したんじゃない、されたんだ、と悪口を言っていたコーパイもいたくらいだ。離婚したあとも、まだ宝塚に住んでいるのだろうか。趣味に関する情報は皆無だった。ともかく今日のチェッカーが決まった時から、同情とも冷やかしともつかない声を、あちこちからかけられた。

昨夜ホテルにチェックインしたとき、宿泊のクルーリストに氏原の名前はなかった。大阪からの早朝便で直接成田に向かうのだろう。

同じ頃機長になった者同士がペアーを組むのが普通じゃないのか。昨日の宮田の素朴な疑問が気になって仕方がない。言われてみると、教官をしていたような長老と最もうるさいチェッカーの二人が一緒でなければならない理由が、見あたらないのだ。二人がかりで俺はチェックされるのだろうか。

車が止まったので顔を上げると検問所だった。

「……ご苦労様です」

車内を覗き込んだ警備員も、胸のIDと制服の四本線をちらりと見ただけで通してくれる。ご苦労様。新聞だって正月は休むのに、お互いに正月休みもクリスマス休暇もなく、まったくいつもご苦労様だ。

挨拶《あいさつ》を返す間もなく車が走り出す。膝の上に出した運航資料を鞄《かばん》にしまいきらないうちに、成田運航所ビルの玄関前にすべり込んだ。九時二五分、計算通りだ。車を降りると冷たい空気とジェットの音と、灯油が燃えたような排気臭が鼻をつく。

一般事務職の出社時間には遅いので、エレベーターホールに集まってくるのはクルーだけだ。国際線一便に平均すると一〇人のCAが乗務する。一時間に五便出発するだけでも五〇人以上のCAが、スーツケースを引きながら出社してくるわけだ。肩まで届く髪にジーンズや、セーターにコートを羽織っただけの、ラフな出《い》で立ちのCAたちにたちまち囲まれてしまう。みんなまだ眠そうな目をしているが、徹底的に訓練されているから、挨拶だけは顔に不釣り合いなほど元気がよい。

満員のエレベーターを四階で抜け出すと、ともかくほっとする。独身時代ならこのあと噂話《うわさばなし》の一つや二つはされたかもしれないが、〈妻子持ち〉というレッテルをしっかり貼《は》られたのだろう、最近は見向きもされなくなった。

四階には乗員室や運航管理室、業務課などの運航部門が集まっているが、仕切りのないワンフロアーなので広々としている。出発便が重なって活気があるこの時間帯でも、パイロットの数は一便あたり二、三人なので、五階の客室部ほど混み合う感じはしない。それでも入ってすぐの鞄置き場は、スーツケースやキャリーに付けた運航鞄ですでに満杯に近かった。

知っている顔に会釈《えしやく》をしながら、スーツケースに付けるタグや入国に必要な書類を、業務課の棚へ急ぎ足で取りに行く。

棚の向かいのカウンターで、スツールに腰かけてコーヒーを飲んでいる機長の後ろ姿に見覚えがあった。少しウエーブのかかった髪と、重そうなウエストはたしかに大隅機長だ。業務課の女性とカウンターの上の何かをのぞき込んでいる。

遅かった！

「おはようございます。村井です。よろしくお願いします。ずいぶん早くいらっしゃったんですね」

「やあ、君が村井君か。よろしく」

眼鏡を外しながら振り返った感じや、二重瞼《ふたえまぶた》の穏やかな目もとからも、自分のことは覚えていない様子が分かる。カウンターの上に小銭がたくさん散らばっている。

「吉川君が困っているって言うんで、両替をね」

「皆さん、いろんな国の小銭を入れていかれるので……」

コーヒー代として皆が缶に入れたものだが、インターから戻ったときにポケットの中の小銭で払うやつが結構いるらしい。吉川が赤いマニキュアの指でアメリカドルのコインを分けて、大隅機長の前に並べている。

「時間があったから、書いておいたよ。歳《とし》を取ると早く目が覚めてしまってね」

米国入国の申請書には大隅機長だけでなく、査察の氏原政信機長のサインまで既に記されていた。大隅機長の字は体型のように丸くて、おっとりした性格が出ている。ストレスを溜《た》めないタイプだろう。氏原査察機長の方はマス目に計って入れたように整っていた。それにしてもチェックの朝だというのに、呑気《のんき》に小銭をいじっている。全くどういう神経なのだろう。

「査察の氏原チェッカーはもうお見えなんですか」

「ああ。君がきたら書類審査だけしておきたいので、ブリーフィングルームに来てくれと言っていたよ」

空になった紙コップを、太い指で握りつぶすと傍らのゴミ入れに投げ入れ、声をひそめた。

「あの人はいつもそうだけど、胃の調子がわるそうだな……。とても四〇そこそこには見えないね。来月の異動で査察室室長になるらしいよ」

もっと上かと思っていた。いま自分が三四だから、丁度上の兄貴と同じくらいだ。

「チェッカーはまだそんなにお若いんですか。でも異動って四月じゃないんですか」

「事務屋はな。乗員は人事部の気が向いたときだ。それより胃で身体検査に引っかかりそうだと心配していたな。先週、砧《きぬた》さんが飛行停止になったのは知っているだろう?」

「いえ、初耳です。血圧ですか？」

「不整脈だと聞いたんだが。ストレスらしい」

ストレス？　砧機長にストレスがあるとは信じがたかった。何事においても自己流をつらぬき、瞬間湯沸かし器と陰で言われているほど短気な機長だからだ。一緒に飛んだコーパイがストレスを受けてというならわかるが――、しかし今はそんな話で大隅機長に付き合っている時間《ひま》はない。ブリーフィングルームに行くのが先だ。

「大隅キャプテン……、書類審査はもうお済みですか。じゃ僕、急いで行ってきます」

審査は、所持しているライセンス類、身体検査合格証、眼鏡の有無など、機長定期路線審査を受けるにあたり、必要な書類がそろっているかを調べることから始まる。

ブリーフィングルームは四畳半程の広さで、スチール製の事務机と椅子《いす》、黒板がセットされている。今日のようにチェックの打ち合わせに使うほか、到着後のキャプテンがコーパイに、その日のフライトについてフィードバックするときに利用することが多い。

よりによって氏原チェッカーを待たせてしまうとは、前代未聞《みもん》の出来事だろう。彼が来月、査察室室長になることも知らなかった。部屋を覗くと、氏原のネームプレートが付いた制服が椅子にかけてあり、机の脇《わき》に新品のような制帽が置かれている。全身にじわっと汗が湧いてくる。ともかく急いで準備しなければ……。

運航鞄からライセンスと書類を出して机に並べていると、ドアが開いて氏原機長が現れた。部屋の空気がいっぺんに変わった。あわてて立ち上がる。自分より少し背が低いから一七四、五センチくらいだろうか。切れ長の目と、短く刈り上げた髪型だけでも精悍《せいかん》さが窺《うかが》える。鷲鼻《わしばな》気味なので猛禽《もうきん》類のような印象を受けた。確かに顔色が悪く頬がこけている。

「おはよう。査察室の氏原です。今日はよろしく。どうぞ掛けて下さい。昨日は前泊したの?」

初めての正式な顔合わせだ。細身の割には太い声だった。口元の微笑《ほほえ》みは作り物っぽい。机を回って上着の掛けてある椅子に着いた動作は、意外に軽くて若々しい。

「……宿泊クルーのリストにお名前があったから……。失礼」

ごみでも付いていたのか、ティッシュを出して机の上を軽く拭《ふ》いている。ちらっと上目遣いでこちらを見てから、ライセンスを開いて内容の確認に入った。今のが皆が言う、ぞっとする目つきだとすぐにわかった。緊張の度合いがもう一段階上がる。

「初めての定期路線審査ですね。どうです、キャプテンには慣れましたか?」

番号や記載事項に目を通し、手元の書類と照合している。ホテルには自分より遅くチェックインしたにちがいない。だからリストに名前が見つからなかったのだ。

「定期運送用操縦士免許証はOKと、次に身体検査証を」

「えっ！　ないですか？」

心臓が大きく一回収縮した。あわてて鞄を調べると、ビニールケースにくっついたまま残っていた。ホッとしたとたんにまた汗が出る。机にライセンス類と一緒に並べて置いておくのがきまりだが、その前に書類審査が始まったので、点検する時間がなかった。

「期限は来年の二月までですね」

身体検査証を手に取り、番号と有効期限を書類に書き写す。指が細く動きもしなやかで、パイロットよりもピアニストか何かに向いていそうな手だ。

「特記事項なしですか、いいですね。わたしなんかいつもγ《ガンマ》－GTPで引っかかるし、胃カメラはあるしで面倒でね。はい、ありがとうございます。航空級無線免許証もお返しします。ライセンスはしまってくださってけっこうです」

丁寧な口調はビジネスそのもので、私的なこともしゃべってはいるが、そこに感情のようなものはあまり感じられない。よく見ると糊《のり》のきいたシャツやネクタイにシワ一つ無く、両肩の肩章《けんしょう》に至っては新品同様で、輝いてすらいる。長年査察機長をやっているとこうなってしまうのだろうか。あるいはこういう人だからチェッカーに選ばれ、室長にまでなるのだろうか。

査察機長は同じ社の乗員でありながら、国土交通省から絶大な権限を委譲され、乗員の間では「浮いた」存在だ。自然と友達も離れていく。

氏原はじっとこちらの目を見ながら話を続けた。

「今日の審査は、北米路線のNRT《ナリタ》―JFK《ニューヨーク》で行います。大隅機長にはすでに伝えましたが、往路はあなたにやっていただいて、復路は大隅機長ということでお願いします。それでよろしいですか」

そう聞かれたらハイと言うしかない。これは通常の順番で、シミュレーターで行う技能定期審査はだいたい年長のものが先に、今日のような路線審査では、若い方が先に受けるのが習わしになっている。それにしても元教官と新米機長では経験の差が大きすぎる。チェックの組み合わせとしては不釣り合いだし、何となく話ができているようにも聞こえる。やはり宮田が言ったように何かあるにちがいない。

「空港への進入《アプローチ》はオートパイロットで結構ですが、着陸はできれば手動《マニュアル》でお願いします。審査には慣れていらっしゃると思いますので、気楽にやってください」

「社内審査」あるいは「何々審査」なるものは機長になる前、なる時、そしてなってからと、何度となく受けているが、決して慣れなどはしない。チェッカーだとそういうことすらわからないのか、それとももう忘れてしまったのだろうか。

氏原がいままで開いていた審査書類を鞄に入れ、立ち上がりかけた。内心ほっとしたが、「そうそう」といって閉めた鞄をもう一度開けた。

「JFKの宿題を提出していただくのを忘れてました」

空港周辺の気象状況や、ルート変更時の対処などについて、一四、五問出題された「路線審査筆記試験」のことだ。

「あ、そうでした」

床に置いた鞄から取り出す。まだ消しゴムのかすが付いているとみっともないので、机の下でそっと振ってから上にだした。

問一　New York, JFKおよびその周辺では、雷雲・悪天候を避けるためにSWAP (Severe Weather Avoidance Plan) が設定されているが、それについて述べよ。

問二　JFKからDeparture時、New York Centerとの Communicationがとれなくなった。次の文の（　）を埋めよ。

If, after having been instructed to maintain a specific heading after take-off, a pilot experiences radio failure, he shall climb on the assigned （1）to the first（2）…

これ自体、知識として無駄なことではないと思うが、質問が細かすぎ、解答に時間を取るような内容ばかりなので、あまりやる気が起きない。それで審査前日になって慌《あわ》てるのだ。昨夜、宮田と別れてからホテルの部屋でやったので、寝るのがかなり遅くなってしまった。

氏原はだまって最初のページを開いた。途中三カ所で赤ペンが動いた。すべての解答を見終わるのに一〇秒程度だっただろうか。

「九三点です。平均が九七点ですのでほんの少し下ですかね」

冗談っぽい口調で少し笑ってみせたが、神経質そうな目つきに変化はない。腕時計に目をやり、宿題を鞄に入れて立ち上がった。

「そろそろ行きましょうか」

まだ出頭《シヨーアップ》の時間には早い。業務課のカウンターでコーヒーを飲む時間は充分あるのに、先に立って運航管理室の方へさっさと歩いて行く。機内でいつも白湯《さゆ》を飲んでいるという噂を聞いたことがあったが、それは本当のようだ。残念だが、皆が朝の一杯を楽しんでいる横を、なるべく香りをかがないようにして通り抜けるしかない。

Ⅲ　フライトプラン

チェッカーの氏原とは訓練センターなどで顔見知りだったが、村井機長といわれても顔は浮かばなかった。

先ほど挨拶《あいさつ》されて大隅利夫はやっと思い出した。ああ、あの背が高い副操縦士《コーパイ》だ。自分が出向している間に機長に昇格したということか。一、二度一緒になったことがあるが、特にこれといった印象が残っていない。それは無難な飛び方をしたということで決して悪いことではない。もしかすると今日は彼が機長になってから初めてのチェックか、せいぜい二回目くらいだろう。往《い》きのフライトで変なことをされると帰りがやりにくくなるが、ま、大丈夫だろう。それにしてもずいぶん若い機長が－400に入ってきたものだ。

運航管理室の北米路線ＪＦＫカウンターには、気象データからフライトプラン、航法《ナビゲーション》ログまで必要な書類が順番に並べられ、ブリーフィングの準備が完了していた。最近の人員削減で、決められた時間より前のブリーフィングは行わない、そう組合から申し入れがあったのに、実際にはこのように三〇分以上も前に準備をしてくれる人もいる。もちろん今日のフライトが、審査飛行《チェックフライト》であることを承知の上での配慮だ。それなのに審査を受ける機長が一番遅く来るようではどうにも申し訳ない。チェッカーより一秒でも早く来ていた方が心理的に楽なはずなのに、村井はなぜもっと早く来ないのだろう。

部屋の奥からは航空管制無線のやりとりが静かに聞こえてくる。運航管理のデスクで、担当の高田がパソコンに向かっている。声をかけると、笑顔でカウンターに近づいてきた。

「大隅キャプテン、おはようございます」

「忙しいのに悪いな。早々と準備してもらって。どう、天気は」

「冷えてますよ」

彼は並べてある資料から衛星写真を抜き出し、画像の北太平洋近辺を指さした。

「千島あたりですが、ジェット気流の影響で揺れるかもしれません。あとは問題ないでしょう。ただ……」

そのまま指先をアメリカ東海岸にある雲へとずらす。

「北米一帯が寒波でして、到着された後にニューヨークを前線が通過しそうなんですよ。着いた日の夜は雪ですね。今年はホワイトクリスマスになりそうです」

「着く頃はまだ大丈夫なのかい？」

「はい。一応このプランを管理している本部では、そう考えているようです」

「代替空港《オルタネート》はワシントンあたりにしたほうが無難じゃないかね」

「〇一〇便《ゆき》は大隅キャプテンですか？」

「いや、僕は帰りだ。往きは村井君だ」

「村井知洋《ともひろ》機長でしたね。あの方はまだお見かけしてませんが、時間にはまだ早いですから。あ、いらっしゃいました」

振り向くと、村井が氏原と一緒に広い運航管理室のグレーの絨毯《じゅうたん》を、向こうから歩いてくるところだった。チェッカーの後ろを、細身で長身の背をすこし丸めて歩く姿は、機長というよりもまだコーパイの雰囲気だ。緊張しすぎているせいか目つきも落ち着かない。もっとも、機長になりたては誰でもあんなものかもしれない。

氏原がカウンターの脇《わき》に運航鞄《かばん》を置き、高田の前に村井が来るようにとスペースを空ける。カウンターに三人が並び、村井が「お願いします」と声をかけると、いままで笑顔で挨拶を交わしていた高田が姿勢を正した。

「それではただいまより〇一〇便のブリーフィングを始めます。今日の状態ですが、日本付近は西高東低の冬型の気圧配置に覆《おお》われて比較的安定しています。ニューヨークからの便が千島列島の南の北太平洋上空、NOGALポイント近辺で揺れに遭遇しています。衛星写真を比べて頂くとこの辺に少しエコーが出ていますが、ジェット気流の蛇行が強まったのかと思われます……」

続いて六時間後のアリューシャン列島付近からアラスカにかけての気象と、アメリカ北東部を襲っている寒波の影響、一二時間後のニューヨークの予報へと話は進む。

次に高田は航法ログとフライトプランを出して、今日の使用ルートと高度、搭載燃料、貨物、乗客などを含めた離陸重量と重心位置などについて説明する。

航法ログには、フライトプランに記載したルートの、すべてのポイントが書かれている。たとえばフライトプランに「新宿から甲州街道で八王子」と書いてあるとすると、航法ログには「新宿から甲州街道を西へ行くと大原交差点があり、そのまま環八《カンパチ》を過ぎ、府中の先から日野橋を渡って……」というように、こと細かに書いてあるのだ。各ポイントの緯度経度、対地速度、計算上の残燃料、予想気温と風、圏界面高度など一一項目ほどの数字が並んでいる。そのほか搭載燃料の内訳や離陸重量、着陸重量など、とにかくログさえ見れば飛行情報のほとんどがわかる。飛行中はそこに実際の通過時間や燃料量、気温、風向、風速などをコーパイが記録していく。

村井が説明を聞きながらうなずいている様子を、横から氏原がじっと見つめている。

一通りの説明が終わったところで、村井が航法ログとフライトプランを手にとって最初から丁寧にチェックを始めた。最初の巡航高度、三万三〇〇〇フィートに到達する離陸後二七分のところに、赤でアンダーラインを引いた。手の動きがぎこちない。よほど緊張しているのか。風が変わると言われた東経一五五度近辺と、西経一四〇度にも同じようにラインを入れた。そして二回目の巡航高度に変更するポイント、三回目の変更は高度の部分を丸で囲み、燃料搭載量の欄をチェックし終わると、こちらに廻して来た。

高田は村井が航法ログを見終わるのを待って、NOTAM《ノータム》と呼ばれる航空情報を示しながら、関連する航法施設と飛行場の運用状況などを説明し始めた。

それを片方の耳で聞きながら、村井から渡された航法ログの中で、彼があまり注意を払わなかった代替空港《オルタネート》への使用可能燃料量を、簡単に足し算をして書いておく。次に日没と日出会合《にっしゅつかいごう》地点にマークを入れる。すこしお節介とも思ったが、新千歳《しんちとせ》とアンカレッジの中間地点、アンカレッジとデトロイトの中間地点にも赤線を書き込んだ。万が一、急病人や緊急事態が発生しても、時間的に一番近い飛行場はどちらかがすぐにわかるし、ふいにチェッカーに聞かれたときもすぐに答えられるだろう。

あとは日付変更線の通過地点に見やすいようにマークを入れた。そのころ副操縦士席にいるのは自分のはずで、これはキャビンから聞かれた時のためだ。

成田―ニューヨーク間の航法ログの長さはA4用紙三枚ほどになり、航空路のポイントだけでも四〇カ所以上になる。それでもワシントンより一枚少ない。こうやってマークを付けるのは、必要なポイントを見つけやすくするための、いわばパイロットの生活の知恵ともいえる。

見終わったフライトプランと航法ログを戻すと、村井は氏原の前にそっと置いた。通常なら実際に機長業務をする機長が、PIC《パイロットインコマンド》（第一指揮順位機長）としてフライトプランにサインをするのだが、審査飛行ではチェッカーがPICとしてサインする。

「大隅さんもこれでよろしいですね」

ボールペンを片手にログの上にかがみ込んだ氏原が、制帽の鍔《つば》の下から上目遣いでこちらを窺《うかが》っている。それにサインすることは、会社が作ったカンパニークリアランスとフライトプランを機長として承認し、運航に対しての全責任を負うことになる。

「問題ないと思います」と答えると彼は黙ってサインをした。氏原は普段から口数が少なく、感情を表に出さない。村井のように経験の少ない受審者《チェッキー》には、それが圧力に感じるのだ。もう少し何か話しかけたり、冗談のひとつも言ってやれば、緊張もほぐれると思うのだが。

航法ログは複写になっていて、控えを地上の高田が管理する。高田はコピー部分をはがしながら、側にあるモニター画面を指した。

「機《シップ》は九二番に入ってきます」

タグ車に引かれたブルーと白のボーイング747－400が、丁度スポットインするところだった。

「カーゴと燃料は積んであります。何もトラブルは抱えていないシップと聞いています。手荷物と乗客だけですから、定刻に出られるはずです」

村井が礼を言って航法ログを受け取る。

「キャプテン、こちらは準備ができました。いつでも結構ですから」

CAが後ろから声をかけてきた。氏原に挨拶している。

「大隅キャプテン、またご一緒ですね」

声をかけられるまで山野和香子だとは気付かなかった。「ショートにしたの、似合うかしら」と手を髪に添えて微笑《ほほえ》んだ。うちの長女より少し歳下《としした》で、何かの折に遊びに来たことがある。数いるCAのなかで、スケジュールのパターンがたぶん似ているのだろう、フライトが一緒になることが多い。あちらにいますと笑顔を残して戻っていった。首周りがすっきりしたためか、後ろ姿から少し背が高くなったような印象を受けた。

運航管理室の両側の壁際《かべぎわ》には、クルーブリーフィングのための小さな黒板と書類を置く台が並んでいる。そのうちの一つを囲むように、キャビンクルーが集まっていた。先を歩く氏原と村井の二人が近づくと、CAの輪が開いて話し声が止《や》んだ。長身の村井が黒板の前に立ち、航法ログと気象情報を置く。制帽の下で顔が少し上気している。村井の横に氏原が並ぶと、輪の開いた部分がすーっと塞《ふさ》がり、周りが見えなくなった。ともかく最近はCAが集まると、壁ができたのかと思うほど、みな背が高いのだ。

頬を紅潮させた村井が挨拶をすると、間髪を入れずにCAの声が揃《そろ》った。

「おはようございます！」

機長の一言にCAたちが一糸乱れず応《こた》えるのは、昔からどうも好きになれない。まるでキャバレーの開店前だと言ったら、今時のキャバレーではそんなことはしていないと怒られた。それ以来幼稚園の先生のようだとたとえることにしている。キャビンクルーへのブリーフィングは今も必ずここから始まる。今日は黒板の前にいるコクピットクルー全員が機長の制帽をかぶり、制服の袖《そで》には機長の資格を示す四本線を光らせているので、若い期の娘《こ》には戸惑う様子が窺えた。

はじめに村井がコクピットクルーの編成を紹介する。

「この便のPICはこちらの氏原査察機長です。今日は私がチェックを受けますので、村井が機長業務を行いますが、緊急事態が起きたときには、PICである氏原チェッカーの指示に従ってください。SIC《セカンドインコマンド》（第二指揮順位機長）は大隅機長で、私はその次になります」

CA側からはチーフパーサーの山野、ビジネスクラスパーサーの三崎、エコノミークラスパーサーの石垣、コクピット担当の斉藤、それぞれがポジションと名前を告げてにっこりする。

続いて村井が飛行高度、時間、気象予報、揺れる可能性のある場所、到着地の天候などを説明し、危険品搭載の有無を含む細かい打ち合わせを行う。キャビンからは乗客数やVIPの有無、サービスの内容、それに要する時間などが報告される。

ニューヨークまで同じ機内にいるといっても、自分たちコクピットクルーが一二人のキャビンクルー全員と顔を合わせるのはこのときしかない。シップに乗り込んでしまうと、チーフパーサーとコクピット担当のCA以外は、顔を合わせる機会はまずないのだ。出発前には何よりも顔を覚えることに専念する。目的地に着いても宿泊ホテルはCAと別なので、街で挨拶されても誰だか思い出せない時が多い。私服になるとほとんどのCAがひっつめた髪を解《と》くので、思い出すこと自体がどだい無理なのかもしれない。

ブリーフィングが終ると、CAたちは一斉にスーツケースを引きずってエレベーターに向かう。ともかく時間がないのだ。特に機内準備に慣れていない若い期のCAは先を急ぐ。チェックインカウンターでスーツケースを預け、旅客で賑《にぎ》わう出発ロビーを横切り、クルー用の出国ゲートに入る頃には、ほとんどのキャビンクルーは遥《はる》か先に行ってしまい、その後ろ姿を追いながら、もう顔を合わせることもないのかと、いつも寂しく思うのだ。

チーフパーサーの山野だけが、かろうじて並んで歩いてくれた。

「大隅キャプテンと一緒なのがわかったので、またイレギュラーがあるといけないから、ショートにして気分を変えてみたのよ」

一緒の組み合わせになると、偶然なのだろうが、なぜかハプニングが起きる人というのがいる。自分にとっては目の前の彼女がそうだ。最近では九月だったか、台風で関西空港に降りられず、福岡に臨時着陸することになった。急病人が発生した日もある。今年になってそんなことが三回もあった。親しい仲だがお互い、相手との相性を気にしているのだ。パイロットもそうだがＣＡにも験《げん》をかつぐ者がけっこういる。彼女は少し前を並んで歩いている氏原と村井を目で追うと、かがみ込むように耳に顔を近づけ、声を落とした。

「チェックなんですか？　村井さんは、ついこの間までー４００のコーパイさんでしたでしょう？　背が高くてかっこよくて、有名だったんですよ。二〇七期の早川さなえさんと結婚するって噂《うわさ》も昔あったんですけど、結局は違う方とされて、今はお子さんもいらっしゃるんでしょう？　キャプテンになられて、まだそんなに経《た》っていませんよね」

チェックだというので、村井に何か問題があったと思っているらしい。今日のチェックは機長の定期路線審査で、大きく分けると国内、アジア、ヨーロッパ、アメリカといった路線区の中から一本を選び、年一回行われるものなのだと説明した。

「そうだな、彼のことはよく知らないがまだ二年は経っていないだろう。多分この路線では初めてのチェックじゃないかな。だから朝から少しぴりぴりしているんだよ」

パイロットは二、三ヶ月に一回は何らかのチェックを受けている。それをパスした者だけが空を飛ぶ資格を持つ。チェックは航空事故の人的要因《ヒューマンファクター》を除くための、重要なハードルの一つと言われている。

「で、大隅キャプテンは、副操縦士役《コーパイ》ですか」

ショートになったせいか、こちらを向いた彼女の表情は明るく、若返ったように感じる。

「今日はね。帰りは僕が受ける番だ。パイロットというのは、この歳になってもまだチェックを受けなければならないんだよ」

氏原たちとの間隔を空けるように、歩調を遅くする。先ほどから見ていると、前の二人は何も話をしていないようだ。

「あのチェッカー、コーヒーがだめなんでね。何か別のものを用意しておいてくれよ」

「氏原キャプテンでしょう？ わかっています。私達の間でも有名ですから。お肉はだめ、魚は塩焼きだけ。塩焼きがないときはお茶漬けを作ること、でしょう？」

「ああ、お茶漬けもインスタントじゃだめだ。あの人、インスタント食品は大嫌いなんだ」

彼女も前方の氏原との距離を見ながら歩を進める。

「知ってます。それより帰りの便が問題でしょう？」

「え、なんだって？」

「食欲がないって、氏原キャプテンはいつも不機嫌だから。この前なんかおにぎり作って、みそ汁一杯のためにファーストクラスの食事からみそ汁だけ抜き取って、二食目はうどんで、ああ、面倒くさいわ」

最後は溜息《ためいき》まじりだ。

「そんなこと言わないで、帰りの便も頼むよ」

彼女の目が、いたずらっぽくきらっと光った。

「そうねぇ、そうなると色々考えもあるわね。わたくしニューヨークで美味《おい》しいエビが食べたいと思っているんですの」

冗談っぽい口調と目つきで、明らかにこちらの出方を窺っている。

「そいつは丁度いい。実は僕も食べたかったんだ、ごちそうするよ」

「あら本当？　うれしいわ。……一流レストランでですよ」

「ああ、もちろん」

「エビの入ったシーフードスパゲッティなんかを考えているでしょう？　それじゃだめ。ちゃんとしたロブスターよ」

「40ストリートの何て言ったっけな、そう、〝ドックス〟はどうだい？　あそこのロブスターは逸品だし、カラマリだっけ、イカのリング揚げはバドに合うぞ」

彼女は笑った目をしたまま声をひそめた。

「ほんとかしら？　氏原さんに、血の滴《したた》るステーキのフォアグラ乗せ、ホットコーヒー付きを持って行かせることもできるんですから」

笑顔のＣＡが差し出したトレーに、顔色を変えて黙り込む氏原と、あわてふためく自分たち。あまり考えたくない構図だ。

「わかったよ。今晩、絶対、連れて行くって。そんなに脅かさないでくれよ」

Ⅳ　クリアランス

ニッポン・インターナショナル・エア社では、出発前の操縦室《コクピット》内の点検とコンピューターの設定は副操縦士業務とされている。チェックフライトではそれをチェッカーが、機長業務をするチェッキーは機体外部の点検を行う。村井はシップに乗り込むところで氏原と別れ、外部点検のために外へ出た。

吐く息が白くちぎれ、冷たく澄んだ空気が心地よく感じられる。ボーディングブリッジ横の階段を下りると、冬の太陽が緊張した心に柔らかい日差しを投げかけてきた。これでチェックさえなければ、言うことなしの一日なのだが……。

外部点検とは、パネルやドアはしまっているか、吸排気口や静動圧口は塞《ふさ》がっていないか、足回りに異常はないかなど、機体外部を毎飛行前に目視することだ。ターボプロップの時代、補機類のエアインテークに鳥が巣を作ろうとした跡があったとか。一九九六年にドミニカ共和国で墜落したビルゲン航空のB757機のように、速度を計るピトー管に小型昆虫が巣を作った可能性が指摘されている事故もあり、安全運航のためには決しておろそかにはできない。

会社《うち》では整備さんが事前にプロの目で細かくチェックしてくれているので、異常を見つけたことはまだ一度もない。

ジャンボ機のまわりを一周してタイヤを二、三回蹴飛《けと》ばすだけでも、歩く距離は優に一〇〇メートルを超える。これからニューヨークまで約一二時間、ほとんど歩くこともないので、見方を変えればこれは大切な運動と言えるかもしれない。ペーとか、ドサブと呼ばれる新米のキャビンクルーもギャレー内での仕事が多くてほとんど歩かないらしいが、チーフパーサーは到着までに機内を一万三〇〇〇歩以上歩くそうだ。

まさかとは思うが、宮田が言ったように今日のチェックは、新米の俺をチェッカーと教官の二人で視《み》ようというのだろうか。考えれば考えるほど、組み合わせの不自然さが気になってしまう。はっきりするまでは、二人に安全運航を印象づけるように心がけるしかないだろう。

一機あけて隣にワシントン便が準備をしている。出発はニューヨーク便の一〇分後なので、まだ宮田たちクルーは来ていないようだった。

機内に戻ると、冷え切った頰や耳が急に暖められて、熱くさえ感じる。清掃と搭載品の積み込みが同時に行われており、客室はごった返していた。大型掃除機がうなりを上げている。誰かがいきなり後ろからぶつかってきた。

「きゃっ！　キャプテン、すみません」

振り返るとトイレのチェックを終えて出てきたCAだった。

「トイレの紙が足りないんだけど、どこかで余ってない⁉」

彼女は機内に響き渡る声を残して横をすり抜けて行った。顔が上気している。声も体も大きいが、まだドサブの部類に入るようだ。

「リクライニングがきかないの！　整備さんどこ？」

「今ギャレーのライトを交換してもらってます」

「終わったら54Eに来て」

〈皆さま～、ただいまこの飛行機は、ニューヨークぅ、ケ、ケネディJFK？……国際空港に到着いたしました。現地の時間は、お時間は……〉

そういえばさっき誰かが「今日は私のアナウンスチェックですので、耳障《みみざわ》りでしょうが練習させて頂きます」と言っていたっけ。

すべていつもの光景だ。チーフパーサーの「まもなくご搭乗です」というアナウンスで、機内全体がぴりっと緊張する。

出発準備中の客室を通ってコクピットへ向かう。まだ整備士が機長席にいて、副操縦士席《コーパイ》にいる氏原チェッカーと話をしているのが、開いたドアから見えた。不具合がなければ、整備士はとっくにシップから降りている時間なのだ。

コクピットの後ろの客席では、大隅機長が朝刊を広げている。何かあったのか聞いたが、「顔見知りと、ただ話しているだけだろう」と株式欄から目を上げようともしない。チェックを受けていない人は気楽なものだ。

航空機搭載日誌《エンジンログ》を見ようにもそれすらできないので、思い切ってコクピットに顔を出す。

「おじゃましました」

整備士が笑顔で立ち上がり、黒線二本が入った帽子を手に、チェッカーに挨拶《あいさつ》して出て行ったが、こっちには軽く目礼しただけでほとんど無視された感じだ。

コーパイ席の氏原は、ＣＤＵ《コントロールディスプレイユニット》にかがみ込んでコンピューターにルートを打ち込みながら、航法《ナビゲーション》ログの記載事項と照合している。

「外部点検異常なしです。よろしくお願いします」

力強く言って、精一杯明るい表情をしてみせる。チェッカーはちょっと顔を上げて会釈《えしやく》しただけで、またＣＤＵに戻った。機嫌が悪いのかと心配になる。鍔《つば》が冷たくなった制帽を帽子置きに入れ、上着とコートをハンガーに掛ける。先ほどの整備士が椅《い》子《す》の上に置いていったエンジンログを手に取って、シップの整備状況に目を通す。前便では特に何も起きていない。ページを戻して二週間ほど前までさかのぼっても、ほとんど何のトラブルも不具合点もなく、整備の手が入った形跡もない。何もない。実はあまり良いことではない。今まで調子が良すぎた機体は、今日トラブルを起こしてもおかしくない。十分注意してかかる必要がありそうだ。そう思いながらログのサイン欄を見るとすでにUjiharaと記されていた。これで、整備から渡された機体をフライトに問題なしと認めて受領し、その責任がPIC、つまり氏原に移ったことになる。

運航鞄《かばん》を機体内壁と座席の間にある鞄置きに置き、頭上の計器盤に注意しながら体を屈《かが》めて機長席に入り込む。アイポイントが正しい位置にくるように電動椅子を動かして位置と高さを調整し、ノブをまわして足のペダルも合わせる。それが終わるとヘッドセットを頭につけ、マイクとイヤホンを調節する。

「半袖《はんそで》で寒くないですか」

顔を上げたチェッカーが、腕の部分を指して声をかけてきた。

「ええ、機内の温度は一年中同じですから」

運航管理室《ディスパッチルーム》以来の会話だ。氏原はうなずきながら、また打ち込み《インプット》に戻った。無線の周波数を空港気象通報《ATIS》にセットする。なぜか静かなままだ。周波数を間違えているのに気づいてあわてて直す。無線関係は右席のコーパイの仕事だから、チェッカーにオーダーしても構わないはずなのに、自分で手を出したのが原因だ。

チェックの時には、普段しないようなことをしてヘマをする。これは昔から言われていることだが、飛ぶ前からその通りになってしまった。隣に座られることがすべての調子を狂わせるのを、氏原に限らずチェッカー連中はわかっていないだろう。

イヤホンに流れてきたＡＴＩＳ《アティス》にそって、高度計や航法計器の設定をする。出発《デパーチャー》に使う地図《チャート》を操縦環《コントロールホイール》のコラムについているバインダーに挟む。隣から時々神経質そうな視線を感じる。そのたびに緊張しているのが自分でもわかる。

「インプットは終わりましたから」

チェッカーがさりげなく声をかけてきた。まだそれをチェックする準備ができていない。横の窓枠のバインダーに成田空港の誘導路図を広げて挟み込み、地上走行《タクシー》に備えておく。

〈キャプテン、キャビンの準備が整いました。インターホンチェックお願いします〉

キャビン放送《PA》でチーフパーサーの声が飛び込んできた。機内一二カ所のＣＡステーションとコクピット相互間のインターホンとＰＡ、非常用信号のテスト準備が整ったことを知らせてきたのだ。これも通常のコーパイ業務だから、チェックフライト時はチェッカーがおこなう。氏原も慣れた手つきでこなしていった。

コクピットの出発前の準備と点検は、天井と壁にあるサーキットブレーカーから始まる。左の頭上パネルを左から右へ、スイッチ、計器類のセットと順番に行う。手順通り進めないと、抜けが出たり見落としが発生しやすくなる。

左右の計器類の表示を読み上げて確認し終わると、ＣＤＵのインプットデータをチェックする。これにも順番があって、それ以外の方法では見落としがあったり、同じボタンを何回も押す必要がでたりで、よけいな手間がかかるとされる。アルファベットや数字の書かれたボタンを押す指が、パネルの上で泳いでも止まってもよくない。決められた順番に一定の速度で次々と進めるのを理想としているのだ。

チェッカーはデータのインプットをすでに済ませているので、顔は前方を向いているが、こちらの指先に強い関心を寄せているのが雰囲気でわかる。審査する立場から言えばおいしい部分にあたるのだろう。ＦＭＣ《フライトマネジメントコンピューター》のアップデートの日付を確認しただけで、ボタンを押した指先は目線の追尾を感じとり、パネル上は緊張した状況となった。

「キャビンの準備が終わりました、いま飲み物を持って来るそうです」

大きな声とともに後ろのドアが開いて、新聞を読んでいた大隅機長が入ってきた。運航鞄を後部座席《ジャンプシート》の横にどさっと置き、腰を下ろす。その無神経さが気に障る。

「仮眠室《クルーバンク》には週刊誌二冊と、それから新聞を入れておきましたけど……」

チェッカーが振り返ったのだろうか、大隅はパネル上の緊張に気付いたらしい。急に静かになった。氏原チェッカーの目線が再び指先に戻った時には、すでに一番面倒なところは過ぎていて、ルートの確認を残すだけになっていた。

各区間ごとに見ていくと、まだ上空の風と温度がインプットされていない。入れるのを忘れている。どうりで、終わるのが早すぎると思った。これはコーパイの役目だ。

「上空の風をお願いします」

これだけでも何か一つ先手を取ったような気分になる。

「どういうふうにいれますか？」

しらばっくれて、などと思ってはいけない。これもチェックの一部なのだ。入れようと思えば四〇数ヵ所ある各ポイントすべてに風向風速と外気温度を入れることができるが、結構な時間と手間がかかるし、あまり意味がない。通常は大きな変化があるところだけ入力する。一〇ヵ所も入れれば充分だ。経験的には、平均風《アベレージウインド》と平均気温《アベレージテンプ》の二つだけでも、あまり問題がないことがわかっている。そもそもデータは何時間も前のものだし、実際に何に使うかと言えば、飛行時間と燃料消費の予測計算ぐらいなものだ。

「変化の大きなところを入れてください」

チェッカーが了解と返事をして、ログを見ながら打ち込みを始めた。

「こちらで読みましょうか？」

ひとりがログに書かれている風を読み上げ、他方が打ち込みに専念した方が早い。必然的に共同作業となり、これで雰囲気が和らぐことを期待する。

「ORT《オスカーロメオタンゴ》、二九〇度二五ノット、マイナス56℃」

「マイナス56と、はい次」

「YZF《ヤンキーズールーフォックス》、二七五度九〇ノット、マイナス66℃……」

読み上げたものを、チェッカーが復唱しインプットしていく。チャイムが鳴ってキャビンからインターホンで呼び出しが入った。作業を中断しようとしたが、後ろの大隅が応《こた》えてくれた。モニターにチーフパーサーの声が早口で流れる。

〈キャプテン、キャビンの準備が完了しました。お客様のご案内よろしいでしょうか〉

大隅は、氏原がうなずくのを確認すると、マイクボタンを押した。

「はい。ご案内どうぞ。それと飲み物はどうなっているのかな。まだなんだけどね」

〈え、まだ行ってませんか、何やってんのかしら。すぐ持って行かせます。ご案内かけます〉

「氏原チェッカーの……」

すでに遅く、大隅機長は切れたインターホンに何かぶつぶつ言ってから、マイクセレクターを戻したようだった。

「えーと、今のもう一度たのむ。ヤンキーズールーフォックストロットの気温だけ、どうぞ」

「はい。マイナス66です」

インプットが終わり、コクピットの準備が済むとチェックリストに入る。チェッカーがグレアシールド上から黄色いチェックリストを取り出し、読み上げる。コクピットチェックリストはスムーズに進んでいった。

「酸素《オキシジエン》」

「ハンドレッドパーセント」

ドアがノックされてCAが顔を出した。ブリーフィングでコクピット担当と紹介されたCAとはあきらかに違う。もう一度振り返ってしまった。

大きな瞳《ひとみ》と均整のとれたプロポーション、CAにはモデル出身もいるが、そこまで背は高くない。少し上を向いた小さな鼻とすっきりとした口元が印象的だ。スパイシーな香りを漂わせている。片手におしぼりの大袋を下げ、もう一方には飲み物を乗せたトレーを持っていた。

「これ、足りないと言われて持ってきました。それとチーフパーサーの山野さんに、お客さんが来る前に飲み物を持って行くように言われました、どうぞ」

緊張しているのだろうか、ずいぶん甲高《かんだか》い声だ。飲み物の乗ったトレーを大隅に渡し、おしぼりが三〇本入った袋を足下の床に置いた。煮詰まったコーヒーの強い匂《にお》いが漂った。

「トレーは後で取りに来ますから、置いといてください。失礼します」

どうも彫りの深い顔には似合わない声だ。首筋をすっと伸ばすと、ばたんとドアを閉めてキャビンに消えた。

飲み物に伸ばしかけた氏原チェッカーの手が、すっと引っ込んだ。驚いたことにトレーには、どす黒いコーヒーが三つ乗っている。チェッカーはコーヒーが苦手なことを彼女は知らないのだ。大失敗だ。シップへ着く前にチーパーにひとこと言っておくべきだった。乗客が搭乗して、飲み物のサービスとなると最低三時間は何も出ない。

チェックリストを終えた後、チェッカーはこちらに顔を向けようとはしなかった。大隅が後ろからおずおずとトレーを前に出してきた。

「村井さん、コーヒーでも。チェッカーはコーヒーはだめでしたよね。なにか……」

「水でいいです」

不機嫌そうな声でも、ともかくリクエストが出たので気まずさは和らいだ。水と氷とおしぼりは小さな段ボール箱に入れてコクピットにおいてある。

「氷もありますから」

大隅は明るい声で答え、かがみ込んでごそごそやり始めた。気になったので後ろを見るとペットボトルからコップに水を入れ、氷の入ったタッパーを取り出したところだった。中の氷は表面が溶けてくっつき、でこぼこ状の大きな固まりになっていた。どうやってもプラスチックカップに入るサイズではない。

「……アイスピックが、どこかに」

大隅がまた段ボールをかき回している。なんとかしなければと焦《あせ》っているのだ。

「凶器になるから、今では搭載していませんよ」

チェッカーが前を向いたまま言った。平静を装《よそお》っているのは声でわかった。

「なんで氷をタッパーに入れるんでしょうかね。溶けますよね」

場を持たせようとしているのはわかるが、チェッカーの気に障《さわ》るといけないので、もう黙っていてもらいたい。これ以上心証を悪くしないで欲しいのだ。そのうちにACARS《エーカーズ》（対地デジタル通信装置）が旅客数や離陸重量など、最終データのプリントを始めた。

「アイスピックがだめなら、代わりに金槌《かなづち》でも入れておいてくれればね」

「それも凶器でしょう」

「それじゃ、小さなのこぎりか何か」

「コクピットで出発前にのこぎりで氷を挽《ひ》きますかね。もう結構です、そのままで」

チェッカーは水を受け取ると、いらだち紛れに一気に飲もうとした。水は口の周りにあふれ、ネクタイと制服のシャツまでこぼれて流れた。大隅があわてておしぼりを渡す。

そもそも水と氷とおしぼりがここにあるのは、食事時間帯をまたいで五時間にわたってコクピットに何のサービスもなかったことを、以前組合が取り上げたからだ。協定書のどこにもアイスピックが必要だとは書いてないし、水と氷とおしぼりさえ積み込めば、あとはどうでもよいともとれる文章だ。そのいきさつを今更蒸し返してもしょうがない。

のりの効いたシャツはその部分だけよれよれとなり、水を吸ったネクタイはぐっしょりと重そうだった。よく見ると飛んだ水がズボンにまで点々としみを残している。

「大丈夫ですか？」

「水ですから、貸与品ですし……」

頼むから黙っていてくれないかな。いまは貸与品とかそういう問題じゃない。チェッカーの気持ちを考えればわかりそうなものだ。テイクオフブリーフィングもまだだし、ともかく俺のチェックをじゃましないでくれ。

〈コクピットさん、こちらグランドです。ドアクローズ五分前です〉

地上の整備士からインターホンが入った。

「五分前、了解」

これを受けてコクピットは管制《ATC》に出発五分前を通報する。飛行承認《クリアランス》発出の準備をしてもらうのと同時に、五分以内にはゲートからプッシュバックする準備が整うことを知らせるためだ。通信はコーパイ業務なので右席にいるチェッカーに自然と目がいく。

だが氏原はヘッドセットを外して、シャツとネクタイをおしぼりで叩《たた》いたりこすったりと落ち着かない。

「五分前が来ました。こっちでやっておきましょうか？」

ヘッドセットを外していたのに気付いたようで、あわてて頭につけながらうなずいた。

「クリアランスデリバリー、ニッポンインター010《ゼロワンゼロ》、ゲート92《ナイナーツー》。330《スリースリーゼロ》JFK」

〈インフォメーションJ《ジュリエット》。QNH3014《スリーゼロワンフォー》〉

管制官はこちらにそれだけ言うと他機のクリアランス発出に移った。少し聴いただけでも北米への出発便は大分混み合っているのがわかる。

日本からアメリカ中央部、あるいは東部に向かう北太平洋ルート《NOPAC》は基本的に三本ある。最近ではデータ通信とGPSの応用でかなり密に使用できるようになったが、成田からだけでも一日約四〇便の旅客便と一〇数便のカーゴ便があるし、アジア各国の便も含めると需要は年間五万便を超える。その量からすると、たった三本しかないというべきだ。時間帯によっては三〇分近く待たされることはざらで、しかも希望した高度がとれないこともたびたび起きる。この一〇便が出発する午前一一時前後も混雑はひどく、一〇分間隔の数珠《じゅず》繋《つな》ぎで飛んでいる状態になる。

ともかく時間があるうちに、テイクオフブリーフィングをすませてしまおう。

〈一〇便さん、どうぞ〉

会社無線《カンパニー》が呼んできた。宮田の声だ。まずい。

「はい。一〇便です。お呼びの局どうぞ」

〈村井《ムラ》さん？　うちも三万三〇〇《さんさん》で出しているんだ。どうも混んでるみたいだね。ところでさ、昨日頼んだやつの寸法なんだけど、やっぱり四五センチのにしてくれないか〉

このカンパニーは、飛行情報に関した用件以外には、使ってはいけない決まりになっている。隣を見ると、チェッカーがちょうどヘッドセットを頭につけ終わったところで、聞かれたのは間違いない。こっちをあの上目遣いで見ている。かなりまずい。無視しているとまた呼んできた。今日はチェックだと言っておいたはずだ。あいつは人の話をちゃんと聞いていないのだ。加えてチェックの大変さもわかっていない。

〈ムラさん、感明《かんめい》いかが〉

　無線で何回も呼ばれても困るので、仕方なく小さい声で返事をした。

「良好です……」

〈ムラさん。昨日話していた鍋《なべ》なんだけど、六〇センチでは大きすぎるようなので、四五センチのほうが良いと思うんだ。ゼイバーズで、たしか売ってたと思う。だから四五センチでたのむ〉

隣でチェッカーの表情が引きつったのが、感じでわかった。

「……了解」

〈グラシァス、アミーゴ〉

すかさず氏原チェッカーがセレクターを押して、割って入った。

「コン・キエン・アブロ（名前を告げろ）」

鋭い問いかけに返事はなくカンパニーは終わったが、張りつめた沈黙は後ろの大隅までも巻き込んでしばらく続いた。氏原がおもむろに口を開いた。

「……いつもカンパニーをああいう風に使うのですか」

「いえ、そんなことはないんですが、たまたま彼は急いだんじゃないでしょうか」

「村井さんは、急ぎならば私用に使って良いとお考えですか？」

「いえ、そういうことではなくて……」

一〇便の無線からチェッカーの声が聞こえてきて、宮田《ミヤ》もさぞ驚いていることだろうが、こんなことでチェックに引っかかったら、どうしてくれるんだ。

チーフパーサーから搭乗旅客数《PAX》を知らせるインターホンが入ることだけが、この際唯一《ゆいいつ》の救いとなる。大隅はさかんに咳払《せきばら》いをするが何も言わない。再び沈黙が始まる。

大隅に倣《なら》って黙って前を見るしかない。チェッカーが不機嫌な目で睨《にら》んでいるのがわかる。

「村井さん。当然ご存じと思いますが、規則というものがありますよね。あのアミーゴさんは何便の、誰なんですか?」

〈コクピットさん、グランドです。ドアクローズOKです。いつでもプッシュバックできます〉

神の声だった。整備士からのこの一言で、一時的かもしれないが救われた。ドアのインジケーターは全《すべ》ての扉が閉まったことを示した。細かいことでもめている場合ではない。このタイミングで管制にエンジンスタートとクリアランスを要求する。管制との通信はコーパイの役目で、何事も無かったように命令するのが自分の役目だ。

「準備完了《レディー》とクリアランスをお願いします」

むっとした表情に変わったが、何も言わずに管制《ATC》にクリアランスを要求してくれた。プラン通りの三万三〇〇〇フィートでクリアランスがきて、すぐにプッシュバックに移る。

四基のエンジンは誘導路《タクシーウエイ》へのプッシュバック中に始動するが、時間短縮のために二基ずつ同時にスタートする。今まで緊張気味だったのが、エンジンが回り始めたことで気分がすーっと楽になっていく。パイロットなら誰でもそうだろうが、エンジン音がいつもの自分を取り戻してくれるように感じるものだ。ニンジンの始動が完了するとタグ車を外し、出発となる。ドアがノックされてさっきのCAが顔を出した。普通ならチーフパーサーからインターホンが入り、PAX《パックス》と着席状態を報告してくるはずなのだが。今度はチェッカーが二度振り返った。

「PAXが増えたので新しいPIL《パッセンジャーリスト》をお持ちしました。それからドアクローズOK。PAX一五〇、バランスOKです」

チェッカーはそれだけ聞くと、地上走行の指示《タクシークリアランス》をもらうために管制と交信を始めた。

彼女はPILを大隅に手渡したようだ。

「チーパーは？　チェッカーはコーヒーはだめなんだけど、他になにか飲み物がないかな」

「あら、そうですか？　急遽《きゅうきょ》ポジションを変えられたので私は何も聞いてません。ビジネスクラスにスポーツ選手の団体が乗ってきて、今ちょっと手が離せない状況なんです」

最後の部分で彼女の声がトーンダウンした。

「へー、大リーグのチームか何か」

「私は二階席《アッパー》担当なのでわかりません。では失礼します」

彼女がばたんとドアを閉めたのと、大隅が後ろで何かぶつぶつ言ったのと、管制からタクシー許可が出たのが同時だった。

「フラップトゥウェンティ」

「フラップトゥウェンティ、ライトサイドクリアー」

チェッカーが左手でフラップレバーをトゥウェンティのポジションに入れながら、首を廻して右翼端のスペースを確認してくれる。パーキングブレーキを解除して、四本の推力《スラスト》レバーを僅《わず》かに前に出す。四基のエンジンのパラメータが一斉に動き、数字が激しく変化する。エンジン音を引きずるように、三六八トンの機体がゆっくりと動き始めた。これまでの印象は良くなかったと思うので、慎重に、安全第一でいこう。窓から地上にいる整備士に返礼をする。いよいよ出発だ。

V　離陸

前の二人を見ていると、はらはらすることだらけで大隅は気が抜けなかった。村井はともかく、最近の氏原は良い評判を聞かない。昔から口数が少ないのと、チェックの時に相手に合わせるようなことをしないので、悪い印象をもたれても仕方あるまい。誰にでも公平にという彼の信念からくるものだろう。通常でも長距離便から戻ると三キロは痩《や》せる。まあ、この調子だとあと一キロは軽く痩せられそうだ。

それにしても今日のコクピット担当のCAはいったい何をしているのだろう。コーヒーはだめだとチーパーの山野君にあれほど言っておいたのに。そのとき機長席に座っている者が直接言わないと効き目がない、という説はやはり本当だ。

地上走行《タクシー》までこぎ着けたのはいいが、村井はまだテイクオフブリーフィングをやっていない。まさか忘れているのではないだろうな。それにしてもタクシースピードが少し速くないか?

一般的にタクシースピードが速くなるのは、緊張しているときに起きやすい。あまりにもいろいろなことに気を遣おうとあせるので、GPSの示す速度に目がいかず、ついつい勘で済ませてしまうからだ。

ジャンボのエンジンは、アイドリングでも台風並みの風を吹き出す。その推力で機が押され続けるので、一旦《いったん》動き出すと少しずつだが加速が付く。特に背後から風を受けているときなどは、見る見る速度が乗ってくる。コクピットは三階の高さにあるから、ゆっくりに見えるが時速五〇キロは出ていると思って間違いない。

車輪が一八個もあれば、そのぶんブレーキもたくさん付いているから、すぐに止まれるだろう。そう思われがちだが、慣性の法則に従う三六八トンはそう簡単には止まらない。だからといってブレーキを少し引きずりながら行くと、滑走路にたどり着く頃にはブレーキ温度《テンプ》がオーバーヒートを指してしまう。これもやはり重量のなせる業《わざ》なのだ。直線とカーブでの速度を変え、メリハリを付けてブレーキを冷やしながら走る。この辺の微妙な判断はパイロットにより異なる。特にチェックの場合は、チェッカーが最適だと思った速度だけが理想的な速度になることが多い。

滑走路に向かう誘導路には、夜間中心線を示すためのライトが埋め込まれている。他の空港ではその上を通っても軽い振動があるだけだが、成田の場合は路面からかなり頭が出ている。不注意に踏もうものなら機体の隅々にまで衝撃が走る。村井が並列《ダブル》になっている前輪の間にライトがくるように、うまくまたいで走っているのはわかるが……。

確かに出発が遅れている。でもたった五分の遅れが、ニューヨークまで一二時間の飛行にどれだけ影響を与えるというのだ。上空の風がちょいと変われば、そんなものはどこかへすっ飛んでしまうじゃないか。わかっていると思うが、このままの速度でちょっとでもどちらかにずれたら、前輪の真上にあるファーストクラスを激震が襲う。氏原が我慢できずにブレーキを踏んだら、チェックはそこで中止となり、君は明日から機長ではなくなるのだ。

たしかに離陸までのこの時間に緊張するのは理解できる。交通量も多く経路も複雑なところへ、タクシーアンドテイクオフ・チェックリストを済まさなければならない、今日の場合テイクオフブリーフィングもまだだ。無線は常にモニターして、キャビンの準備にまで気を遣わなければならない。航空事故の一割はこのフェーズで発生しているというから、チェッカーといえども神経質になるだろう。

村井の緊張はまだ続いている。頬が少し紅潮しているように見える。見られていると思うから堅くなるのだ。ここは氏原に技を見せていると考えれば、気分的にはずいぶん楽になるはずだ。早く気持ちを切り替えろ。

第二ターミナルから滑走路に向かってタクシーしていると、赤い尾翼の７４７が一機、誘導路をこちらに曲がってきた。翼の高揚力装置《フラップ》を全部上げているので到着機だ。管制から前方のノースウエスト機は、第一ターミナル四三番ゲートに向かうから道を譲るように、と指示がきた。

「了解」

村井は氏原にそれだけ言うと速度を落とし始めた。乗客に気づかれないように減速するには、それなりに神経を遣う。うしろから見ているだけでも、自然とつま先に力が入る。

はじめてカーボンブレーキを経験した頃は、息を止めてペダルに全神経を集中させたものだ。当時の広島空港、現在の広島西飛行場に、最新のボーイング７６７－３００型が導入された。ところが滑走路が短いので強力にブレーキを使う必要があった。乗客の持ちものが前へ飛ぶと言われたくらい、カーボンブレーキは効いた。怖いのはその後なのだ。着陸で一旦ブレーキが熱くなると、今度は触れただけでも食いついて、いきなり急停止してしまう。普通に止まろうと思ったら、靴の中で足の指が底に触れるか触れないかくらいにタッチして、止まるのをじっと待つしかない。待ちきれずにちょっとでも踏もうものなら、その場でがくんと止まってしまう。そんな時に立ち上がっていた乗客に皆、将棋倒しになりそうになったと聞く。以降、カーボン繊維の向きを変えるなどの改良がなされて、あのころに比べるとずいぶん使いやすくなったが……。

速度が大分落ちてきた。今のうちだ。センターラインをまたぐのを止《や》め、タイヤ一本分ずらしてタクシーするようにすればいい。そうだ、その調子だ。やればできるじゃないか。

ゆっくりと速度を落としたシップを村井は静かに停止させ、パーキングブレーキをかけると氏原の方を向いた。

「今のうちにテイクオフブリーフィングと、タクシーアンドテイクオフ・チェックリストをやっておきます」

「了解」

チェック中とはいえ、そんな冷たい声で返事をしなくてもよさそうなものだ。ともかくテイクオフブリーフィングがいいタイミングでできた。氏原もそう思っているに違いないのだ。続いてチェックリストに入る。氏原はチェック項目が一つ終わる度に、コントロールコラムのチェックリストに付いているボタンを一段ずつ下げていく。村井の目はチェック項目を追いながらも、外の状況に気を配るのをおこたらない。二人の動きが同時に止まった。管制からタクシーを続けるようにと許可がきた。

村井がパワーを入れる。エンジン音の高まりに一呼吸遅れて、再びシップが動き出した。エアフランスの白いジャンボが、真っ青な空に向かって駆け上がってゆく。のどかな光景だ。そう言えば日本では一般にエールフランスと呼ばれているらしいが、パイロットは自分たちの会社のことを「エアフランス」と呼んでいる。業界用語でも「エアフラ」とは言うが「エールフラ」とは言わない。前々から不思議に思っているのだが、どちらが正式な名称なのだろう。

〈ニッポンインター一〇便、こちらニッポンインター成田どうぞ〉

カンパニーが呼んできた。氏原が事務的に応答する。

「はい一〇便です。どうぞ」

〈ただいま入りました情報によりますと、これは札幌行きの便からですが〉

インターホンのチャイムが鳴った。キャビンからだ。私がとるからと村井に目で合図してセレクターを切り替える。

「はい、コクピット、大隅。どうぞ」

〈もしもし、アッパーの白鳥です。先ほどはお邪魔しました。あのぉ、コーヒーがだめでしたら、今ならまだ何かお持ちできますが〉

〈高度二万五〇〇〇前後から揺れが始まるそうです〉

〈ニッポンインター010《ゼロワンゼロ》、ターン・ネクスト・レフト・トゥ・アルファタクシーウエイ〉

〈何がよろしいでしょうか〉

「おい村井君、いま管制が何か言ったぞ」

タクシーを続けている村井があわてて応答する。

「OK、次の誘導路を左へ入ってアルファタクシーウエイを進む」

〈それで収まるのが三万以上だそうでその間はキャビンサインを〉

〈ジュースかウーロン茶か〉

〈つけた方が良いとのことです〉

〈ニッポンインター010、フォロー・ユナイテッド747〉

「了解、ちょっと待ってくれ、キャプテンは忙しいので」

「OK、ユナイテッド機に続く。ニッポンインター010」

「わかった。ありがとう」

「……」

急に静かになった。そう、終わっていないのはインターホンだけだ。

「氏原さん。飲み物はいかがでしょうかとキャビンが聞いてきましたが?」

氏原は前を向いたまま手を振った。今から二五分後には湿度がほぼゼロの世界に入りますが、あと三時間、あなた一人だけ喉《のど》を潤《うるお》すものが何もなくていいんですか。胃がまた痛んでも知りませんよ。本当にいいんですね。

「もしもし、氏原キャプテンはいらないそうだ」

〈了解しました〉

「僕にコーヒーをもう一杯……もしもし?」

既に切れていた。どうして最近の若い子は話を最後まで聞かないのだ。また静かになった。

アルファタクシーウエイに入ると前方にユナイテッド機がいた。村井は排ガスを吸わないように、少し距離を置いてついている。その大きなグレーの図体《ずうたい》と尻《しり》を見ながら、前の二人は先ほどから、ただ黙っている。会話のない状態でいるのもいいが、チェックだと思うとそれが気になりだした。話が続いていた方がテンションが高まり過ぎずに済む。村井のためにも氏原には何かしゃべらせた方がいい。

ユナイテッド機の機体後部から一筋の水が落ち、コンクリートに跳ねて光った。ギャレーで流した水だ。会話を始めるきっかけになる。

—まだ何かサービスをしているんですかねぇ」

「ユナイテッドさんも再建で大変なんでしょう?」

話に乗ってきた。氏原が続ける。

「あちらさんは会社が苦しくなると、サービスを良くして客を捕まえようとしますよね。だから今は一生懸命やっているんでしょう」

「そりゃ、どこも同じじゃないんですか?」

「うちはサービスをカットして客を捕まえようとしている。うちも台所は大変なのにね」

「どういう意味ですか?」

「国内線では三時間かかっても食事も出さない、それを新しいサービスと呼ぶらしいですよ」

確かに氏原の言うとおりだ。ユナイテッドのサービスはつっけんどんだと言うけれど、食事時間帯にかかれば食事を必ず出す。それもたっぷりと。飲み物のサービスも必ずある。相手が必要とするときに必要なことをする、それがサービスだ、というテーゼがはっきりしているのだ。

「そうですよね。昔のアエロフロートでも食事は出しましたからね」

「あれは国営企業だから、話が違いますよ」

氏原は鋭い口調で言って、あとは沈黙が場を支配した。こうなると会話を続けるのが難しい。もう少しおだやかな話し方ができないものだろうか。チャイムが鳴り「キャビンレディー」と液晶パネルに表示が出た。緊急脱出の説明も終わり、すべての乗客が着席してベルトを締め、ギャレー内のサービス用品も所定の場所に格納し、CAも着席して離陸準備ができたと伝えてきたのだ。

「うちも今までサービスしていたんですかね」

「歩き回っていただけでしょう、『スマイル0円《ゼロ》』とかいうサービスを振りまいてね」

皮肉っぽさだけが響いたが、ともかくこれで離陸準備完了だ。滑走路上のユナイテッド機が、翼をしなわせながら轟音《ごうおん》とともに離陸していった。村井が出発機との間隔を計るために左手でストップウオッチを押す。風の強そうな透き通った空に、ジャンボ機がうっすらと四本の排気煙を引きながら昇っていく。その背中を見ていると管制から、滑走路に入り離陸位置に着くようにと指示が来た。

「ランウエイクリアー、ファイナルクリアー」

村井が大げさに首を振って、左右の安全を確認してから滑走路に入った。チェックを意識しているからだろう。

〈ニッポンインター010、ウインド280・15ノット、離陸支障なし《クリアーフォーテイクオフ》〉

氏原が「クリアーフォーテイクオフ」と無線で復唱する。村井はもう一度計器とスイッチに目を配りながら、離陸直前のチェックリストをオーダーした。チェックリストが読み上げられ、素早くスイッチ類が入る。

「チェックリスト、コンプリート」

チェックリストを元の位置に納めながら、氏原がキャビンに合図を送る。モニターに離陸のアナウンスが入ってきた。キャビンではそれを聞きながら、心の中で神に祈る人、日本に別れを告げる人、旅の期待に胸をふくらませる人など、乗客にとって非日常の一二時間が始まるのだろう。だがパイロットには日常の、寝不足と時差との戦いがスタートするのだ。セーム革の手袋をした村井の長い右手が、四本のスラストレバーを中間位置まで進める。

「バーティカル」

各エンジンのパラメータをチェックする。

「オールスタビライズド」

「チェック」

村井は頭を起こして顔を前方に向けると、スラストレバーにかけた右手の中指と薬指で離陸パワー《TOGA》スイッチを押した。昔はフライトエンジニアがパワーセットの微調整をしてくれたものだが、今はコンピューター制御のオートスロットルに替わっている。高まるエンジン音と共にフルパワーが入る。背中に加速の初動を感じただけで、無意識にエンジン計器をチェックして目は前方の滑走路に向く。

シミュレーター訓練だと、ここで異常な音とともにエンジン故障が始まることもある。フルパワーが入ったところで外側のエンジン一発が突如推力を失うのだから、一万九〇〇〇馬力の極端なパワーのアンバランスが生じる。そのうえ速度が出ていないので空力が発生せず、舵《かじ》が全然役に立たない。初動操作を誤ろうものなら機体はコントロールのしようがないほど大暴れして、一回転したあと滑走路の外へ飛び出して炎に包まれるのが落ちだ。村井もここの所は十分注意しているのが感じられた。

操縦をしていなくても速度が上がると、目は滑走路の先、耳はエンジン音、尻は機体の頭振り《ヨーイング》と、それぞれ自然に神経が集中する。

飛行機は離陸するまでには様々な速度のポイントを通過する。計器及び速度計の左右の一致を確認する意味でのコールアウト、八〇ノット（時速一四八キロ）だけは変わらない。他の速度は、その日の滑走路の状況、離陸重量、気温、使用する推力など、多様な条件で変化する。

まず地上における臨界発動機不作動時の最小操縦速度V_{mcg}一二三ノット（二二八キロ）が来る。つぎに、離陸決定速度V_1一五一ノット（二八〇キロ）で、離陸する《GO》かしない《NOGO》かを決断し、ローテーション速度V_Rの一六五ノットで、機首を約五秒間で一二度に引き上げる。

リフトオフ速度V_{lof}で主車輪が地面から離れ、安全離陸速度V_2一七五ノット（三二四キロ）から徐々に加速して、大空に昇りながら高揚力装置《フラップ》を上げていく。パイロットになって最初のうちは、それだけで手袋が汗で濡《ぬ》れる。

村井にはまだ緊張が残っているようで、特に方向舵《ラダー》への不必要な入力が気になってジャンプシートにいても落ち着けなかった。フラップを上げきったところでオートパイロットを入れ、村井の手が静かに操縦環から離れた。オートパイロットが入ったことで、飛行機の動きに無理がなくなりやっとほっとする。そういえば自分の若い頃は、オートパイロットは仕事をさぼるための機械と誤解され、なるべく手で飛ばすのが真面目《まじめ》なパイロットと言われていた。

――まだ若いんだから、上昇中でも一万フィートまでは手でやれ！

先輩のキャプテンによく怒鳴られたものだ。そんなことをしているうちに、オートパイロットは航法コンピューターと組み合わされ、短期間で急速な進歩を遂げた。ジエット時代に入ると手で飛ばすよりも安全で経済的、しかも乗り心地も良いということになり、今では運航にはなくてはならないシステムとされている。

しかし最初から否定的だった者にとっては、今さらオートパイロットを使おうにも、コンピューターとの関わりが複雑過ぎて、なかなか理解できない。かといって立場上わからないとは言えないから、オートパイロットの一番簡単な部分だけを使い、コンピューターに頼るのは良くないと言い張る。コーパイにそのように言い聞かせる輩《やから》もまだ一部にはいると聞く。自分より若いのがそんなことをやっているというから困ったものだ。現在では横の航法《L・NAV》に縦の航法《V・NAV》が組み合わされ、エンジンパワーまでを制御するようになった。

L・NAV《エルナブ》というのはカーナビと同じで、A地点からB地点に行く水平方向の移動を司る「航法」をいう。

V・NAV《ブイナブ》は地上から上昇、巡航高度と、そこから地上までの「経路《パス》」を示すものだ。上空へ行くには山脈など越えなければならない地上の障害物と、エアウエイや専用空域など空域による高度制限がいくつもある。それを階段を上るように一段ずつ上がっていくのだが、現在のパワー設定で制限がクリアーできるのか、できなければどのパワーならクリアーできるかV・NAVが教えてくれる。巡航中は経済的な高度や速度の計算が主となる。降下はいつ減速をはじめるのか、緩やかに降りるのか、あるいは高い高度から一気に降りたほうがよいのか、制限内に決められた高度まで降りられるのかなど、そのような計算をやってくれるのが垂直方向の航法、V・NAVなのだ。

なまじ手で操作すると、三次元にわたって無駄な動きが生じ、不経済なフライトになる。どんなに上手に直線を書いても、機械が引く直線にはかなわないのと一緒だ。だからといって全《すべ》て機械任せにして良いかというとそうではない。

こちらが望むフライトを正確にさせるには、航法コンピューターを使い込み、L・NAV、V・NAVについて勉強するしかない。そして機械が何をしようとしているのか、どこから基本データを取っているかなど、最良の条件で飛行できるように、常に手助けをしてやる必要がある。そうでなければ飛行機に「飛ばされて」しまう。

——何で降下中一万フィートでオートパイロットを外すんだ？　ちゃんと最後までオートパイロットを使ってみろ！

今は文句がそんな風に変わっていて、コーパイ受難の時代らしい。まぁ、パイロットの世界は純然たる階級社会だから、コーパイはいつの時代でも受難続きなのだが……。

銚子《ちょうし》沖に出て、大きく左旋回をしながら北東に向かって上昇を続ける。青黒い黒潮の海面には白波がはじけていて、下は風の強いのがわかる。うねりも見られるので千島沖の低気圧は発達しているのだろう。一万フィートを通過してもほとんど揺れがない。

今日のように二万五〇〇〇フィート以上が揺れると事前に情報が入っていても、その高度に到達した時にはすでに一時間近くの時間差がある。現地にまだ揺れが残っているかどうかはわからない。揺れも雲と一緒で、風に乗って流れていってしまうからだ。しばらくためらっていた村井だったが、シートベルトサインを消すように指示を出した。

「すみません。キャビンを呼んで、この先二万五〇〇〇フィートを通過する頃から揺れるとの情報があるので、まだ食事のサービスは始めないように言ってください」

食事の準備を始めたあとにシートベルト着用のサインが点《つ》くと、ギャレー内ではすでに注いでしまった飲み物は全て捨て、温めた飲み物や食べ物はまた元のコンテナーに戻してロックを掛ける。カウンターに並べた瓶や食器類も急いでしまい込む。ベルトサインひとつでも、その辺がわかっていないと大変な騒ぎを引き起こす。機長はさまざまな局面に神経を遣うのだ。

国際標準時間（＋９時間＝日本時間）

	0215	0415	0615	0815	1015	1215	1415
	0	2	4	6	8	10	12
村井	duty						
氏原							
大隅	rest						

ニッポンインター乗員室

「了解」

返事をした氏原はサングラスをかけているので、目つきはわからないが、村井に向ける顔が少しほころんだように思えた。

シートベルトサインが消えた。交替時間表に離陸時刻から計算したレストとデューティーのスケジュールを書き入れ、中央計器台《ペデスタル》の上に置く。

「これ、書いときましたから」

通常は一人が八時間もぶっ続けにデューティーになるようなシフトは組まないが、チェックのときには離着陸を同じ人間がするのでこうなってしまう。

この表だと常に一人はレストに入っていることになる。だが会社は離着陸時にはパイロット全員がコクピットにいることが望ましいとしている。そのために今までコクピットにいたのだが、本来ならこの時間帯はレストなのだ。

「失礼して、仮眠室《クルーバンク》で……」

「お疲れ様、ゆっくり休んでください」

チェッカーの言葉を背に受けて、コクピット後方のクルーバンクに入った。右手の壁に二段ベッドが取り付けられ、天井には小さな電球が点いているのだが、明るいコクピットから入ると一瞬何も見えない。その横の狭い通路を通り、もう一つドアを開けて奥の小部屋に入る。

くつろげるように一世代前のビジネスクラスの座席が二席置いてある。天井の豆電球が眠そうにあたりを照らし、空気までがコクピットと違ってやわらかく淀《よど》んでいる。壁に窓があったほうが、本を読むにしても気分を変えるにしても良いような気がするが、今日の機体にはついていなかった。先ほど持ち込んだ週刊誌を片手に椅子《いす》に腰掛ける。

今月に入ってから二回目の長距離便だ。パリもニューヨークもロンドンも、たまに行くなら素敵な街なのかもしれないが、毎月二回三回も往復すると単なる運航宿泊地となり、美味《おい》しいものを食べてぐっすり寝ることくらいにしか楽しみを見出《みいだ》せない。

若いときはどこへ行ってもそれなりに楽しく、時差と関係なくすぐに寝られたが、最近は努力しないと眠れなくなった。部屋が変わりベッドが変わって、時間が変わり食べ物が変わる。それでもなんとかして寝ないと帰りの便で疲労がどっと出る。その上日本に帰ってからごろごろするだけの、何もできない休みを過ごすことになってしまう。体調が戻らないまま迎える次のフライトのきつさは、年齢とともに耐え難くなっていた。

前回の国際線《インター》では部屋が良かったのか眠ることができた。今回は帰り便がチェックだ。睡眠をなるべく取るようにしないと、フライト中にだるさが出てしまう。

今朝も話題に出したが、三歳年下の砧が不整脈が原因でフライト停止になった。彼の話だと自覚症状はなかったが心電図に異常が出て、二四時間の計測で心房細動が一回記録されたという。時差による疲労と、ストレスが原因かもしれないとのことだった。

このところの疲れを考えると、自分にいつそのような症状が出てもおかしくない。血圧は高い方だと言われているし、最近は視力も落ちている。この先も身体検査に引っかからないという保証はない。砧の場合は時差がどうしても克服できず、日本でも昼夜逆の生活が続いたらしい。まだ検査が残っていると言っていたが、歳《とし》を考えるともう復帰は無理かもしれないとあきらめていた。

砧の評判は色々聞くが、戦後の海幕出身なのに昔気質《かたぎ》の機長で、切れ者だが悪く言えば融通が利《き》かない。コーパイにもCAにも、場合によっては地上職にまでどんどん文句を言う。

「最近は正しいことを言える機長がいない」

彼は口癖のように怒り、嘆いていた。しかしいつもあんなに興奮していたら、血圧も上がるだろうし、ストレスもたまるだろう。もう少しのんびりやればよかったのにとも思う。

コーパイ連中はほっとしているかもしれないが、ああいう名物男がまた一人減ったと思うと、去りゆく時代を感じてしまう。彼は組合の中執（中央執行委員）から管理職になった最初の例だろう。

ベッドの部屋に戻ろうとしてドアに取り付けてある鏡に顔が映った。思わず立ち止まる。往《い》きの便なのにすでに疲れの影が見える。もう一度鏡をのぞき込んだ。三四年間、一万七〇〇〇時間というフライトによって刻まれた深いしわと、髪に多く混じる白髪だけが目に付く。その量ほどに自分が成長しているとはとても思えない。その間に何を成せたというのだ。フライトスケジュールを消化するのに追われた三四年間ではなかったのか。一六年間の教官生活で何が残ったというのだろう。

訓練をして受訓者をチェックに通すことはチャレンジであり、達成感もあった。しかしよく考えると、そのパイロットに才能を与えたわけでも、能力を高めた訳でもない。ある期間を一緒に過ごしただけで、本人は以前と何も変わらないのだ。教師とは違って成長とは無縁の存在なのだ。それが教官というものの限界なのかもしれない。

ないか。

鏡に映った真実を見続けたくなかった。沾も鏡の中に同じような何かを感じたのではないか。

二段ベッドの部屋に戻って仮眠の準備をする。上段は壁も天井も機体と同じカーブをしていて狭く、大柄な人間の多いアメリカ人たちがよくここに入れるなと思うほどだ。天井に近すぎる圧迫感が、どうも好きになれない。下の段も大して変わりはないが、壁はほぼ垂直だし少しはましだ。下の段に潜り込んでカーテンを引く。仮眠といっても、お昼の一二時では寝付くまでに時間が掛かってなかなか難しい。いま寝ておかないと連続八時間のデューティーが待っている。次のレストは着陸の二時間前までなく、着陸時もコクピットにいるので、そのレストも実質二時間は取れないはずだ。

何か読んでいるうちに少しは眠くなるかと、「快眠法」の記事がでていた週刊誌を広げるが一向にききめがない。まあ、身体《からだ》をまっすぐに伸ばしておくだけでも違うだろう。

村井にはこれが初めての定期審査のようだ。あの若さで国際線を主に飛ぶ747－400に機長として乗り込むということは、以前ならあり得なかった。

ボーイング747や777などは、国際線を中心として長距離を飛ぶのでパイロットの手当も待遇も良く、そのため大型機は上位機種とするのが世界の航空界の本流といえる。

たとえば747で一人がリタイヤすると、767あるいはA320など中型機の機長が大型機の訓練に投入される。中型機には小型機の機長が送り込まれ、その結果機長の空きができると、最も経験を積んだ副操縦士が新しく機長に昇格するというシステムである。

ところがニッポン・インターナショナル・エア社は、採用の関係でついに機長が大量リタイヤする時代を迎え、機長養成が間に合わずに人員不足を招きかねない事態に追い込まれた。乗員養成計画の失敗という訳だが、その改善策として考え出されたのが機種間の上位下位の撤廃だった。

具体的には五二歳以上の機長の機種移行停止と、リタイヤが発生した機種には新人機長を投入するという方法だ。

当然の事だがリタイヤは、〝加齢者〟が多く在籍する上位機種で発生する。そのため上位機種に新人機長を投入するという世界にも例を見ない方式が始まった。今までのやり方に比べ、訓練の費用と時間を大幅に減らすことができる。代わりに上位機種への順番を待っていた四〇代後半以上の経験を積んだ機長には、-400あるいは777機など大型機への道は断たれたも同然となったのだ。こんなことを続けると、いずれベテランの誰もがやる気をなくしてしまうにちがいない。

村井は-400の機長になってまだ一、二年、国際線を飛び始めて一年も経《た》っていないだろう。今日は細かくチェックされることにおびえているはずだ。シートベルトサインを消すだけでも緊張していたのは、そのためかもしれない。

機長になりたてのころは、誰もがペデスタルの隅にあるシートベルトサインの、小さな丸いスイッチには悩まされる。

どうも揺れそうだと思って、コーパイにベルトサイン点灯を指示する。指示されたコーパイは一瞬、怪訝《けげん》な表情をするが機長の命令には逆らえない。

「ベルトサイン、オン」

復唱してスイッチをオンとする。その後がいけない。いくら待っても揺れるどころか微動だにしないのだ。少しは揺れてくれと心密《ひそ》かに祈るのだが、一向に揺れる気配はない。気まずい雰囲気が続く。もうこれ以上我慢できないので消すように指示する。

「ベルトサイン、オフ」

今度は待ってましたとばかり揺れが始まる。今度は「収まってくれ！」と神に願うのだがなかなか収まらない。それでもまだ我慢するが、悪魔の笑いのような揺れはひどくなる一方で、ベルトサインをオフにしたコーパイが悪者に見え始める。終《しま》いにはキャビンのCAから、危ないので点けて欲しいとまで言われてしまう。そうなると点けざるを得ない。

「ベルトサイン、オン」

その頃には揺れる空域を抜けていて、静かな空でベルトサインを点けて飛ぶ唯一《ゆいいっ》の飛行機となる。こんな経験は誰にでもあるものだ。

昔からのパイロット仲間は、このスイッチのことを「揺れ止めスイッチ」と呼ぶ。点ければ揺れが止まり、消すと揺れるからだ。

不思議なことに規程にはベルトサインを消せとはどこにも書いてない。消しても違反にはならないだけだ。そうなると消すのは機長の趣味みたいなものという理屈も考えられるわけで、乗客が怪我《けが》をしようものなら、全ての責任は機長にかかってくる。

「オペレーションマニュアル第二章2-1-2⑦項ならびにS-S-2の2の②によれば、離着陸時ならびに空気の擾乱《じょうらん》があるとき、機長はベルト着用のサインを点灯するとなっていますが、それはご存じですね」

「はい」

「揺れが起きるのになぜベルト着用の指示をしなかったのですか？」

「揺れるとは思わなかったからです」

「なぜ揺れると思わなかったのですか?」

そう聞かれても揺れを察知する計器などはないし、空気の乱れは目で見えるものでもない。勘で判断するしかないのだ。もちろん天気図や上空の風、気温等々のデータをもとに予測するのだが、予測そのものが、やはり勘に頼っているのだ。

「あなたは勘を頼りに人命を預かっているのですか。それはあまりにも無責任だと思いませんか」

事あればこう詰問《きつもん》されて、業務上過失に問われるのが落ちだろう。規程にはっきり決めないことこそが無責任だと思いながら、既に機長として二五年も飛んでしまった。

昔は良かった。そう呟《つぶや》くと年寄りだと笑われるが、勤務や訓練にもっと自由があった。乗務管理課や旅客課など、クルー間に限らず他職種の人たちとも旅行やスポーツを楽しんだり飲みに行ったりして、交流があった。職場が活気に溢《あふ》れていた。そんな世界を求めてパイロットになったのに、今では管理管理で、誰も自由にものを言えなくなった。

それは難しいですね。

NOで始まるセリフを聞くのが日常となった。何事も進みはしないし、誰も何も決めようとしない。そうかと思えば、会議を開いても結論は最初から決まっていて、形だけのもので終わることも多い。国内専門に飛んでいるエアバスＡ３２０のクルーは、よく息が詰まらないものだと感心する。

　今日のチーパーの山野も、年齢的に微妙なところにいるはずだ。彼女のようにはっきりものを言う娘《こ》は今では少なくなった。前回福岡に臨泊した時に、彼女がこぼしていた。最近の若いＣＡは要注意だと。同じクルーだから仲間と思ったら大間違いで、すぐに告げ口をする。何があったかは知らないが髪型を急に変えたのは、単に今日のフライトで僕と一緒になるからだけではないだろう。優秀なＣＡだが、職業人《プロ》としての自覚が芽生えてしまった以上このさきはお荷物扱いで、会社はそろそろお引き取り願おうと考えているのかもしれない。

　目が慣れてくると豆電球一つでも結構明るいものだ。エンジンの単調な音が聞こえているだけで、揺れもほとんどない。コクピットでは村井が氏原の隣でまだ堅くなっているのだろう。

　堅くなる、か。そんな気持ちを持っていたのはいつ頃までだったか。長年チェックに通すことばかりを教えてきたので、チェックだからといって特別な感じを持つことさえなくなってしまっている。

　月に五回はここで眠り、一年の三分の一をホテルで過ごす——。落ち着かない生活を繰り返しながら、このまま定年を迎えるのだろうか。それとも、砧のようにいつか病気で飛行停止になり、定年まで飛び続けることができなくなるのだろうか。いつも同じようなことを考えているが、まだ自分が納得できる答えは見つかっていない。

VI　振動

大隅はこんな時間に眠れるのだろうか。村井はクルーバンクの扉をちらりと振り返った。帰り便がチェックということに一応はなっているが、やはり宮田が言っていたように、氏原と二人で俺をチェックするために乗ってきたのだろう。俺はレストに入っても多分眠れないに違いない。一睡もできないとすると、着陸のときは最悪の精神状態になりそうだ。

隣で氏原が椅子《いす》を少し後ろに下げて足腰を伸ばした。ジャンボのコクピットは五畳もないほど狭いから、大隅がレストに入ったことで広々したのだが、氏原との会話も途絶えてしまったので、今は寒々としている。

二万五〇〇〇フィートを通過しても揺れはなく、結局三万三〇〇〇フィート《フライトレベル330》の巡航高度まで殆《ほとん》ど揺れはなかった。これならサービスができたのに、とCAに思われても仕方がない。西から風速六四メートルほどの風が吹いているが、風向風速ともに安定している。ミールサービスを始めても大丈夫だと伝えてもらう。

〈了解しました。それから先ほどはすみませんでした。アメリカンフットボールのチームがビジに三〇人ほど乗って来られたので、急いでコクピット担当の斉藤をメインキャビンに変更したんです。斉藤は帰国子女で、英語が日本語よりうまいものですから。代わりに白鳥をコクピット担当にまわしたのですが、申し送りがうまくいかなくて、氏原キャプテンにコーヒーを持って行ってしまったようで、すみませんでした。そんなわけで外人さんが多いので時間がかかりそうなんです。コクピットへのサービスが少し遅れるかも……〉

「いいよ。そんなに気にしなくて」

氏原はCAには結構優しいのだ。声のトーンまで違う。

総じて欧米人は日本人よりもよく食べる。そしてゆっくりと食事をとる。食事を楽しむというよりも、きちんと食事をするといった方が良い。ステーキの焼き具合やワインなどにも結構うるさく、結果的に時間がかかるのだ。今日の場合は揺れもしないのに、サービスの準備ができなかったことへの、皮肉が含まれているのかもしれない。だがチェックフライトだし、安全第一を考えると、これも仕方がないことなのだ。そんなことよりも、データ通信の準備だ。

「少し遅くなりましたけど、ＡＦＮログオンをお願いします」

ＡＦＮログオンというのは、データ通信《CPDLC》のサービスエリアに入る前に、ネットワークにこちらの開局を通報するものだ。

「ＣＰＤＬＣの設定《コネクション》と短波《HF》の周波数を聞いてください。呼び出し信号《SELCAL》チェックもお願いします」

太平洋を渡るときには陸地から離れてしまうので、通常の超短波《VHF》による通信や地上レーダーによるモニターができない。そのためにＧＰＳの位置情報を衛星通信を利用して地上に送り、これを管制卓上に表示することで、擬似的なレーダー監視をするのだ。この自動従属監視《ADS》が可能になると、今まで航空機間の間隔が八〇から一二〇マイル必要だったのが三〇マイルと、管制の監視能力が飛躍的に向上する。加えて太平洋上を飛ぶパイロットは、聞き取りにくい前時代的なＨＦによる通信からも解放される。現在はまだ試験期間中なので、航空機の間隔だけは今まで通り一〇分として運用されている。

東京コントロールを呼び出して、ＣＰＤＬＣコネクションを伝える。しばらくするとＡＣＡＲＳがプリントアウトを始めた。氏原がそれを切り取ると、こちらにちょっと見せてからペデスタルのプリンターの前にある小スペースに置いた。最初のポジションリポートの発信記録だ。

「まだ風が強いね。後ろから来るワシントン便に、二万五〇〇〇以上は風は強いけれど、でも揺れないと教えてあげよう」

「はい。……お願いします」

話しかけてくれたのは良いが、まずいことになった。さっきのアミーゴのことをまだ覚えていて、相手の声を聞いて誰だか確かめようとしているのかもしれない。いや、チェッカーはあのとき呼んできたのが〇二《まるに》便だったとはわからなかったはずだ。親切心で情報を伝えたいだけなのか。そんなことしなくてもいいですとも言えず、ただ宮田《ミヤ》がマイクを取らないことを祈るだけだ。なんで俺はチェックの時にこんなことまで心配しなきゃならないのか。宮田のやつ……。

「〇二便、こちら一〇便どうぞ」

別に他意はないと思うが、交信しながら、こちらをちらっと見たのが気になった。しばらく待ったが返事がない。氏原はもう一度呼びかけた。

「〇二便、こちら一〇便どうぞ」

やはり返事がない。

「どうもあっちは、カンパニーをモニターしてないようですね」

「出発の時に混んでいたから遅れているんじゃないでしょうか。成田に言っておけば伝わると思いますけど」

結局ニッポンインター成田にその旨《むね》をACARSで送り、アミーゴの件は何事もなく済んだ。出発してからまだ四七分しか経《た》っていない。あと一一時間以上も氏原の監視下にあると思うと、それだけで気持ちが重くなる。

氏原が成田への発信記録を折りたたむと、先ほどのポジションリポートの上に角を揃《そろ》えて重ねた。

日本に向かう貨物船だろうか、蒼《あお》い海に白い航跡を短く残している。海上ポイントのSABESを過ぎるころには、陸地は全く見えなくなる。

広い太平洋上を音速に近いスピードでどんどん日本から、会社から離れていく。この解放感だけはパイロットでないと味わえないだろう。チェックフライトだとしても同じだ。会社にいる時は、それほど心理的な締め付けを受けているのかもしれない。距離に比例して気分が晴れ晴れしていくのは俺だけだろうか。氏原も同じように感じているのではないか。

「……何か感じませんか？」

いきなり問われてぎくりとした。氏原が先ほどから屈《かが》んでごそごそやっていたことには気づいていたが。

「音ですか？」

「いや、振動です。足にきませんか」

「振動？　足にですか」

「そう、方向舵《ラダー》に、感じませんか」

ラダーペダルに足をかけると、確かに細かい振動が伝わってきている。この程度なら異常とまではいかないだろう。他にも振動を感じる場所があるかもしれないと、氏原がいろいろなところを手で触り始めた。

その手つきを見て、指導層メモを作った田中が、氏原と飛んだ時の話を思い出した。国内線でのフライトだった。帰ってきた田中は、「あんな細かい人を見たことがない」と「疲れた」を繰り返した。翼の先から尾っぽの先まで、神経を尖《とが》らせているというのだ。舵《かじ》の使い方も細かいし、オートスロットルのほんのわずかのずれもいちいち手で直す。スピードも高度も全く狂いがない。五分ごとにコースの表示を拡大して、○・一マイルの誤差もチェックするとのことだった。

チェッカーと同じように神経質というか、繊細なフライトができないわけではないが、村井自身はそんな飛び方にたいした意味を感じないのだ。

そういえば田中に氏原がどんな着陸をしたのか、聞くのを忘れていた。繊細で細かい操縦が好きなら、機首を高く起こしたまま接地するのを好むのではないか。パワーにしてもトリムにしても細かい操作が必要だし、技術的にも難しい。その分美しくまとめられれば、気むずかしい氏原といえども、顔がほころぶはずだ。

氏原は、－400に何歳の時から乗っているのだろう。B6でチェッカーをやっていたというから、まだ一〇年は経っていないんじゃないだろうか。俺はコーパイで三〇歳からだから、すでに四年だ。俺の方がチェッカーより若くして－400に乗ったことになる。よし、見事な降り方をしてやろう。

右席の氏原を見ると、まだ手のひらでコントロールコラムからホイールへと触れ、スラストレバーは一本ずつ繊細な動きの指で確かめている。

「これかな?」

ナンバースリーエンジンのスラストレバーで何か感じたらしい。レバーをほんの少し前に出す。回転が少し上がった。しばらくしてこんどは少し絞る。心臓外科手術でもしているかのような手つきだ。わずかに回転が落ち、デジタル表示の数字がコンマ五パーセントほど動く。先ほどから足をラダーに乗せたまま様子をみているが、細かい振動はほとんど変わっていない。

「変わらないな。ナンバースリーじゃないな」

氏原がスラストレバーを元の位置に戻し、身体《からだ》をひねって後ろの棚から航空機搭載日誌《エンジンログ》を取り出した。機の不具合があればそこに記されているのだが、出発前に見た限りでは少なくとも二週間前までは何もなかった。氏原はログを膝《ひざ》の上に置いてサングラスを外すと、前の方のページをめくり始めた。振動を起こしている可能性のある場所について、何か質問があるかもしれない。その前に手をうっておこう。

「ちょっとオートパイロットを外してみます。何か変化が出るかもしれませんので」

氏原はログから目を上げず「ああ」とだけ答えた。ラダーはオートパイロットとは直接繋《つな》がっていないので関係ないはずだが、この場合、念のためだ。

コントロールホイールを両手で握り、足をラダーペダルにかけて左手でボタンを押す。オートパイロットが外れた時の軽いショックが伝わり、警報が短く鳴って画面にメッセージがでる。シップ自体には何の動きもなく、足に伝わる振動にも変化はない。

「ラダーが少しずれているようなので……」

外気温を見るとマイナス51℃だ。出発時がプラス7℃だったので、温度の変化による機体収縮のせいかもしれない。右手でラダートリムを二回ばかり当てると、スリップインジケーターが中央位置になった。それでも振動にさしたる変化はない。氏原はログを閉じると、後ろの棚のホルダーに戻した。

「センターコマンド、入れてください」

「どうも気になるな、センターコマンド、オン」

手の中のコントロールホイールが重くなり、オートパイロットが入ったのがわかる。

そっと手足をコントロールから離した。氏原は依然として軽くホイールに手を添えている。まだ振動を気にしているようだ。

「振動はラダーだけですね。そうなるとヨーダンパー(左右方向の安定装置)かもしれない」

氏原はコントロールホイールから手を離すと、操縦系統の画面をEICAS《アイキャス》(エンジン計器ディスプレー)に表示させた。特に異常な症状は示していない。そのまま画面を消すと顔を上げてため息をついた。

「この程度の振動を、気にしすぎていると思うでしょう?」

眉間《みけん》に縦皺《たてじわ》をよせたまま、目が照れくさそうに笑った。前方の青空の中に白く糸をほぐしたような飛行雲が見えている。彼らは揺れているのだろうか。

「そんなことないですよ。原因がわからないとやっぱり気になりますよね」

「振動か音か温度変化か、トラブルは大体そんなところから始まるものなんです」

「何かそういう経験をお持ちなんですか? 良かったら聞かせてください。勉強になりますから」

チェッカーにはなるべくしゃべらせた方がいいと大隅も言っていた。このまま続けてくれると助かる。氏原の笑みが消え遠くを見る目つきに変わった。

「L10《エルテン》（ロッキードL1011）でしたから、だいぶ前になります。三万一〇〇〇で東京から鹿児島に向かって飛んでいたときでした」

離陸してフラップを上げた頃から、細かい振動がコントロールホイールに伝わってきていた。当時そのくらいの振動はエンジンからあっても不思議ではなかったし、機体のワイヤーに共振して発生することもあった。だから特に注意することもないと思っていたのだ。L10はフライトエンジニア、つまり航空機関士がいる三人乗務で、その時はコーパイが操縦をしていた。

「何かこの振動、気になりますね」

フライトエンジニアだけがそのことを気にして、あちこち原因を探し回っていた。でも結局わからずじまいだった。

「デスに聞いても、ああ、当時はスチュワーデスを略してデスと呼んでいたんですが、キャビンでは何も感じないというので、ひとまず安心したんです」

西の天気は下り坂で、九州に近づくと上空から雲が増えてきた。やがて垂れ下がりに引っかかりはじめた。結構揺れたので二万六〇〇〇まで下ろしたのだが、そのうちに雲が増えてもう避けようがなくなった。雲中飛行になっても軽い揺れが続いていた。振動のことはもう誰もが忘れていた。一二月で丁度今くらいの季節だった。

「アンティアイス、オン」

アンティアイスとはエンジンに着氷するのを防ぐために熱風をナセルに流す装置だ。当時は今のように自動的に入らなかったので、そのつどフライトエンジニアがスイッチを入れた。

しばらく経つと窓に氷が付くほど着氷がひどくなった。フライトエンジニアが後ろからコーパイにアドバイスをした。

「ウイングのアンティアイスも入れましょうか?」

「OK、入れてくれ」

異常は彼が手を伸ばして、オーバーヘッドパネルにあるウイングアンティアイス・スイッチを入れた一瞬あとに起きた。

「おい、この振動はなんだ!」

振り返るとフライトエンジニアは細かく震える計器パネルを、両手で押さえながらチェックしていた。

「わかりません。エンジン、油圧《ハイドロ》、電気……すべてノーマルです！」

彼の声も震えていた。機体全体が震えている。突然ショックを発して強烈な振動に変わった。振動音でコクピットが一杯になった。コーパイは故障と考えたのか、オートパイロットを外そうとしている。そう思ったときにはもうコーパイに向かって叫んでいた。

「オートパイロットをはずすな。ディスコネクトするな！」

「でも、この振動は……」

「計器が、読めるか」

あまりの振動で計器が全く読めない。雲中飛行で計器が読めないのだ。速度も高度も姿勢もわからなくなった。しかし不思議なことに何の警報音も鳴っていない。オーバースピードや失速ではない。何か起きればあのけたたましい警報が鳴るはずだ。となるとこのままにしておいた方がよい。

「オートパイロットはそのまま！　アイハブコントロール」

ともかく操縦を代わった。機の操縦にあたる者はパイロットフライングと呼ばれ、機長、副操縦士に関係なく機を飛ばすことに専念する。もう一人はパイロットノンフライングで、通信やデータのインプットなど、その他の業務を行うのがきまりだ。責任の所在と業務分担を明確にするために「ユーハブ」「アイハブ」と声をかけて役割を完全に入れ替える。

後ろでエンジニアがなにか叫んでいるが、音がひどくてよく聞き取れない。

「……を」

スピードブレーキが立ったのか？ エンジンか？ そうではない。ともかく速度を減らそうとスラストレバーに手を伸ばすのだが、なかなか握れない。コクピット内にほこりが舞い上がるのだけが、なぜかはっきりとわかった。

「スピードだ」

コーパイの手がスラストレバーを握った。

「スピードを落とすんだ」

半分までスラストレバーを引いた。計器が読めないのでどこまで回転が下がったのかも、速度が落ちたのかもわからない。

「突然振動が止まったんです、ぴたりと。何事もなかったようにし一んとしました。唖然《あぜん》として顔を見合わせましたよ。何かしゃべるとまた始まりそうな、そんな感じでした。わたしは無言のまま戻したスラストレバーをそっと前に出しました。三人とも落ちたスピードが徐々に元のスピードに戻っていくのを、速度計でじっと見ていました。するといきなりさっきの振動と音が戻ってきたんです。レバーを戻して速度を遅くすると振動が消える。それでその速度以下で飛んで、鹿児島に降りました」

「原因は何だったんですか？」

「前縁フラップと翼との隙間《すきま》を埋めるゴムのシールでした。長さが、そう、一メートルくらいの。それがはがれて、ちょうどアイシングを起こしたのと重なって振動が発生した、ということでした」

「そんなものが振動を起こすんですか？」

「そう、かなり派手に。わたしも結構トラブルは経験していますけれど、振動に関してはほとんどチェックリストにないんです。状況を想定していないケースが多いのですね。神経質で申し訳ないけれど、そういうわけです」

氏原は前方に広がる北太平洋の空に目を向けると、サングラスをかけて口をつぐんだ。確かに想定していない故障にチェックリストはない。氏原は自分でも言っているように少し神経質過ぎるのではないか。審査される身にもなって欲しい。俺は今まで一度も緊急事態に遭ったこともないし、ノンノーマルチェックリストを開いたことさえない。開くのはいつも訓練か、チェック時のシミュレーターの中でだけだ。

「それはいつ頃のことですか？」

「L10の機長になって最初の年でしたから、今から一四、五年前のことです」

一四、五年前、俺はまだ学生だった。そのころすでにL10の機長とは、経験に差がありすぎる。そんなベテランに言われると気になるもので、もう一度ラダーペダルに足を掛けてみた。まだ細かい振動が続いている。エンジンなら一発故障して三発になっても、問題なく北太平洋を越えてアンカレッジまでも飛べるし、ハイドロが一系統故障しても特に問題ない。だが機体に振動が発生して収まらないのでは、急いでどこかに降りるしかないだろう。

目が一万メートル下の、北太平洋に吸い込まれる。表面が荒れて白く毛羽《けば》立っている。いかにも冷たそうだ。ログを見ると新千歳とアンカレッジの中間点に赤で線と矢印が書き込まれ、それより手前なら新千歳に、先ならアンカレッジに降りるのが良いと、すぐにわかるようになっていた。振動を気にしたチェッカーが書き込んだのだろうか？　あの寒くて天気の悪い千島からアリューシャン海域では、不時着すらままならない。何か起きた場合でも、なるほどこれなら単純で分かりやすい。その方角には今も黒い雲の固まりと積乱雲が連なっている。低気圧の墓場と呼ばれている空域だ。目測だとルートより少し北側のように思えるが、まだ遠すぎてレーダーは感知できないようだ。

現在の風が二七五度（ほぼ西）から一二五ノット、時速二三〇キロの追い風を受けている。遠く青空に反対方向へ向かう飛行雲が見える。北側の西行きルートで日本へ向かっているのだろう。

芝生に寝転がって見た飛行雲を思い出す。小学校のころだった。下の兄とは歳《とし》が近いから喧嘩《けんか》ばかりしていたが、上の兄は九歳も離れているので、小さい頃からなついており、仲が良かった。今はふつうのサラリーマンだが、乗り物が好きで、よく自動車や飛行機の写真を示しながら話を聞かせてくれた。夏休みにその兄と、あの当時だからビッグバードになる前の羽田空港に、飛行機を見に行った。屋上の展望台から見ていると、コクピットの窓からパイロットが手を振ってくれた。それが嬉《うれ》しかった。今考えるとコーパイだ。あれが飛行機という夢を追うきっかけになったのだと思う。

訓練で初めて乗ったのは小型単発のパイパー機だった。想像していたより外板は薄っぺらで安っぽく感じたが、エンジンの音と振動がそんな心配をあっけなく吹き飛ばした。飛ぶというより空に浮いたという印象が強い。興奮していたのだろう、海は見えたが自分が飛び上がった飛行場は、いくらあそこだと教えてもらっても見つけられなかった。

最初の頃は飛行機酔いに悩まされた。そして初めてのソロフライト。心細さはあったが、こみ上げてきた嬉しさは今でも覚えている。夜間飛行の緊張と孤独感、闇《やみ》と光の美しさにも心を奪われた。初めて雲の中を計器だけで飛んだときは、着陸後、すぐに電話して兄や友達に自慢したのを思い出す。そして何よりもジェットだ。空気を切り裂くスピードと滑らかさは、今までのものとは全く違っていた。鋭い音にも興奮した。自分の訓練が終わっても飛行場に残って、いつまでも離着陸を眺めていた。

習うことがあまりにも多くて辛《つら》くもあったけれど、飛行機に賭《か》けた青春だった。訓練時代が終わり、三本の金線が入ったコーパイの制服を着た時は、機長に昇格した日よりも嬉しかった。

上空にはジェット気流に伴って発生するすじ状の絹雲《けんうん》が出ている。北側のルートを飛行雲を引きながら日本に向かう彼らには、向かい風となっているはずだ。悪天域を抜け出して北方四島がレーダーに映りはじめ、やっと日本に近づいたと思ったところにこの強い風だ。一時間がえらく長く感じられて疲れが倍増するだろう。あたりには低層雲が出ているようで、海面もぼんやりとしてわからない。

コーパイの頃も含めると、既に四年もNOPAC《ノパック》ルートを飛んでいるが、上空は晴れていてもまだ一度も千島列島の島影を見たことがない。ともかくこの先は天気の悪い地域なのだ。ニューヨークの天候がにわかに気になり始めた。かなり寒くて予報でマイナス6℃、そこに前線が通れば間違いなく雪になる。

今まで悪天候には何回も遭ったけれど、目的地に降りられなかったことは一度もなかった。チェックフライトではいつも起きないことが起きるという。前日までは西向きの滑走路に降りていたのに、風が変わって東向きになったり、その日に限って前線が停滞してルートが変わったり、珍しく南風が強かったりするものだと聞く。まさか今日に限ってそれはないだろう。ここで、チェッカーの意見を聞いてみるのも悪くないと思う。

「ニューヨークの天候はどうでしょうね。成田では夕方以降夜にかけて雪と予想していましたが、着く頃にも雪はちらつくでしょうか、だいぶ寒波が強いようですから」

チェッカーはバインダーから気象予報のプリントと衛星写真を抜き出すと、二つをペデスタルの上に並べた。

「どっちにしてもこの低気圧と前線の影響を受けますね。快晴微風なんて理想的な状態にはなりそうもないですしね。雪が降り出した方がむしろ、気流は安定するんじゃないでしょうか」

「曇り空から雪に変わった頃を狙《ねら》うのが、良さそうだと思うのですが」

話しながら自分でもおかしな事を言ったと気が付いた。頃合いを狙うというのは、降りられなくて上空で待機している時の降り方だ。

コーヒーに手がいきそうになり、あわてて手を引っ込める。もう冷えてしまっておいしいはずもないのだが、チェッカーには飲み物すらないのだ。

そういえばホテルを出てから落ちついてコーヒーも飲んでいない。出掛けに業務課のカウンターで、美味《おい》しい一杯を飲めなかったのが悔やまれる。いつも女性職員が気を遣ってくれて、羽田にはない成田だけの楽しみの一つとなっている。それに比べてこの真っ黒な液体は何だ。横のカップホルダーから流れてくる、煮出したような焦《こ》げ臭い匂《にお》いがまた気になりだした。

コクピットには液体を捨てる場所がない。何を出されても、我慢して最後まで胃に流し込むしかない。冷えて油の浮いたコンソメも、温まって気の抜けたコーラも、今日のコーヒーも、CAが片付けにくる前に、胃袋に移し替えなければならないのだ。チェッカーの胃も最初はこれにやられたに違いない。こうなるとチェッカーのように、飲み物などないほうが幸せかもしれない。

「ニューヨークではお子さんにクリスマスプレゼントでも買いに行かれますか。雪だとせっかくの買い物も大変ですね」

チェッカーから話しかけてきた。しかも急に家族の話になってしまった。あまりに場違いな話題にとまどってしまう。パエリヤ鍋《なべ》のことでカマをかけているのだろうか。それにしては、表情が穏やかだ。

「失礼。先ほどフライトバッグの裏蓋《うらぶた》に、女の子の写真が貼《は》ってあったのが見えたので。かわいいお嬢さんですね」

「ありがとうございます。まだ三年生なんです」

「クリスマスプレゼントが嬉しい頃ですよね?」

「ええ、楽しみにしているようですが。日本に帰るのは二六日になってしまうので、一日遅れのクリスマスプレゼントですけど。まだ何を買うか決めてもいないので。雪がひどくならなければいいなと思っているんです」

今日のチェックが無事終わらないことには、予定も何もあったものではないが。

「市内なら地下鉄でしょう? 少し雪が降った方がクリスマスらしい雰囲気でいいじゃないですか。バスでプレミアムアウトレットまで行くんですか?」

無事チェックが終わったらどこへでも行こう。今はまだ審査飛行の真っ最中なのだ。

「雪だったらブロードウエイのトーイザラスか、バーニーズあたりで間に合わせるつもりです。着くのが二三日ですからどの店も混んでいるでしょうし、それに雪だと市内でも買い物は大変そうです。チェッカーは？」

「そうね、もうあまり関係ないですね。昔はね、買い物もしたけど。最近はほとんどホテルから出ませんしね。私の娘は来年で中学二年です」

チェッカーの子供も女の子なのだ。宇宙線を浴びるので乗員の子供に女の子が多いという噂《うわさ》は本当かもしれない。それにしてもまずいことを聞いたようだ。氏原は離婚して、今は家族と暮らしていないのだ。あわてて話題を変える。

「CAたちは大変でしょう。クリスマスの買い物で。バーゲンには少し早いですか」

「CAさんの買い物は、ストレス発散の薬みたいなものだから、何でもいいんでしょう。村井さんも奥様へのクリスマスプレゼントは彼女たちに」

左手でナンバースリーエンジンのスラストレバーを少し動かして、回転を変化させパラメータを注意深く見ている。まだ振動を気にしているのだろう。

「いい店を教えてもらったらいいですよ。チーパークラスになると、もう自分の気に入った店しか行かないらしいですがね、若い子はいろんな所を知っているというから」

はい。チェックに受かったら、夕食は誰か美人を誘って乾杯です、その娘《こ》にいい店を聞いてみます、という言葉を飲み込んだ。若い頃なら食事に誘えば来てくれたが、今日のメンバーはよく知らないし、誰も来てくれないだろう。いつものように一人の部屋でテレビのトークショウでも見て……、ともかく今はそんなことを考えている時ではない。

「そうですね。いま何が流行《はやり》かなんてわかりませんからね」

ACARSがプリントアウトを始めた。終わるのを待ってチェッカーが感熱紙を切り取る。

「成田から上空のお天気を知らせろと言ってきてます。なんだ、ワシントン便は南のルートを行ったようですね。はは、揺れているらしい」

チェッカーが初めて声を出して笑った。南のルートとは、航空路のない南の太平洋上の任意の点を結んだPACOTS《パコッツ》のことで、通常フリーフロールートとよばれる。主に日本とロサンゼルスなど北米大陸西海岸を結ぶのに使用される。ワシントン、ニューヨークなどの東海岸都市へは、現在飛んでいる航空路NOPACを使う。たまにジェット気流や揺れとの関係で、距離的には長くなっても南のルートを飛ぶ事もある。同時多発テロ以降しばらくの間、日米間のフライトには安全上の理由でこのルートを使用していた。

「揺れは南に下がったようですね」

「天気快晴、気流良好と返事を入れときましょうか。高度三万三〇〇〇、風二七〇度一二五ノット、気温マイナス52℃でいいですか」

「ええ、お願いします。いま対地速度《ＧＳ》は五六〇ノット（一〇三七キロ）出ているんですね」

「そう、調子いいですよ」

俺のチェックフライトの調子もいい。そう見てくれるとありがたいのだが。チェッカーが休憩時間に入るまで一時間を切っている。その前に何か質問があるだろうか。あと一時間半で東京からアンカレッジＦＩＲへ移る。

「ＦＩＲとは何か？」

そんな基本的なことを聞いてくるかもしれない。

飛行情報区《ＦＩＲ》は領空と公海上空を含んだ空域で、その国の領空を意味するものでも何でもない。そのため名称には国名ではなく、業務を担当する管制センターや飛行情報センターの名が付けられているが、アンカレッジのコードは何だっけ。ＰＡＺＡだったか。

そういえばこの前、誰かが機内の法律について聞かれたと言っていた。現在のような状況において、キャビンで賭博《とばく》を始めた乗客がいるとCAがインターホンしてきたとする。その乗客は公海上だから問題はないと主張しているが、これは正しいかというものだった。答えは日本国籍の航空機の機内では日本の法律が有効で、公海上空を飛んでいても賭博を禁ずる法律が適用されるので違法となる。

サウジアラビアでは飲酒が法律で禁止されているので、サウジアラビア航空の機内では酒類のサービスはむろん、乗客の酒の持ち込みも禁止している。それを覚えておくといいと誰かが言っていたが、俺はそれほど酒飲みじゃないから関係ないと返事した覚えがある。もし他国のエアラインに乗るときには、その国の法律を少しは知っておいたほうが良いのだろう。

どこを飛んでいようとも、機内では自国の法律が有効なことはわかったが、航空機の運航に関しては、その上空を飛んでいる国の法律に従わなければならないから、我々にとっては複雑だ。

日本は六五歳までのエアラインパイロットを認めているが、アメリカでは六〇歳以上のエアラインパイロットを認めていない。日本国籍のエアラインで有効なライセンスを所持していても、六〇歳以上だったらアメリカ上空を飛ぶことはできないのだ。このあたりを質問してくれるなら、バッチリ答えられるのだが。

キャビンからインターホンが入った。

〈L1の山野です。遅くなりました、いまニュースとVTRが終わりましたので、キャプテンアナウンスお願いします〉

ほら来た。これが苦手なのだ。機長がアナウンスをすることが、なぜサービスになるのかわからない。乗客が必要なときにそれに応《こた》えるのがサービスであるとするならば、緊急時以外の機長のアナウンスはサービスでも何でもない。下手なアナウンスは音痴なカラオケのように耳障《みみざわ》りなだけで、決して快適なご旅行の一ページとはならないと思うのだ。

氏原がマイクボタンに手をかけたままこっちを見ている。やらないわけにはいかないだろう。チーパーと直接話をするためにセレクターをインターホンに切り替えた。

「了解。到着時間は何時ってアナウンスした?」

〈はい。定刻でご案内しました〉

すぐにアナウンスすると伝えてインターホンを切る。審査フライトではアナウンスをしなくていい、という例外規程は作れないのだろうか。チェッカーからナビゲーションログを受け取り、アナウンスに必要な項目に一通り目を通す。

まず深呼吸をして気持ちを落ち着かせる。何を言うか頭の中でもう一度復唱して、それで息を吸い込んでからマイクのボタンを押す。

「えー、皆様、本日もニッポンインターに（違った。頭にスターアライアンスメンバーを付けるんだった。）私どもの飛行機に、ご搭乗くださいまして、えー、ありがとうございます」

高度速度に現在地。その昔ならいざ知らず、今はスカイマップで一目瞭然《りょうぜん》。次に続くはお決まりの、予想される揺れの有無に到着時間、これもキャビンでCAが、きれいにアナウンスしたばかり。さてどん尻《じり》に控えしは、ご到着地のお天気だが、このインターネットのご時世に、皆様調べていらっしゃる。それが一部の人というならば、半時《はんとき》前にCAが、アナウンスしたのと同じもの。新鮮味などまるでない、いや、つまらないものが出来上がる。

案の定、最後のサンキュウ以外はしまりのないアナウンスになってしまった。本来この装置は、乗客の安全に資するための安全装備品のはずだ。それを勝手にサービスに使っていいものなのだろうか。ともかくどんなへたくそなアナウンスであっても、システム的には優先順位第一番《プライオリティーナンバーワン》となって放送される。寝ている人をたたき起こすのは当然として、イヤホンから流れてくる映画の台詞や音楽、落語などを中断し、耳の穴の奥まで入りこんで強制的に響かせることになる。自分が乗客の身になったら、耐えがたい苦痛と感じるだろう。

インターホンが再度鳴った。キャビンのチーパーだ。

〈良く入っていました。良かったです〉

気を遣ってくれていることが痛いほどわかる言葉だ。

「ありがとう」

額の汗を、既にばりばりに乾いてしまったおしぼりで、こすり取る。アナウンスのことは早いとこ忘れよう。審査フライトに神経を向けるべきだ。

「アナウンス、苦手ですか?」

チェッカーが遠慮がちに話しかけてきた。遠慮がちに尋ねるほどひどかったのだ。

「お聞きの通りで、あまり得意ではありませんが」

「そう。わたしも下手でね。でもいつもしていないと、何かあったときなんかにスムーズにできないと言われてね。練習のつもりでね、やるんですよ」

今回の定期審査がうまくいかなかったときにも、多分こういう悩みながらというか、照れたような言い方になるのかもしれない。わたしもということはやはりひどい出来だと思われたのだ。これも審査対象に含まれているのだろうか。

「お客さんにも、キャビンで機長アナウンスを聞くと安心すると言われる方が、結構いらっしゃるようですよ」

「どんな下手なアナウンスでもですか？」

下手なしゃべりを、とんでもない時間に、聞き苦しい声でするのはじゃまでこそあれ、決してお客さんを安心させるわけなんかないと心底思うのだ。

〈あいにく雲で見えませんが、ただいま左手に富士山を通過しました〉

こんなのは、もうわかった、見えないなら黙っていてくれと頼みたくなる。長々としゃべられるアナウンスも閉口ものだ。マイクを放さない症候群とでもいうのだろうか。上手《うま》い人もいないわけではないが、聞きたくないときには聞かない自由というのはないものか。

インターホンがまた鳴った。眠いときには適度の刺激でいいのだが、こうちょくちょくだとうるさい。俺は少しいらついているだろうか。チーパーからだ。

〈先ほどお聞きするの忘れたんですが、お食事は何になさいます？　二階《アッパー》が早く終わりそうなので、あと一時間もしないうちにお持ちできると思うんですが〉

一時間というとチェッカーは休憩時間だ。

「氏原ですが、あと四五分ほどで休憩に入るので、その頃に持ってきてくれませんか。無理はしないでください」

〈了解しました。何になさいますか？　今月の乗員食《クルーミール》はハンバーグ弁当と、もう一つは鶏《とり》とイカかしら、そういえば氏原キャプテン、この前ご一緒したときのと同じです。ミールはその二種類ですが、両方ともあまりお好きではなかったと思いました。あとはいつものメニューでステーキやソテーなどで、珍しいところではビジネスクラスに中華があります。そうそう、ファーストクラスの和食に確か、ちょっと待ってください、まだありました。和定食《ワテイ》に焼き魚がありますけど、これになさいますか？〉

「ありがたい。そうしてもらいましょうか」

〈それでは今から四五分経った頃にお持ちいたします。村井キャプテンはどうされますか〉

「その中華にしてもらおうかな」

〈はい。それではご一緒にお持ちしてよろしいですね。大隅キャプテンは今レストでいらっしゃいますよね。またそのときにうかがいます〉

あてがわれたクルーミールを黙って食べるのが、本来は望ましい姿なのだろう。各クラスの食事に肉鶏魚、あるいは和洋中と種類がある場合、乗客の好みが偏《かたよ》っても対応できるようにギャレーには何食分か余分に積んである。食事のサービスがある程度進むと、何がどのくらい残るか目途《めど》が付く。どうせ捨てるのなら有効活用しようと、自分たちのメニュー改善のヒントにした悪い、、、クルーがいたらしい。チョイスをするようになったのは、それ以来の習慣なのだ。国内線の忙しいフライトだと、健康のために食べるという感が強いが、国際線のように一二時間も乗っていると、食事によって仕事のメリハリがつく。

〈それと不具合点があるんですが、一番後ろの61から63までのAB席で、オーディオが聞こえないようなんです。今チェックしているんですが、もし直らなかったらお願いできますでしょうか〉

パイロットは航空機の操縦はできても、電子装置室にもぐり込んで配線をたどりながら、赤と青の線をつないで故障を直すことはできない。ハリウッド映画とは違うのだ。

「三列とも同じ不具合なの?」

〈はい。オーディオがどのチャンネルでも全く聞こえません〉

コネクターの可能性が高いが、その場所がわからない。61席付近の通路側の席のどこかだろう。たばこの箱くらいの黒くて四角いケースでも見つかれば、それを拳《こぶし》でたたくか蹴飛《けと》ばすかしてショックを与えてみるのだが、決して素人《しろうと》さんに勧められるような方法ではない。

「そのお客さんに他の席へ移っていただくことはできないの?」

〈はい。食事が終わったら移動して頂くようにお願いしてきました〉

「それならもういいじゃない」

〈ええ、ただ折り返しの便が満席だったと思うので、向こうに伝えておいていただけませんでしょうか。すぐに不具合番号《フォルトコード》をお持ちいたします〉

フォルトコードとは、キャビンで発生した不具合箇所やその症状などを記号化し、それらを組み合わせて通知することで文面を短くし、間違いを防ぐものだ。到着地ではその記号通りの修理キットをそろえて待っていてくれる。番号を間違えるとギャレーのオーブンが故障したのに、トイレの修理用具一式が待っていたりする。だからCAが書いてきたフォルトコードを、コクピットでは発信前にもう一度チェックする。

やっと本来のチェックフライトに戻ることができた。眼下は一面の低層雲で覆《おお》われ、千島列島の方角にそびえ立っている高い雲の頂が風にたなびいている。揺れもなく、快晴のなかでのフライトが続く。

会話が途切れてしまうのは良くない。何とかしないと。緊張が高まる。

「チェッカーは最近もこの路線を飛ばれたんですか? さっきチーパーさんが言っていましたけど」

「ああ、一週間くらい前でしたかね。ワシントン便だったと思うんですけど。彼女、一緒だったのかな、覚えていないんですよ。悪いことしました」

チェッカーはエンジンログを膝《ひざ》の上に開くと、黙って記入を始めた。出発時間《ブロックアウト》、離陸時間《エアボーンタイム》、高度、外気温度、などを書き込む。

先ほどまで白かった雲は既に夕日を浴びているのか、下の方が赤みがかっている。後ろでごそごそ音がして、クルーバンクへ通じるドアから大隅機長が顔を出した。暗いクルーバンクから窓に囲まれたコクピットに出て来たので、まぶしそうに目を細めている。

時計を見ると氏原の交替まで一五分を切っていた。

Ⅶ　カップ麺《めん》

「いやぁ、良い天気だね。気流も良いし、まさにチェック日和《びより》だな。そろそろ交替しましょうか」

元気な声も最後の部分はあくびと重なった。雰囲気がたちまち和む。

「眠れましたか?」

チェッカーも年上の機長には気を遣うのだ。

「この時間ですからね、少しうとうとしたくらいですね。のどがやたらと渇いて」

大隅は段ボールからミネラルウオーターのボトルを取り出し、コップに注ぐと氷も入れずにごくごくと飲んだ。そういえば氷は固まって使えなかったのだ。チェッカーはサングラスを外すと、左手で前方の蒼穹《そうきゅう》に見える飛行雲を指さした。

「前にユナイテッドのシカゴ便がいて、777《トリプルセブン》なので遅いですけど」

交替のための申し送りを始めた。

「マックナンバーテクニック83（音速の83%での速度調整）で、まあ順調に進行しています。すぐ後ろにJALのニューヨーク行きがいて、やはり三三《さんさん》（一万一〇〇〇メートル）で飛んでます。そのあとに大韓航空のこれもニューヨーク便かな、三五《さんご》（一万七〇〇〇メートル）で来てます。うちのワシントン便は南を選んだようで、どうも揺れてるらしいですよ」

ジャンプシートに腰を下ろした大隅は、うなずきながら聞いている。

「五四分にPUGALを通過して、CPDLCは東京コントロールのままです。チーパーさんがキャビンの61席から後ろがオーディオが聞こえないと言ってきまして、これがそのフォルトコードです。それから、ちょっと気になっているんですが、ラダーに振動がきているようなんです。ナンバースリーエンジンかもしれません」

グレアシールドのセレクタースイッチを押して、セカンダリーEICASにエンジン計器を出すと、目を細めてバイブレーションを見る。

「他に比べて少し高い程度で、これで見る限りは問題はないんですけどね。ここに座ったらラダーに足を乗せてみてください。それにしても、まだ交替にはちょっと早いんじゃないですか？」

「いやもう目が覚めたし、交替しましょう」

大隅は立ち上がるとフライトバッグを後ろに置き、氏原が席から出やすいように道を空けた。交替した大隅がコーパイ席にどさっと座る。

チェッカーがクルーバンクに消えた。思わず安堵《あんど》のため息が出る。辺り一帯の空気が柔らかくなり、機体の動きまでが落ち着いたように感じられる。

「大隅さん、食事は何になさいます？　さっき聞いてきたんですが」

「そうか、もうそんな時間か。あまり食べたくないな。村井君は、もう済ませたのかい？」

「いえ、まだです」

「それなら、CAが村井君の食事を持ってきたときにでも頼んでみるよ」

大隅が特に振動を感じないなと呟《つぶや》いて、ラダーから足を離した。シートを少し後ろに下げ、計器盤前の足乗せ《フットレスト》に両足を乗せる。同じ黒でも、新品のように光ったチェッカーの靴とは別物の、鈍くくすんで横に広がった親しみのある靴だ。

「お疲れさんだね。どう、氏原君から何か難しい質問でもあったかね」

「いや、何もなかったです。気を遣って下さってたみたいで」

やはり宮田が心配したように二人してチェックしているのかもしれない。思い切って聞いてみることにした。

「大隅さん。チェックの時のペアリングなんですけど、同じ頃機長になった者と組むのが普通で、今日のようなかたちはあまりないですよね」

大隅は最初何を聞かれたのか意味がわからないようだったが、特に驚いた様子もない。

「僕のチェックは来月だったんだが、乗務管理の都合で変更になったとか言っていたな。特に理由は聞かなかったがね」

何か隠しているような様子もない。取り越し苦労だったのだろうか。構えていた力がゆっくり抜けていく。

もう夕暮れの気配がせまっている。青空をバックに、雲の上の方は白く輝いているが下にゆくほど赤く染まって暗い。ログを見ると日没は離陸後二時間五四分、日本時間の一四時〇八分で、もう一時間を切っている。あれ、ここにも赤で印が付けてある。いったい誰がつけてくれたのだろうか。

腹が減った。そろそろ食事を持ってきてくれるはずなのに何の連絡もない。後ろもサービスに追われて忙しいから、どうしても遠慮がちになる。ただチェッカーの食事だけでも早くしてくれないと、仮眠時間に休めない。

「ちょっと後ろに聞いてくださいませんか」

「いや、もうちょっと待った方が、なんか催促しているみたいで、どうも」

コールは催促するためにするのだから一向にかまわないと思うのだが、大隅は動こうとしない。食事が遅くなって問題なのは、大隅でなくチェッカーなのだ。いま頃は多分悪い胃をちりちりさせながら、暗いバンクで一人じっと待っているに違いないのだ。

五分が経《た》っても、あと五分ほど待ちましょうよと言う。ここで気を遣わなければならない相手はＣＡではなく、胃をちりちりさせている氏原の方だ。大隅ほどのベテランになると、チェッカーなどにいちいち気を遣う必要がないのかもしれない。たしかにＣＡの方が、世話になることが多い。単純計算でＣＡの世話になるのは年間二四三日だが、こうやってチェッカーの世話になるのはシックスマンスチェック（定期技量審査）などを含めても、一年にたった三回だ。

操作端末《ＣＤＵ》の画面に、東京コントロールよりアップリンクされたＣＰＤＬＣの内容が表示された。ＡＣＡＲＳがプリントアウトを始め、大隅が切り取って手渡してくれる。

『AT PASRO CONTACT KSFO CENTER ON 10048KHZ』

まもなくトウキョウＦＩＲから、アンカレッジＦＩＲへ移る。その移行地点のＰＡＳＲＯで、サンフランシスコの管制センターに短波《ＨＦ》で交信するようにとの指示だ。

「了解、ＷＩＬＣＯ（指示に従う）でお願いします」

大隅は太い指でCDUの画面とボタンをいじっていたが、「WILCOとアンカレッジへのログオンもOKだよ」と顔を上げた。アンカレッジFIRではCPDLCを通常通信には使用せず、バックアップとしてログオンのみしておくことになっている。通信衛星が赤道上の軌道にあるため、高緯度地方での通信には支障が生じる可能性があるからだ。

時計を見るとPASROまであと七分、しばらくお互いに黙ったまま外を見ていた。空はまだ蒼《あお》く明るいが、地表は暗く太平洋は夜の海だ。

「PASROです。大隅さん、サンフランシスコにコンタクトお願いします」

HFでサンフランシスコを呼び出してポジションを報告し、SELCAL（呼び出し信号）のチェックを行う。コクピットにツートンチャイムが鳴り、地上からの呼び出しテストOKで終える。次のポジションリポート地点のPLADOで、アンカレッジセンターにコンタクトせよと言ってきた。

PLADOは今から五〇分先だが、それまでに米国のアラスカ防空識別圏を越え、アンカレッジ管制区に入り、日付変更線をまたぎ、航空管制レーダーの監視下に入る。そうなれば、超短波《VHF》による通常の音声通信が可能になる。地図上にはいろいろなことが併記されているが、実際は普通の空域で、ポジションリポートをすると『レーダーコンタクト』という懐《なつ》かしい一言が聞けるだけだ。

時計を見ると先ほどから一〇分ほど経過している。

「あのぉ、だいぶ経ちましたが……」

「え？」

「いえ、食事のことですが、もうそろそろ言わないと。いえ、このままだとチェッカーの休息時間《レスト》の半分を、ただ食事を待たせて終わりそうなので」

「えっ、彼もまだだったのかい、もう済ませたものとばかり思っていたよ」

大隅はあわててセレクターを切り替えて、キャビンを呼び出す。なかなか返事がない。まだミールサービスで忙しいのだろうか。

「それにしても何してんだろうな」

「ギャレーを呼んでいるんですか。ファーストのギャレーなら誰かいるはずですが」

大隅はインターホンを切ると、改めて受話器の裏を返して、そこに書いてあるギャレーの番号を探している。氏原だったら、もうとっくに通話をしている頃だ。鞄《かばん》から取り出した眼鏡をかけ、改めて探し始める。

「眼鏡使用じゃなくて、眼鏡携帯なんでね」

ライセンスに書かれている制限事項のことを言っているのだ。眼鏡使用の場合、乗務中は常にかけていなければいけない。

　今度はすぐに相手が出た。声から判断して若い子のようだ。

〈ああ、キャプテンですか。ここはエコのギャレーで、チーパーはいまビジに行ってます。ビジのギャレーを呼んでください。食事ですか？　それなら二階客室《アッパー》のギャレーにお願いします。担当はアッパーですから〉

　やたらと忙しそうだった。この時間でそんな忙しいわけがない。何があったのだろう。大隅がまたこちらを見ている。

「後ろは、まだ忙しいようだな。どうする？　アッパーに聞いてみるか」

「ともかく、どうなっているのかだけは聞いていただけますか？」

　眼鏡をかけ直すとまた受話器の後ろをひっくり返している。番号を探しながら、文字が小さいなどと文句を言っている。夕暮れが迫ってコクピットも暗くなっているが、その動作を見ているとじれったくなる。

「ライトを点《つ》けましょう」

　計器パネルから始まって天井と壁のサーキットブレーカー、ペデスタルなどの照明を点け、夜間飛行に備えた。それが終わってやっとアッパーギャレーの呼び出しにかかる。白鳥の甲高い声が返ってきた。

〈すみません。ともかく食事の量があれでは足りないとおっしゃって、何しろ三〇人のスポーツ選手でしょう？　別に騒ぎ立てているとかそういうんじゃないんですけど、ともかく何かないかって〉

「それでどうしているの？」

〈余った食事をまわしているんです。食事も全部なくなってしまって。おつまみのピーナッツとかも一つ残らず召し上がった上で、それでもまだお腹《なか》がすいているって。もうメインのビジで食べられるものは氷しか残っていないって言ってました〉

機内の食べ物は、すべてビジネスクラスに運び込んでいるらしい。チーフパーサーがビジネスクラスのギャレーからインターホンに割り込んで入ってきた。

〈いいわ。私が説明するから。キャプテンすみません、変なことになって。三〇人のアメリカンフットボールの選手さんなんですが、この便はコードシェアでユナイテッドの便名も持っていますから、アメリカのエアラインと同じと思って乗ってこられたらしいのですね。ともかく食事の量が全然足りないということで、ユナイテッドに苦情を出すと言っているんです。とりあえず最初のうちはビジで余った食事を出していたんですが全然足りなくて、そんなんでキャビンはちょっと大騒ぎなんです〉

まずいことに、会社はこの秋から新しいサービスの一環として、『一二時間も座りながらフルコースを食べるのは健康的ではありません。当社は必要なカロリーに合わせた健康食を提供します』というキャッチコピーのもとに、食事の量を以前の半分以下に減らしたのだ。

〈ちゃんとした食事でなくていい。ホットドッグかハンバーガーでいいからって言われるんですけど、うちの便はそんなもの積んでないでしょう？　最初はクッキーとかケーキをお持ちしたんですけど、皆さんすごく大きな方ばかりなので、ほんの一口なんです。仕方ないのでビジネスクラスのパーサーとも相談して、ビジからもファーストからも予備のミールを全部もって行くことにしたんですけど、エコのミールを加えても一五食分しかないんです〉

「で、僕らの食事は？」

〈すみません、まだそこまで手が回らなくて。それで仕方ないのでクルーミールを廻そうかと……。CAは同意してくれて一二食分は集まりました〉

「ちょっと待った。クルーミールをまわしたら食事はどうするの」

〈カップ麺で済ませます。CAはみんなでダイエットです。コクピットもダイエットに参加して頂けませんか？〉

「参加？」

大隅が驚いた顔をこちらに向けた。それにしても今朝から、とことんついていない。すでに窓の外は暗い。こうやって操縦席に座っていると、これから食べるのが昼食なのか夕食なのかさえわからなくなる。昼食なのに気分的には夕食なのだ。一日二食に減らされ、そのうちの一食がカップ麵になるのか。とても耐えられない。大隅も断固反対だろう。

「大隅さん、僕はカップ麵でもいいですけど」

「そうかい？　チェックだからちゃんと食べた方がいいと思うけど。でも、それなら私もカップ麵にしようか。もしもし、待たせてごめん。えーとね、村井君も僕もカップ麵でいいや」

ちょっと待ってくださいと言おうとしたが、もうインターホンに戻ってしまった。なんでこんな時だけすばやいのだ。

〈ありがとうございます。大隅キャプテンの、帰りの便は気を付けてちゃんとサービスしますから。氏原キャプテンの分はどうしましょうか〉

帰りの便は気を付けてちゃんとサービスする？　それはないだろう。今チェックを受けている俺はどうなるんだ。

「問題はそこなんだよ。あの人インスタントはだめなんですよ」

〈氏原キャプテンとは先週もご一緒したんですけど、クルーミールのハンバーグも鶏肉もあの方お嫌いなんです。インスタントのカップ麵はだめですけど、折り返し便で出す讃岐《さぬき》うどんなら大丈夫です。それを一つ使わせてもらおうかと思っているんですが、いかがでしょうか〉

「折り返し便のものを使って大丈夫なの？」

〈ええ、その便のチーパーに一言、断っておけばＯＫです〉

「じゃ、氏原さんに聞いてみるよ。すぐにコールバックする。どこにかければいいかな？」

ファーストのギャレーにいると言ってインターホンが切れた。大隅はインターホンの受話器を片手に持ったまま、続けてクルーバンクにインターホンを入れた。

「あ、チェッカーですか。おくつろぎのところ、すみません」

事情を説明すると、チェッカーはあっさりと了解してくれた。そうなると事はスムーズに進む。

五分後、どんぶりに入った讃岐うどんが届けられた。うどんの上には油揚げとネギの薬味が乗り、側《そば》にはちゃんと七味とお茶まで並んでいる。胃を刺激する匂《にお》いがあたりに漂う。

にっこり笑った白鳥はジャンプシートのテーブルにお盆を置くと、エプロンの両ポケットからなにやら取り出して手渡してくれた。野球のボールくらいの大きさの発泡スチロールには、カップ麺と書いてある。

「これが当社の新しい健康カップ麺《めん》で、ハーフサイズなんだそうです。お湯は魔法瓶が空いたらあとで持ってきます。ボナペティ！」

口角を上げてにっこりすると、首筋をすっと伸ばしドアをばたんと閉めてキャビンに消えて行った。

「お、うまそうだな」

入れ違いにクルーバンクからチェッカーが出てきた。後ろのジャンプシートに嬉《うれ》しそうに座る。

「わたしはこのくらいで丁度いいんだよ」

それだけ言うとお茶を一口すすり、右手で七味をうどんの上に振った。もう一度振る。どこか感じが違うと思ったら眉間《みけん》の縦じわが消えている。和紙に包まれたファーストクラスの割り箸《ばし》をぱりんと割った。

「ではお先に」

「僕らのは？」

後ろばかり見ているわけにもいかないので、夕暮れの冬空に目を向ける。隣をそっと見ると、大隅もただじっと前方を見つめていた。うどんをすする音がする度に、目が脇《わき》に置いたハーフカップ麺にいくのは仕方がない。

チェッカーは食べ終わると、何もしゃべらずにさっさとクルーバンクに消えた。自分がいると堅苦しくて食事もしにくい。そう気を利《き》かせてくれたのだろうが、お湯が来たのはそれから更に一〇分後だった。

三〇人の外人選手にカップ麺を出さずに、クルーミールを出した理由がわかった。あまりにも小さいため、熱湯をこぼしそうで危ないからだ。大隅が三分の一の大きさだな、と手のひらにのせる。

蒸らすこと三分間、小さな丼《どんぶり》の形をしているのでカップホルダーに収めることもできない。大隅は左手にカップ麺を持ったまま右手の箸を歯で嚙《か》んで割り、無言のまま飲み込むようにすすり始めた。

自分も操縦を交替してもらい、いそいそと箸をつけたが、ラーメンなのかうどんなのか、味わう前に食事が終ってしまった。

口に残った人工調味料の味を水で流し込みながらまず考えたことは、明日の朝食がまだ手つかずでこの機内には残っているということだった。それだけは何があろうと死守しないといけない。

そうだ。ニューヨークに着いたらすぐにグランドセントラルステーションへ行って、オイスターバーのクラムチャウダーをテイクアウトしよう。ぷりぷりしたアサリがたっぷり入った熱々のクリームポタージュの中に、小さく切ったベーコンの塩味と柔らかいポテトが隠れているやつ。寒い日にはぴったりだ。熱いシャワーを浴びた後、部屋でゆっくり食べれば、夕方七時くらいまでは熟睡できるだろう。上空の雲までが、クラムチャウダー色に染まって見える。

しばらくして大隅がぽつりと呟いた。

「仕方がないよな。僕らはサービス業だからな。たとえるなら、オペラ劇場のオーケストラみたいなものさ」

「なんですか、それ」

「オペラには絶対に必要なオーケストラは、客席から見えない舞台の前の小さなボックスに入っているだろう。オーケストラピットというんだが、あれと一緒だ。僕らは舞台を引き立てるために見えないところで協力するんだ。弁当もその一つと思えばいい。乗客が満足してくれるなら、コクピットとしてはそれで良しとするしかないだろう」

「サービス業ですか。私はサービスではなく技術を売っているつもりです。熟練した技と豊富な知識とでも言いましょうか。そういう面でパイロットは職人に近いと思うんです。医者にたとえるなら大病院の医者です。開業医ならサービスの頭も必要でしょう。でも、パイロットはサービスより技術を磨くことが第一だと思うんですが」

「そうだ。技術を磨くことは大切だ。だがな、その磨いた技術で何をする？　乗客に快適な空の旅を提供するわけだろう。これはサービス業以外の何物でもないんじゃないのか？」

大隅は今回の機内食のトラブルも、自分たちの責任と考えているらしい。そもそもこの問題は充分な食料が搭載されていないことから起きたもので、クルーにその後始末をさせるというのはいかがなものか。

「快適なサービスを提供しなければいけないのは会社だと思います。私たちは最前線にいて飛行の安全を守っているわけですから、食事もろくに食べられないというのは、問題ですよ」

「それじゃ聞くが、君の言う会社って何だ？」

「それこそ、人、物、金、を動かしている人たちのことです。机上で物事を決める権限を持った人と、それに準じている人たちの集団ですね。少なくとも現場のパイロットや、CA、あるいは整備さんたちではありません」

「じゃ、僕らは何なんだ？」

「単なる従業員でしょう？　言われたとおり、決められたとおりに動くだけの。マニュアルとか規程はそのためにあるわけですから。私たちのマニュアルにサービスは入ってません」

「そうか。広い空を飛んでいる割には視野がせまいな。社内にしか目が向いていない。もっと外からの視点で眺めたらどうかな。乗客にしてみれば僕たちも会社の一員じゃないのか？　金ぴかの制服制帽で、でっかく会社のマークの入った飛行機に乗っていて、これ以上の会社員はないぞ。現場にいる人間は会社の代表者だ。そう考えれば、君が言った快適なサービスは業務に入ってくる。僕はそんな風に考えるな」

「でも会社が食べ物を積んでくれなければ、どうにもできません。現場の意見なんて、クルーミール一つとっても通らないんですから」

「それはそうかも知らん。ただな、与えられた環境で最善を尽くすのが現場だ。ここを乗り切る努力を、クルー全員がしている。君も機長としてそれに協力したから、カップ麺で我慢したんだろう？」

お互い空腹だとつい空気がぎすぎすしてしまう。ここでもめていても仕方がない。

「あの、中途半端《はんぱ》に食べると余計お腹が空《す》きませんか?」

「はは、そうだな」

《FUEL LOW CTR R OR L》

計器盤中央にあるEICASにメッセージが現れた。胴体内のセンタータンクの燃料の残《ざん》が三〇〇〇ポンドであることを示している。

「ボスポンプス、オフ」

機首から垂直尾翼まで七〇・七メートルの‐400は、尾翼内のタンクを含めると八個の燃料タンクを持っている。胴体は主翼に乗って空中に浮いているわけだから、翼の付け根にかかる荷重を少しでも少なくするために、まず尾翼と胴体内にあるセンタータンクの燃料を使う。次に主翼に入っている燃料を使うのだが、重心位置の変化を最小限にするように、タンクを使い分けていく。

三三・五トンも軽くなったと考えるか、三三・五トンの燃料をたった二時間半で使い果たしたと考えるのか。この燃料もペルシャ湾からインド洋を通り、マラッカ海峡を通り抜けて南シナ海、太平洋と地球を半分まわって日本まで運ばれてきたものだ。それを二時間半で使い果たした。

僕らはほとんど何も食べていないのに、この機体は既に大量の燃料を消費した。CDUのクルーズページに出ている機体の上昇限度が、燃料効率高度である三万五〇〇〇フィートに安全マージンを加えた数字にやっと変わった。機体が軽くなると、更に燃料効率の良い高度へと上がることができる。高度が高くなれば空気の密度が薄くなり、基本的には空気抵抗が減るからその分燃費が良くなるのだ。

まだPLADOの手前なので、すぐにCPDLCで高度変更をダウンリンクして要求する。そこまで効率にこだわるのは、タンクにある燃料の量が、自分たちの生存可能時間を司《つかさど》っているからだ。

成田を出発するときに一四三・五トンの燃料を積んだ。約一四時間分の燃料であり、即《すなわ》ち機内にいる全員の生存可能時間である。飛び方によってはこれが一四時間二〇分にも、あるいは一三時間三〇分になりもする。一滴も無駄にはできない。

今日のチェックでも、いかに効率よく飛ばすかが重要な要素になっているはずだ。エンジンが最初に回転したときから着陸まで、どの部分にも無駄があってはならない。パワーはもちろんだが、舵《かじ》の使い方、上昇角度、速度、ルートの飛び方、高度の選び方、降下角度、減速のタイミングなどが燃料を抑えるための対象となる。一見関係ないような車輪やフラップを下ろす時期さえも、空気抵抗によって燃費が増えるのでフアクターの一つとされる。チェックは管制官との交信での呼吸と間《ま》にまで及ぶ。時間イコール燃料、時間がかかればその分燃料を食う。

非効率や無駄が生じやすいポイントは、地上から巡航高度までと、巡航高度から地上へ降りる区間に集中する。今日の場合だと高度は地上から三万七〇〇〇フィートまで、そして再び地上へ、速度もゼロから対空速度時速八九〇キロへ、そしてまたゼロに戻る。高度と速度という二つのエネルギーをいかに無駄なく入れ替え、使いこなすかが鍵《かぎ》となる。まさに頭脳ゲームだ。

高度変更の許可がアップリンクされてきた。WILCOと返事を送り、MCP《モードコントロールパネル》の高度セレクタースイッチを押す。新しい巡航高度へと上昇を開始した。

「日没だね」

大隅が航法ログを付けながら、右手に持ったスペースペンの頭で時計を指した。夕日の名残りをまとわせていた空には星が輝き始め、水平線は赤黒く、真下の海面は黒に沈んでいる。自然が人間社会に示す休息のサインだ。その摂理を無視して働くと、暗黒が周りを囲み視界を奪いにくる。

自分たちは光を武器に、衛星の電波を頼りに、レーザージャイロの助けを借りて、この先四時間一六分の闇《やみ》と極寒の世界に挑もうと身構えている。計器の明るさを調整して、目を外の闇の暗さに慣れさせる。レーダーの画面はもう一つの目となり、無線通信が耳となる。夜間飛行が作り出すこの軽い緊張感が、たまらなく好きだ。

Ⅷ 眼下

はるか左前方に光の点が見えた。闇《やみ》を抜けて仲間が現れたのだ。お互いの無事を願って着陸灯を点滅させ、光の挨拶《あいさつ》を交わす。光点が接近速度一八〇〇キロで飛び去っていく。

「あいつら、いいもの喰ってんだろうなぁ」

大隅のひと言で、つらい現実に引き戻される。

「お腹空《なかす》きましたね。大隅さんのニューヨークでのご予定は?」

もし次の食事もこのカップ麺《めん》だったら、クラムチャウダーの他にベーグルサンドも頼もう。

「そうね、チーパーの山野君とエビを食べに行くことになっているんだよ。いろいろ訳があってね。でも明日にするか」

「別に、そんなつもりで言ったんじゃないんです。もしご予定があるのなら」

そうか、シュリンプサンドもいいな。

「いや、いいんだ。それは明日にして、君のチェックも無事終わることだし、焼き肉で乾杯といこうか。着いたら夜七時まで寝て、それから焼き肉を食べに行こう。旨《うま》い肉にビール、寒い晩にはたまらないよ」

顔全体がほころんでいる。脳裏には食べ物の味が、すでに浮かんでいるようだった。確かにニューヨークの焼き肉はうまい。ステーキも何回か食べたが、まだ焼き肉に勝るステーキはお目にかかっていない。ワシントンのウーライオックの焼き肉が旨いと言う奴《やつ》がけっこういるが、ニューヨークの方がレベルが上だと思う。部屋でクラムチャウダーとシュリンプサンドを食べて、ビールでも飲んでゆっくりして、それから一眠りして焼き肉か。太りそうだが、なかなかいい計画だ。何か食べないことには七時まで眠れそうにない。ただ着いた日の予想気温がマイナスというのが気になる。

「でもこの寒さで、どこへ行かれるでしょうか?」

「タクシーで行けばコリアンタウンもすぐだろう。ウー・チョンへ行かないか」

「そうしましょうか。でもチェッカーを置いていっていいんですか」

よし、シュリンプサンドはやめて、クラムチャウダーだけにすることにしよう。

「ああ、彼は出ないよ。〝日本時間〟なんだ」

ホテルでの宿泊が一年間に一〇〇日以上にもなると、日本時間を守って生活した方が身体《からだ》が楽なのだ。新米の頃は見物や買い物をするものだが、そのうちに二四時間のルームサービスかデリで命をつなぎ、ただひたすらに休息をとるようになる。日本の昼間にあたる時間帯には、本を読んだりインターネットで時間をつぶしたりして、体内時計を日本時間のままにキープしておく。勤務が過密になってから、そういうパイロットは珍しくなくなった。

「ちょっと北にずれてるけどPLADOでいいね。ポジションをしておくよ」

大隅がGPSのポジションと、シミヤ無線基地からの方位と距離をチェックして、計器盤の時計を指した。

ペデスタルの脇《わき》から取り出したナビゲーションログを膝《ひざ》の上に置き、通過時間、次のポイントPINSOの予定時間、速度、高度、気温、風、残燃料などを書き込み、アンカレッジセンターを呼び出す。

一三〇マイルほど先のセミチ諸島に米軍のシミヤ基地があり、このあたりは超短波による通信とレーダーによる監視の圏内に入る。こちらからのポジションリポートに、下からレーダーコンタクトと答えてきた。通常の交信ができたのでほっとする。

北太平洋とベーリング海のはざま、アリューシャン列島上空でアラスカと日本の中間点をやっと通過した。そういえば、ログの日付変更線を通過するあたりにも、赤丸と時間が小さく書いてある。わかりやすくてありがたい。この小さな赤丸はさっきも書いてあった。誰が付けてくれたのだろう。大隅が機上レーダーを下向きにして島影を探している。

西経に変わる一八〇度線はまだだ。

「シミヤを探しているんですか」

「いや違う。あと一〇分ほどで右下に出てくるはず、いや出てきた。これがアッツ島だ。PINSOポイントの少し手前だ。アッツ島のことを知っているか?」

レーダーにぼんやりと、アコヤ貝のような形の小さな島影が映っている。太平洋戦争の本で名前は知っている。

「この島と少し南のキスカ島は日本軍が占領した唯一《ゆいいつ》の米国領というか、米国がその歴史で唯一外国の軍隊に占領された領土らしいんだ。両島ともに米軍に包囲されて、アッツ島の守備隊二六〇〇人は玉砕、あの戦争ではじめての全滅だった」

「玉砕とか万歳突撃というのは、南の島でだけ起きたのだとばかり思っていました。こんな北でもあったんですね。何で玉砕しなければならなかったんですか?」

「その二ヶ月前にアッツ島沖海戦があった。日本軍は敵の旗艦を航行不能にしておきながら、制海権を奪うチャンスを逃した。制海権を確保できないから、大本営が見捨てたんだな。その決定に北方軍司令官樋口季《ひぐちき》一郎《いちろう》中将が怒って、キスカ島については撤収の約束を取り付けたというんだ」

「でも、制海権がないのはアッツ島と同じでしょう？」

「夏の釧路の気候は知っているか？」

「えっ？　釧路を飛んでいたのはB6のコーパイのころですが、海からの霧で苦労しました。計器着陸装置《ILS》もカテゴリースリーが付いているくらいですから。霧ですか？」

「ああ、その霧を利用しようと考えた。二ヶ月後に、キスカ島の撤収作戦が行われた。濃霧の中でレーダーに頼っていた米軍は、そこに映った虚像《ゴースト》を日本軍と勘違いして砲撃した。そして弾薬補給のため、キスカ島の封鎖を一日だけ解いたんだ。その隙《すき》をついて軽巡洋艦以下一四隻《せき》の艦船がキスカ湾に入港して、一時間余りで五二〇〇人を無事脱出させたというんだな。そんな悲劇と奇跡が行われた場所の上空を安心して飛べるのは、平和のありがたさだと、いつもここを通ると思うんだよ。こういう気持ちはパイロットじゃないとわからんな」

アリューシャン列島づたいの方が、太平洋を行くよりアメリカ大陸には近い。ほぼ大圏コースだ。ここで大規模な戦闘があっても不思議ではない。当時のレーダーは今のように画像として映るのではなく、オシロスコープのように波形で表示されていたと聞いたことがある。最新鋭のレーダーにもゴーストは出るのだから、当時の性能では見分けは難しかったのだろう。

「他にも戦闘があった場所があるんだよ。この先のコールドベイを知っているだろう。あのすぐ隣の島にあるダッチハーバーは、アッツ島とキスカ島を占領する前に、帝国海軍の空母部隊が攻撃したんだ。そのとき不時着した零戦《ゼロせん》がアメリカ軍に鹵獲《ろかく》され、徹底的に研究されたという話は知っているだろう」

ロンドンの科学博物館に零戦のエンジンがあると、宮田に聞いた覚えがある。まだ見に行っていないが、その小ささと、曲線を描く空冷フィンの繊細さに、彼はたいそう感心していた。大隅はなんでそんなことに詳しいのだろう。

「僕らがコーパイの頃はな、キャプテンは帝国陸海軍出身の人が多くてね、零戦や隼《はやぶさ》だよ。飛びながらよく戦時中の話を聞いたものさ。そのうち自分の飛ぶルートを調べるときに、歴史も調べるようになったんだ。チェックじゃ質問されないけどな」

「そういう目でルートを調べたことは、まだないですね。でも違った興味がわきますね」

「そうなんだ。このときの司令官樋口季一郎中将には、もう一つ有名な話がある。ユダヤ人を助けた杉原千畝《ちうね》という外交官のことは聞いたことがあるだろう。『シンドラーのリスト』の日本版だ。彼はユダヤ人にビザを発給した。当時少将だった樋口季一郎は満州鉄道で、ユダヤ人のために列車を走らせたんだ。ロシアから逃げてきた二万人以上ともいわれるユダヤ人たちは、無事ハルピンに着くことができた」

「ドイツやポーランドで迫害を受けたユダヤ人は、何故《なぜ》ロシアとか中国に逃げてきたんですか？」

「当時はアメリカもイギリスもユダヤ人の入国を制限していた。武力で追い返したこともあったらしい。彼らが目的地としたのは、ビザなしで受け入れてくれる日本軍占領下にあった上海《シャンハイ》だ。日本は国際連盟で、人種平等の原則を主張していたんだ」

こんな辺鄙《へんぴ》なところにある小さな島と、迫害から逃れてきたユダヤ人たちが一人の人間で結ばれている。上空で話を聞くとそれが昨日のことのように感じてしまう。

飛行機乗りを生業《なりわい》にしていると、歴史上の事件が起きた場所をしばしば通る。例えば対馬《つしま》沖の日本海海戦の戦場や九州の先の戦艦大和が沈んだ海域などは、上空からだと簡単に場所を特定して見ることができる。その都度、歴史や地理をもっと勉強しておくのだったと反省させられる。日本列島の中央構造線のように、地上にいてはわかりにくいものでも、白黒のレーダーだと画面上にくっきりと線として現れる。天気図上には記号で記される前線や低気圧、台風などは雲を見るだけでなく体験さえできる。

どこかで宇宙飛行士の談話を読んだことがある。宇宙に出て最初は自分の国を探す。しばらくして慣れてくると自分の国が属する大陸に目がいく。そしてそのあとは国境のない地球を見る、宇宙のなかに地球があることで満足するというのだ。

科学技術の粋を集めた宇宙船から地球を見るとき、その思考は大きく未来のかなたへも向かうのだろう。それに比べて、一〇分の一ほどの高さを飛ぶ自分たちは、同じ地球を見ても過去にばかり目が向く。視点が低いからだろうか。

レーダーにはアッツ島の影がはっきりと映っている。三万五〇〇〇フィート下の地上は、真っ暗なうえに雲がかかっていて明かり一つ見えない。大隅はそれでも黙って窓から下を見ていた。

「まもなくＰＩＮＳＯだな」

外を見ている大隅の左手が、椅子《いす》の脇から航法ログのバインダーを取り上げる。ここを過ぎてベーリング海に入り、一八〇度線を越えると西経に変わる。そのころになるとシミヤ基地のアンテナからも距離が離れすぎて、超短波《ＶＨＦ》での通信ができなくなってしまう。書き込みを終えるとポジションリポートを始めた。

次は一一〇キロ先のＰＵＧＧＹポイントの手前一八五キロで、アンカレッジ管制センターにコンタクトせよと地上から言ってきた。ほぼ東京から鹿児島までの距離にあたる。そこまで行けば近くのセントポール島には空港があるので、通常のVHF通信とレーダーサービスがまた受けられるのだ。

「OK、128・2、ニッポンインターゼロワンゼロ」

マイクを置きながら大隅はログに周波数を書き込んだ。

「この辺、アリューシャン列島やベーリング海は、いい地図がなくて困っただろう。普通の世界地図じゃ、ほとんど何も載っていないからな」

確かにそのとおりだった。北米路線の資格を取るときに、この地域が詳しく書いてあるものがなかなか見つからなくて、探すのにひと苦労した。一枚の地図のほとんどが海で、小さな島が糸のように並んでいるだけなのだ。一番大きく記されているのは日付変更線ではないかと思えるような地域だ。

航法地図は会社から無料でもらえる。無線航法に必要な線や方位、記号などは複雑に書かれているが、残念ながら肉眼で見えるものは何一つ載っていない。せいぜい海岸線くらいだろう。そのくせチェックとなると「あの山の高さは?」「あの河の名は?」「あの街は?」「あの島は?」「アッツ島を知っているか?」などと聞かれる。調べるためには地名や川の名前、山の名前などが書いてある市販のものを求めるしかない。

「こんな地味なベーリング海の真ん中にあるセントポール島だけどな、アメリカの排他的経済水域を膨らませるには大いに役立っているんだな。この漁場で日本が操業できるのは北緯五八度から六〇度というから、大変な寒さだろう。何と言ってももうすぐ北極圏だから」

北極圏。どこからが北極圏だったろう。チェッカーは質問してくるだろうか。

「大隅さん、ずいぶんお詳しいですね」

「はは、そう思うだろう？　何故そんなこと知っているかというとな、このあいだカニを買ったんだよ。アラスカ産って書いてあるから調べたらここが産地なんだ。驚きだよ。四〇〇〇円以上するから、その時は高いと思ったけどな。北極圏に近くて、しかもこんな天気の悪いところから持ってくることを考えると、むしろ安いのかなと思うよ」

北緯六六度三〇分から北が北極圏だったっけ。違うかもしれない。レストでクルーバンクに入ったらすぐに調べておこう。

「毛ガニですか」

「ああ、うまかったな。身が一杯詰まっていてな。甲羅酒《こうらざけ》もな」

「サンフランシスコのカニも美味《おい》しいですね」

「ここから近いからな、でもあそこはタラバガニが多いよな」

いつの間にか食べ物の話題に移ってしまう。考えているだけで腹が鳴る。

「そのときついでに調べたんだ。このプリビロフ諸島は北半球のガラパゴスと呼ばれているらしい。夏になると一〇〇万頭以上のオットセイが繁殖して、一九〇種類もの鳥類が一億羽以上も巣をかけるそうだ。ともかく一見の価値ありと書いてあったから、一度そのにぎわいを見たいと思ってね。秘境といってもアメリカだ。飛行場があって、定期便がアンカレッジとの間に飛んでいて、ホテルもあるんだよ。エアラインディスカウントもきくらしい」

今度の夏に旅行するつもりだという。いくら鳥がいるといっても、ツンドラ地帯の島で大切な夏休みを過ごしたいとは思わなかった。思わず外気温度計に目がいく。マイナス45℃、意外だった。これは標準大気プラス9℃にあたり、思ったより冷えてはいない。

「秘境には、よくいらっしゃるんですか？」

「よく行くというわけではないんだが」

そういうところだと、自然と歩くようになるからという答えが返ってきた。

「普段あまり歩かないのでね。血圧が高いし太り気味だから、会社の医者が歩くように言うんだよ。だから休みはなるべく歩けるところへ行こうと思ってさ、去年は山歩きに挑戦したんだ。あれは慣れないと疲れてだめだな。結局温泉に泊まって、飲んで食って、失敗だった。はっは」

「毎日歩かなくてはいけないんじゃないですか？」

「理想はな。食べ物にしても塩味がだめとかいろいろ言われるけど、飛行機に乗っていたら出されたものを食うしかないしな。その点、今日は理想的なのかもしれない。ほとんど何も食っていないんだから」

「砧機長は心臓ですか？」

「そうらしいな。ストレスだと聞いているが、はっきりとはわかっていないらしい。原因がわからないと、治療もできないだろう」

たしかに医学は、病気を見つけることに関しては進歩しているが、治す方はなかなか進歩がない。誰もが身体検査の度にそれを歯痒《はがゆ》く感じている。どこそこが悪いと言われてもしっかり治せないのでは、何のための検査かわからない。

「彼は国際線《インター》で一二時間飛んだ後、羽田に顔を出して、夜まで会社で働いたりしていたようだ。『管理職だからって、無理をすると体を壊すぞ』と忠告していたのだがな。

自覚症状は全くなかったらしいよ」

　六ヶ月ごとの身体検査でわからなかったのだろうか。氏原チェッカーのように胃に痛みでもあれば自分で注意もするだろう。フライト停止期間中に定期技量審査や今日のような路線審査の期限が来ると大変だ。もし審査を受けられなかったら、機長として持っている資格が全《すべ》て消滅してしまう。たとえ病気が治って復帰するにしても、全て一から受け直しだ。

「村井君、スポーツはするの?」

「しないんです」

「しない。若いのに珍しいね。何か運動をしておいた方がいいぞ。年を取るとてきめんだ」

　大隅は三年前の身体検査で、視力が急に〇・八まで落ちたという。それまで何でもなかった血圧も一五八まで上がっていたらしい。一五八といえば、航空身体検査でギリギリ引っかからないくらいの数値だ。

「おかしくなるときは、いっぺんに来るから気をつけた方がいい。何たって僕らは体が資本だからな。どこか一つでも悪くなったら、もうそれで終わりだ」

「たまにジムに行ってますけど。冬は働くことにしています」

「他の季節は？」

「毎年夏は長期休暇を取って海に行くんです。家族で楽しめますから。来年は娘にスキューバダイビングを教えてやろうかと思っているんです」

「娘さんはまだ小さいんでしょう？　あれは子供でもできるのかね」

「来年四年生なんです。僕がよく行く石垣島の美海《ちゅらうみ》というショップなんですけれど、一〇歳以上なら大丈夫と言ってました。子供から年配の人まで面倒を見てくれますし、身障者の方も楽しんでいますよ」

保険もきくし装備も小学生用のレンタルがあると説明した後、何となく話題が途切れてしまった。大隅にはあまり興味のないことだったようだ。

子供が小さいうちは一緒に潜れないわね。妻の敬子が残念がっていたから、来年こそ家族で一緒に潜ろうと密《ひそ》かに計画しているのだ。もっとも娘の理美《さとみ》はまだシュノーケリングの方が楽しいかもしれない。そっと時計を覗《のぞ》く。休憩《レスト》の交替時間まであと二〇分少々だ。車の運転と違い、腰が痛くなったりはしないが、長い間座っていたので、そろそろ姿勢を変え身体《からだ》を伸ばしたい。

コクピットの椅子は一脚一〇〇〇万円以上するというから、悪いモノじゃない。サンフランシスコ便などは一〇時間も座りっぱなしだが、体のどこも痛くならない。お客さんに怒られそうだが、キャビンの椅子とは全然違う。電動式で調整ポイントもかなりあり、ほとんどの体格の人に合うように考えられている。椅子の表皮にはムートンの毛皮が使われ、除湿、保温の機能とともに、乾燥、摩擦から守ってくれる。ムートンは昔から砂漠を行くキャラバンが、ラクダの鞍《くら》に被《かぶ》せていたと聞いたことがあるが、現代でもパリ＝ダカールラリーに出場するような４ＷＤ車のシートには、ムートンが使われていることが多いらしい。

インターホンのチャイムが鳴って、ＣＡからコクピットに来ると連絡がはいる。ドアが開いて白鳥が顔を出した。辺りが暗くなったのでより陰影が強調され、さらに彫りが深く見える。

「お疲れ様です。キャビンは異常なしです。アッパーの食事のサービスはすべておわりましたが、下はまだ続いてるみたいです。それでちょっと応援に行きます。その前に！」

最後のところに力が入って、口許《くちもと》がほころんだ。

「じゃ〜ん。これどうぞ」

差し出した両手には健康カップ麵《めん》が一つずつ乗っている。思わず注目する。

「どうしたの」

「多分あれだけじゃ足りないと思って、探してきました。CAのなかで二人、自分用に軽食を持ってきていたので余ったんです。どうぞ」

ホテルの部屋に着いて、その足で食事をしにまた出かけるのは、かなり億劫《おっくう》なものだ。そのために好みの「マイ軽食」を用意してくるCAがいるとは聞いていた。

魔法瓶にお湯は残っている。いつでも食べられる、だが一つ足りない。その表情から大隅も同じ考えのようだ。チェッカーが起きてくる前に食べてしまおう。大隅はクルーバンクのドアを一瞥《いちべつ》すると、声をひそめた。

「早速、頂こうか」

「私はキャビンに戻りますけど、何かチーパーさんにお伝えすることありますか?」

特に伝えることはない。白鳥は伸ばした首筋のままこちらを一度だけ振り返ると、ドアをばたんと閉めて出て行った。どうも彼女の甲高い声と子供っぽい仕草は、エキゾチックな顔立ちに似つかわしくない。コクピットにカップ麺の小さな湯気が立ちのぼる。大隅の動きが止まった。

「おい、箸《はし》がないぞ」

熱湯の入ったカップ麺は、カップホルダーにはうまく入らない。大隅は置く場所を探して身体を右や左にひねっているのだが、シートベルトで固定されているので思うようにならない。ＣＡに連絡したくても、カップ麺を持ったままではできないのだ。

その様子から、何か裏があっても黙って自分をチェックするような人間ではないことが、はっきりと見て取れた。

早くしないと、あと五、六分でチェッカーが顔を出してしまう。

「僕が連絡します。まだお湯入れてませんから」

白鳥がメインキャビンへ応援に行く前に捕まえなければならない。まだお湯を入れていないカップ麺を鞄《かばん》の上に置くと、急いでインターホンでアッパーギャレーを呼び出す。呼び出し音が鳴り続けるだけで返事がない。もう行ってしまったか。

「どうもだめなようですね」

「でも箸なしじゃ、この熱いのどうしようもないぞ。流し込むこともできないしな」

メインギャレーを呼べばいいのだが、白鳥が応援に行ったくらいだから、まだサービスの真っ最中なのだろう。そもそもコクピットの夕食は終わったことになっている。白鳥以外のＣＡに、箸を持ってきてくれとは言いにくい。あきらめてインターホンは切るしかなかった。

「ちょっと待ってください。もしかしたら……」

気が利《き》くチーパーだと、割り箸が折れたときのために、後ろの段ボールに予備の箸を入れておいてくれると聞いたことがある。上空は非常に乾燥しているので、クルーミールについてくる割り箸がよく折れるのだ。探すには後ろを向かなければならないので、大隅に操縦を頼む。

「ちょっと探してみます。ユーハブコントロール」

驚いたように「アイハブ」と返事して、大隅は片手をコントロールホイールに添えた。すぐに段ボールを探すが、ありそうにない。中に入っているおしぼりの袋とミネラルウオーター、役に立たない氷入りタッパーを外に出してみる。

あった。三膳《ぜん》入っていた。

「ずいぶん古そうだな」

大隅が言うとおり、紙袋が黄色く変色している。かなり前に入れたものだろう。そのうち一つを袋から出してみる。乾燥して少し曲がってはいるが、虫食いもカビくさもなく特に問題はなさそうだ。

「大丈夫そうですよ」

大隅は袋から出して光にかざしたりしていたが、納得したようだ。

「先に食べて悪いね、ユーハブ」

氏原が顔を出すまで間がないのに、さっきより時間をかけて味わっている。

「それにしても、これはラーメンなのかね、うどんなのかね。麺の太さもどっちつかずだし、スープは鶏《とり》のような鰹《かつお》のような、浮いているのもネギだけとなると、よくわからないな」

「さっきCAが言ってたでしょう、新しい健康カップ麺だって」

「そうだったな。多少不健康でも、もっとはっきりした味のものが食べたいねえ。いや、お待たせしたな、アイハブ。うどんなら讃岐《さぬき》も良いが、名古屋のもいいぞ」

「ユーハブ。きしめんですか」

「いや、〝めんいち〟って言ってさ、茹《ゆ》でると酒粕《さけかす》の匂《にお》いがするんだ。味噌《みそ》煮込みが旨《うま》い。おい、早く食べないと奴《やっこ》さんが出てくるぞ」

「そんなこと言われても。すみません。いただきます」

「ソバなら、そうだな、やっぱり砂場かな。卵焼きで一杯やってからがいいな。僕が不思議なのはスパゲッティのことだ」

「なんですか？」

「イタリアにはつゆに入ったスパゲッティってないだろう。あれだって中国の麺が伝わったものだろうに、料理方法は一つだ。進歩がない。ま、単純なんだな」

「スパゲッティはスープ代わりに食べるものですよね。主食ではないからじゃないですか？」

スープをすり込み、箸を折ってカップと一緒に捨て、アイハブしたのとほとんど同時にクルーバンクのドアが開く音がした。間に合った。コクピットはほぼ三分間ですべて新鮮な空気に入れ替わるから、まだ匂いが残っているかどうか、ぎりぎりの所だ。

「おっ、もうそんな時間ですか？」

大隅が時計と氏原の顔を見くらべて、意外だという表情を見せる。今のが芝居かどうかはわからないが、あと五分で交替だから時間的には丁度よいのだ。大隅の広がった黒靴が、計器盤のフットレストから片方ずつ静かに降りた。

「村井さん、そろそろ交替しようか」

氏原は自分の運航鞄にかがみ込むとヘッドセットとチャートを取り出し、いつでも交替できる体勢で身体を起こした。眉間《みけん》にはすでに見慣れた縦じわがよっている。申し送りのために、大隅に操縦を替わってもらう。

「さきほどPOWALを過ぎた辺りで三万五〇〇〇にステップクライムしました。前方を飛んでいるユナイテッド機は三三《さんさん》のままです。多分満席で重いんでしょう。後ろのJALもワンランク上げたようです。マックナンバーテクニック（速度制限）は解除されましたので、・《コンマ》85（音速の85％）で飛んでいます。次はPUGGYポイントの一〇〇マイル手前で、アンカレッジ管制センターにコンタクトせよとのことです。キャビンはスポーツ選手の団体に手こずっているようで、ともかく食べるものが少ないとのこと。機内にあるものをほとんど出しているらしいので、まだミールサービスが続いています。まもなくPIPPAで、会社位置通報《カンパニーリポート》はまだです。センタータンクは三〇〇〇を切りましたので、ポンプをオフにしてます」

「了解。ミールサービスがまだ続いているって？　このままだとCAの仮眠時間《レスト》がなくなるな。ともかくお疲れさん。しばらくゆっくりしてください」

北極星が左上にきて、窓から見えるぎりぎりのところで瞬《またた》いている。

*

氏原と交替してクルーバンクに入る。大隅がくたびれた目でこちらを見ていた。ニューヨークまでにレストは二時間ずつ二回ある。大隅の場合、レストは離陸と着陸を含んでの二回なので、自分のレストが終わる今から二時間後も、まだ操縦席にいることになる。さぞ疲れるだろう。いや、人ごとではない。帰りの便ではそのパターンがまわってくるのだ。

奥の小部屋でテーブルを広げる。リーディングライトの小さな明かり一つでは何をするにも暗すぎる。まず交替時間の一五分前にアラームをセットする。機上には三つの時刻があるから、間違えないようにしないといけない。日本時間と北米東部時間、それに世界標準時だ。アラームの付いた使いやすい腕時計があれば欲しいのだが、これが意外と見つからない。

パイロット時計と称する腕時計が市販されてはいるが、機能が我々のニーズに合わないものが多い。コクピットの雰囲気を出そうとしているのはわかるが、デザインもクラシック過ぎる。

今のコクピットは、フルカラーの液晶表示かCRT（ブラウン管）が主体で、計器にダイヤルや針はあまり付いていない。昔ながらのダイヤル式計器は、機械式速度計と高度計、電波の方位を示すRMIなど、スタンバイ用計器として残っているだけだ。他にはブレーキ油圧の空気加圧計、キャビンの気圧調整バルブの開度計くらいだろうか。あぁ、もう一つ、ストップウォッチ用秒針があった。

多機能腕時計が欲しいのは、海外出張の多いビジネスマンと同じだろう。アラームも何時何分に鳴るという機能と、今から何時間何分後に鳴るか振動するクッキングタイマー的な機能の両方が欲しい。ワールドタイムは相手国の現在の時間だけでなく、相手国が何時ならこちらは何時になるかがわかり、サマータイムもインプットされているもの。それからカレンダー機能。竜頭《りゅうず》を引いたり、少ないボタンを何回も押すのではなく、ボタンは多くてもいいから簡単に切り替えができたら言うことなしだ。もちろんストップウオッチや、暗いところでも見えるライトでもあればなおいいのだが。

リーディングライトの小さな明りに目が慣れ、少し落ち着いたところで早速北極圏について調べる。いつもは、自分の運航鞄をクルーバンクまで持ち込むような無粋なまねはしたことがないが、今日はしっかりと抱え込んできた。

まず『航法用航空地図《レディオナビゲーションチャート》』を広げる。そんなことは百も承知だろうとばかりに載っていない。インターネットが使えればすぐに調べられるのに、と思いながらチャートをたたむ。見習いの時の参考書『北米路線の手引き』を取り出す。北米ルート以外のことはほんの一ページで済まされていて、結局、鞄に戻すしかない。国土交通省航空局監修と大書《たいしょ》してある『航空情報マニュアル《AIMジャパン》』を開く。これにも出ていない。国土交通省が北極圏を監修するのもおかしいか。そうなると国土地理院だろう。

一般の人にはあまり見せられないが、鞄の奥から『中学生のための世界地図』を取り出して手に取った。この地図は記載されている情報が少なく、大都市や有名な山河だけがはっきり書いてあり、国名も国境もわかりやすい。実はパイロットの誰もが最も実用的だと思っているという代物《しろもの》だ。見開きが世界地図で……、あった、北緯六六度三三分以北だ。

これで安心してレストに入れる。二段ベッドの上の段にもぐり込んで思い切り体を伸ばしてみる。氏原も大隅も下の段を使ったようだ。上の段は狭いけれど良いところもある。使う人が少ないから枕《まくら》カバーやシーツを替える必要もないし、床から離れているので客席の足音が響かない。

このベッドは頭が機体の後方に向いている。大型機は水平飛行でも通常三度ほど機首を上げて飛ぶ。いくら枕があるからといってもどうしても頭が下がる感覚が残り、しかも毛布の上からベルトを締めなくてはいけないので、はじめての時はなかなか寝付けなかった。

ある医師にその話をしたとき、航空会社はさすがだと逆に感心された。人間は頭を六度下げて寝かせると、上半身と下半身の血圧のバランスがぴったり合う。心臓の負担が少なく疲労が取れやすいのだそうだ。だから、わざわざ頭を三度下がるほうに向けて作ってあるのだろうと解説してくれた。それを聞いてから寝やすくなったのだが、今日は暗い中で時計ばかりをちらちら見てしまい、どうも落ち着かない。

ＪＦＫでの着陸をどうするか。そのことばかりに思考がいく。二〇〇〇フィートの接地帯マークを狙《ねら》って行けば、主車輪が一五〇〇フィートに接地する。自分としては機首を高く起こして着陸に入りたい。この手の着陸では、勘の良さが重要になる。接地の瞬間の微妙な高さは、勘に頼るしかないからだ。最後まで息が抜けなくて難しいが、着陸滑走が短いし、ともかく外から見ていてかっこうがいい。同期の中で自分が一番うまいという自信はある。ただ機首が高く起きていると風に煽《あお》られやすいので、気流の悪いときや横風のときには使えない。

降雪の場合は接地速度をなるべく遅くしたいので、少し早めに速度を殺して、機首を吊《つ》るように持ってゆく。結果的に機首を高く起こした着陸となる。

接地と同時に逆噴射《リバース》をかけて、ゆっくりと機首を下げる。これがうまくいけば着陸距離も短いし、自分の勘と技術が披露出来る。チェックはこれで完璧《かんぺき》だ。氏原は機首を高く起こして着陸するのと、あまり上げない普通のやりかたの、どちらが好みなのだろう。レストが終わったら、大隅にそれとなく聞いてみよう。

それにしても、ため息とともにいつも出てくる愚痴は、なぜパイロットはこんなにたくさんチェックを受けなければならないのだ、ということに尽きる。

自家用パイロットは、まず陸上単発の免許証を取り、無線を使うには航空無線通信士の免許を手に入れる。英国など、夜間飛ぶためには夜間飛行許可証が必要な国もある。双発機を飛ばすには陸上多発、雲の中を飛行するには計器飛行証明などの資格がなければならない。そして年一回の身体検査を受けて合格する必要がある。

プロとして飛ぶためには、事業用ライセンスを取らなくてはならない。加えて機体が大きくなると、その機種ごとに限定変更の国家試験を受ける。また身体検査項目も一ランク上の厳しいものに変わる。

ラインのパイロットになり機長として飛ぶには、定期運送用操縦士免許を必要とする。身体検査も年二回となり、脳波から精神科医の問診まであらゆる検査が半日かけて行われる。そこでは人間の健康とは何かという原点にまでさかのぼってしまうほど、徹底した追求がなされる。三日間風邪で休んでも診断書の提出が必要だ。

操縦技術に関しては、シックスマンスチェックと呼ばれる技量審査が年二回あり、同時に悪天候下における計器着陸のカテゴリー別技量が審査される。計器着陸のカテゴリーは、ワンからスリーまである。ワンは人間が目で見ながら着陸することができる状況だが、スリーともなると完全自動のオートでしか降りられないほど、悪視程での着陸となる。自動車もまともには走れないような天候である。

その時に行われる口述審査では、過去半年以内に変更があった法令、規則、規程は当然として、新しく開発されたり導入された技術に対する知識も問われる。また今回のような年一回の機長路線審査には、関連空港に関する筆記試験と口述審査があり、これらすべてが毎年必ず回ってくる。

機長であっても、乗務する機種が変われば、限定変更の国家試験を受けるのはいうまでもない。そのほかに随時審査などもあって、どれひとつを落としても、飛行停止あるいはそれに近い処置がとられる。

ある機長の奥さんは、チェック前になると亭主の神経が昂《たかぶ》って、まるで子供の入試を控えた家庭のようにぴりぴりした状態が続くのに耐えられず、離婚してしまった。これは極端な例かもしれないが、パイロットは常に強い圧迫感の中に置かれている。

チェックが多すぎる現実に対して、もっと声を大にして待遇改善を叫ぶべきだと思うのだが、なぜかそれを表に出す機長は少ない。有償飛行で飛ぶ以上仕方がない、と納得しているのだろうか。

定期航空の事故による年間の死亡者数は、全世界合計で毎年平均六〇〇人ぐらいに抑えられている。これは、パイロットや整備に対する過剰とも思われる審査や、個々の部品をはじめハードの面でも厳しいチェック体制があるからともいえる。

自動車事故の死者は日本だけでも年間約九〇〇〇人もいるという。まあ統計に現れる航空事故はプロのパイロットが操縦するエアラインで起きているものに限られるから、比べるのは少し気が引けるが。

ひどいのは医療事故だ。確かなデータベースすらなく、国内での推定で年間三万人前後、日本全体の死亡者数の四パーセント、一日あたり八〇人を超えるという説を聞いたことがある。それなのに医師免許を取ったら、もう定期的なチェックがないというのだから信じられない。

いつの間にか医療問題まで考えはじめていた。こんなことばかり考えていないで、早く仮眠しないと頭を休められない。時計を見るとすでに五〇分が過ぎていた。レストが終わる頃はアンカレッジを過ぎた辺りだ。真っ暗でマッキンレー山も見えないだろう。標高はいくつだったろうか。冒険家の植村直己《なおみ》が遭難した山だ。平らなカナダ側に比べて、アラスカは雪の山々が続く。その中で異様に大きいのがマッキンレーで、高さも大きさも富士山の二倍近くある。航空路のポイントでもないのに、場所が航法画面《ND》に表示されているほどだ。遥《はる》か遠くからでもそれとわかるが、頂上は雲がかかっていることが多い。

正確な標高はいくつだったか。次のデューティーは、チェッカーと交替する。だから聞かれることはない。となるといま調べる必要もない。

マイナス6℃だというのに、地下鉄を乗り継いで七九丁目のゼイバーズまで、パエリヤの鍋《なべ》を買いに行くのはちょいと大変だ。直径四五センチか。持って帰るとなるとこれまた一苦労だ。果たして帰りのセキュリティを通過できるだろうか。金属製だし、凶器としても使えるからコクピット内持ち込みは多分だめだろう。スーツケースに入れなければならないが、あの平べったい鍋は取っ手を含めると何センチになるのだろう。出かける前にスーツケースの寸法を測っておかないと、買ったはいいが持って帰れないなどという事態になりかねない。

あの店のサフランは日本よりずいぶん安いそうだ。宮田から聞いたことがある。パエリヤにはサフランを入れるんじゃなかったっけ。荷物にはならないし、良かったらそれも買ってみるか。

ニューヨークへの進入コースを、もう一度イメージトレーニングしておこう。アラスカを過ぎるとカナダのノースウエストテリトリーズへ入り、湿地帯だらけのマニトバ州へ進む。ハドソン湾の南を通って、五大湖の一つオンタリオ湖の上空でアメリカとの国境を通過し、ニューヨーク州に入る。そこから一旦《いったん》ハドソン川上流のキングストンに出て、南西に下るような形で進入ポイントであるLENDYへ向かう。通常はフライトレベル190、二五〇ノットで通過するように指示が来るはずだ。

ランウェイフォーはレーダー誘導で、マンハッタンの北側をかすめてLGA（ラガーディア）の上空に出る。そこから洋上で右旋回しながら一気に降下する。スピードブレーキを使って早く降下ができれば、かなりのショートカットになるはずだ。これには自信がある。もたつくと、前に他機を入れられてしまい、燃料を無駄に使いながら低空を延々と飛ばなければならない。

優等生ならV・NAVを使って降下するのだろうが、機械任せでもたもた飛ぶのは性に合わない。爺《じ》っつぁまくらいの歳《とし》になれば仕方がないのだろうが、若いのがあんなV・NAVのようなもので飛んで、どこが面白いのだろう。自分の計算通りに飛ぶようにオートパイロットのモードを選び、性能を限界までフルに使う。限界まで使いこなせてこそ、本当のパイロットだろう。自分はコンピューターやV・NAVに頼るほど青い奴《やつ》ではありません、というところを強く印象づけたい。

あとはジャマイカ湾の鳥に注意してJFKに降りるだけだ。何と言っても年間離発着回数が三四万回という空港に隣接しているこの湾が、野生生物保護区域なのだから野鳥の衝突が後を絶たないのも無理はない。三四万回というと成田の二・五倍、それでも世界ランキングのトップテンにも入らない。ちなみに国際空港の一位は、映画『大空港』の舞台になったシカゴ・オヘアで、たしか八四万回だったっけ……。

いきなり目覚ましが鳴った。また設定を間違えたか。あわてて止めつつ時間を見る。そういえば交替前にばたばたしたくないので、早めにセットしたのだった。交替までまだ一五分、今回は余裕がある。

どうも落ち着いて物事を考えられない。9・11テロ以来、管制が航空機をショートカットさせるために、レーダーで引っ張ることが少なくなった。航空路を外れている機は、不審機として戦闘機のスクランブルの対象になる。それを警戒してのことらしい。時間はかかる燃料は喰うで、ろくなことはないと思っていたが、今日みたいなチェックの日には余分な操作が減って、かえって楽だ。

どの滑走路を使っているだろうか。フォーかスリーワンならやりやすいが、ワンスリーだとやっかいだ。特にワンスリーレフトはあまり慣れていないし、騒音規制はあるし、しかも滑走路が見えにくい。冬は主にフォーを使い、ワンスリーはないと聞いているので、まず大丈夫だろう。JFKはタクシーウエイが狭いうえに、雪になると除雪が良くないというから、路面状況には十分気をつけたい。

チェックフライトでは通常のフライトと違って、誰にも相談できない。これが重い負担となる。機長が決めたことには誰も異議を唱えられない。間違いが修正されない可能性が高い。だから通常のフライトでは、機長みずからいろいろな意見に耳を傾けて、最後に責任者として意見をまとめるのだ。今までそう習ってきた。

しかしチェックではそれが通用しない。ベルトサインのオン、オフ一つとっても、あるいは効率の良い飛び方にしても、機長としての判断だけが問われる。物事を決めるときのプロセスが、今まで習ってきたのと違うではないか。何の相談もせず、機長の一存だけで決めていいのか。

これを良しとするのであれば、常に目指している安全が損なわれるような気がしてならないのだ。何か決断を下すたびに気持ちが落ち着かず不安に駆られる。他の機長は、例えば大隅はこんな気持ちになることはないのだろうか。

時計を見るとあと五分である。飛び起きたとたん目から火花が散った。カーブした天井にぶつかったのだ。自分より背の高い外人はいくらでもいる。彼らは頭をぶつけないのだろうか。ともかく急いで床に降りてネクタイを結ぶ。今日に限って毛布をきちんとたたまないといけない。氏原は何事にもこまかいのだ。あわてるからなかなか上手《うま》くたためない。

それにしても寝たりない。

あくびをかみ殺しながら首をポキポキと鳴らした。

Ⅸ 査察機長

氏原はあと三〇分ほどで、レストを終えた村井と交替する。それに比べて自分は、まだ四時間もこの席にいなければならない。大隅は大きくため息をついた。同じ一時間でも、変化がないと長く感じるものだ。全行程の半分あたりになると、いつもそんなことを考えてしまう。

単調なエンジンの響きが眠気をさそう。まあ、エンジンの響きは単調でなければ困るのだが。氏原は先ほどから黙り込んでいる。また胃でも痛いのだろうか。

「大隅さん、ニューヨークの天気のことなんですが、どうも気になるんですよ」

氏原がそんなことを言うのはめずらしい。バインダーを引き出して天気図が一番上になるように中央のペデスタル上に置く。

「この低気圧と前線ですか?」

「ええ、どう思われます?」

「通過は昼過ぎとのことでしたが」

前線の通過というのは、一般に中央部分の通過時間をいうのであって、雲の最先端ではない。そのために幅や移動方向によっては、影響が早くから出ることは十分に考えられる。まして早朝の予想気温がマイナス6℃ともなると当然雪になる。もし前線の動きが早まってJFKが雪になったら、二〇マイルしか離れていない代替空港のニューアークも、同じ天候になると考えるべきだろう。目的地が吹雪で降りられなくなり、代替空港も使えない。最悪の事態も機長である以上、可能性として考えておく必要がある。その後の詳しいデータがないので何とも言えないが、フライト前の予報通りであっても雪はちらつくと思われた。氏原は、村井がどこまで天候の悪化にそなえているのかはかりかねて、自分にそう聞いてきたのだろうか。

「そうですね、難しいところですね。上空の風を考えなければ、配置的には動きが早まるパターンに近いかな。被《かぶ》るとしたらこの寒波だから、ニューヨークの周りは全《すべ》て雪になるかもしれない。代替空港のことは、私もブリーフィングの時から気にはなっていたんですよ。シカゴやデトロイトあたりの天候を見て、どの程度の雪になるか考えておいた方がいいでしょうね」

「私も成田でそう思ったのです。でも私の立場でそれを村井さんには言えないしなあ」

チェッカーが出発前に自分の意見を言ってしまうと、相手に余計な気を遣わせてしまう。あるいはチェックとして成り立たなくなる場合さえある。よほど疑問がない限りは、審査を受ける本人の判断を尊重するのだ。氏原は胃の辺りを押さえていた手を離すと、天気図を手に取ってじっくりと見ている。もう一度自分なりに解析しているのだろう。

「チェッカーには相談できないにしても、私に相談してくれればクルーとして意見が言えたんだがな。村井君は天候が変化しても、補備《エキストラ》として積んである一万ポンド強の燃料で対処できるとした運航管理の、というか会社の考えに納得したわけで、間違いとは言えないでしょう」

「確かにそうなんです。エキストラを使えばワシントンまで行けますから、間違いではないです。予測の範囲が狭いとでもいうか、これは経験の問題だと思います。YZF《イエローナイフ》を過ぎた辺りで、まだ村井さんがこの低気圧と前線の動きを気にしていないようでしたら、シカゴとデトロイトの気象情報を取って頂けませんか。そうすれば彼も先を考えた判断ができるでしょうから。私が彼に指示できませんのでね」

この雪は米国中部より東進してきた低気圧が、東海岸に来て急に発達したことによるものだ。ニューヨークより西の天候を知ることで、悪天域の動きや状況が予想しやすくなる。低気圧の動きが早まった場合、到着前にニューヨークを含む東海岸一帯が吹雪になるが、内陸部の雪は既に峠を越えているとも予測できる。

パイロットが考えることは、人種や国籍がちがっても皆同じだから、天候が回復した内陸部には、代替空港を求めて機が集中する。最悪の場合、着陸の順番を三〇分以上待たされる事態も起こり得る。余裕のない燃料計画だと、ついには燃料が無い緊急事態、ローフュエルを宣言してのエマージェンシー、ということにもなりかねない。まあ、無事に降りられても、乗客全員の命を危険にさらしたことになるので、航空局にリポートは提出しなければならないし、当然会社の信用問題にもなってくる。ガス欠でJAFを呼ぶのとは次元が違うのだ。そう考えると、早めにシカゴかデトロイトに直行しての臨時着陸も、視野に入れておこうということだろう。

何年か前に内陸部のピッツバーグに降りた便がある。ニッポンインターが営業所をおいていない空港であっても、乗客のハンドリングや燃料補給は、提携先の会社があるから問題ないと座学では教えられていた。そのときも雪で、東海岸の空港が全滅となった。その便は早めにピッツバーグに向かったので、上空で待たされることはなかった。しかしそのあとに、提携会社の便も次々とピッツバーグ空港に舞い降りてきたのだ。自社便優先となるのが人情だ。何をするにも延々と待たされる羽目になったらしい。おまけに飛行機を回送するとき、除雪の際に脇《わき》に寄せてあった雪と氷を両外側エンジンが大量に吸い込んで、ファンブレードがぼろぼろに傷ついた。それ以来、皆が敬遠するようになった。

以前なら機長は、地上の支援体制が整った国内線で思わぬ変化や想像も出来なかった状況などを経験し、場数を踏んで鍛えられてきた。国際線のような厳しい場に出る頃には、何が起きようとも運航には全く影響を受けない〝空の男〟ができあがっていたのだ。しかし会社の方針が変わって、経験の少ない新しい機長が国際線を飛ぶ。言葉も通じないようなところで、信じられない、考えられない、誰も教えてくれなかった状況に遭遇するのだ。神経をすり減らしながら、危険と隣り合わせで経験を積むことになる。新しいシステムに大きな落とし穴がなければそれでいいのだが。

「村井さんは、最初にヨーロッパ路線で資格を取ったのです。北米は今年の九月からなので、冬は初めてなんですよ。彼は先月もニューヨーク便を一回飛んでますが、そのときはまだ冬型の気象にはなっていなかったようです」

知らない国での初めての冬は苦労する。氏原は村井の経験の浅さからくる負担が、チェックに影響を及ぼさないようにと気を遣っているように思えた。「ともかく気象情報は取りましょう」と約束すると、氏原の胃のあたりにあった手が、小さなため息と共に肘掛《ひじか》けに降りた。

「氏原さんは、以前乗られていたB6でもチェッカーをされていませんでした？」

「ええ、一旦《いったん》査察に入るとなかなか足を洗わせてくれません。大隅さんも以前教官をされていらしたからご存じでしょう？　チェッカーを新しく養成するとなると、教育やら何やらで時間とお金がかかるらしいです。チェッカーなんかなるもんじゃないですよ。周りには煙たがられますしね。……でも誰かがやらなくてはならない」

呟《つぶや》きながら、氏原は遠方に目を向けている。査察操縦士になるには法令違反がないことが、選抜の審査項目に含まれているという。駐車違反一つできないだろう。その重圧だけでも大変なものだ。

「氏原さんはどうしてチェッカーになられたんですか？」

前方のガラスに何か付いているのか、おしぼりでそこを丁寧に拭《ふ》くと、きれいにたたんで脇に置いた。つくづく几帳面《きちようめん》な男だ。

「単なる発令ですよ。同期の連中が他部署の役職に就き始めたからだと思います。バランスというやつです。できればこんなことやりたくなかったんですが、断るわけにもいかないでしょう。どんな仕事にも裏方は必要ですから」

自分自身に言い聞かせるように言うと、たたんだおしぼりをもう一度取り出して、先ほどより強くガラスを擦《こす》った。今度は拭き取れたようだ。

「親友をチェックするときは、うまくやってくれって心の中で祈っていますよ。それでなくとも敬遠されるのに、これが元で友人ではなくなることもあるでしょうから。大隅さんのような大先輩をチェックするのも、実に心苦しいです」

「仕事と割り切ってやってください。それこそ私も教官をしていたので、裏方だと言われる氏原さんの気持ちはわかります」

教官もラインのパイロットを育て、定期的に訓練を行う。チェッカーと同じように、パイロットの生殺与奪の権限も持っている。このような権限を持つ者は、役職に就いているパイロットを含めても、チェッカーと教官の他にいない。

パイロットの訓練シラバスは会社によっても違うが、約七〇パーセントの受訓者が標準訓練時間内で合格できる水準に設定される。あとの三〇パーセントには何らかのコメントが付くか、追加訓練が行われる。それでも合格ラインに達しないと判断した場合、担当教官は受訓者に対して受験許可《RFC》を出さない。受訓者は二回までチェックを受けることができるが、二度失敗してしまうと、再訓練も含めてパイロットとしての資格を問う審査会が開かれる。結果、ほとんどがパイロットとしての資格を失うか、機種変更訓練の場合は上位機種に移行できなくなる。安易にRFCを出すのも、教官としては無責任なことになるのだ。

資格を失った場合、しばらくは人事部付きかあるいは休職扱いになる。その後、本人の希望を聞いて他のセクションへ配属となるのだが、パイロットは専門職扱いのため、会社によっては一度退社してから再入社する形を取る。社歴も社員番号も新しくなり、慣れない事務仕事を自分より若い連中に交じって、一から始めなければならない。

長「教官はチェッカーに比べたらいいですよ。皆から嫌われませんから」

機「厳密にやろうとすると説教好きとか鬼教官とか、いろいろ口さがないことを言われますがね。でも、申し訳ないけれどたしかにチェッカーよりはましかな」

察　教官がチェッカーほど嫌われないのは、やはり顔を合わせる長さが違うからだろう。新機種へ移るときの訓練期間は短くて一ヶ月半、通常は二ヶ月ほどになり、その間は一緒に過ごす。それに比べてチェッカーはチェックの日に来て一言、審査結果を告げて帰ってしまう。二ヶ月の訓練を二時間見ただけで何がわかる、と反発を受けてしまうわけだ。

査「みなさんは立派なプロですしね、プロとして生き抜くには個々人のやり方がありますから私のやり方を、皆さんに押しつけるつもりなんか毛頭ないんです。けれど間違いは王さなければいけません。例えばマニュアルや規則を守っていさえすれば良いかというと、それだけではありません。実際の飛行ではご存じのようにいろんなケースが起きますよね。チェックになると、『自分がずれたのはほんの一ドットでリミット以内だった』『他の人の時は大丈夫だったのに』などと言われるのですが、状況あっての結果ですからね。でも誤解される方も多いです。私も自分ができないことを人には言えませんし、良い悪いを簡単に決めつけるのも間違いのもとになります」

　確かにそうだ。五〇〇〇フィートで飛べと言われたら、一フィートずれても通用しないが、一フィートぐらいにこだわらず、前後一〇〇フィートの範囲に収まっていれば良しとすることもある。繊細と鷹揚《おうよう》の使い分けができなければプロとは言えない。そんな仕事を一年中やっていたら胃も悪くなるだろう。話題を変えた方が良さそうだ。

「でもチェッカーがチェックに落ちるということはないから、一生安泰でしょうねえ」

「はは、そんなことはありませんよ。みなさんは顔見知りのカンパニーチェッカーから、チェックを受けるでしょう？　私たちは航空局《CAB》のチェッカーから受ける訳ですから、やはり大変ですよ」

　ため息とともに、氏原の表情がくもる。

「もう、フライトが楽しめないんですよ。自分のフライトは月に一回くらいあって、これは教官も同じですよね。チェックとは無関係に、自分で飛べる本当に数少ないチャンスなんです。でも、みんなはチェッカーがどんな飛び方をするか、と注目しているわけです。気持ちはわかるんですが、いつも誰かから、それこそ他のパイロットすべてからチェックを受けているみたいで、少しも気が抜けないんですよ。フライトが楽しかった昔が懐《なつ》かしいです」

「フライトの度にチェックを受けている、か。いや、たしかに厳しいものがありますね。あら探しをされるわけですか」

「悪くいえば、そうなるのかな」

氏原は軽くうなずいただけで、また前方の暗闇《くらやみ》を見据えたまま黙ってしまった。その表情が皆に冷たいなどと言われるもとなのだろう。

権威を笠《かさ》に肩で風を切るチェッカーも一部にいる中で、氏原の〝チェッカー意識〟は気の毒なほど繊細だ。このままチェッカーにしておくのはかわいそうだ。今日のフライトにしても、自分と二人で飛ぶ時くらい、楽しんだらいいのにと思う。

氏原が気を取り直したように顔をこちらに向けた。

「教官も、ご自分のフライトは少なくなったんじゃないですか?」

「ええ、今は実機訓練もなくなりましたしね。シミュレーターばかりでフライトは少ないですよ。でも氏原さんみたいに注目はされませんね。コーパイ連中は、今日は教官と一緒だから操縦させてもらえる、とやる気満々で新しいグローブを用意してたりするもんだから、なかなかそれを裏切ることができなくて」

自分はこのフライトが終わったら、来月から教官に戻れという内示が出ている。氏原の耳にも入っているのだろう。またシミュレーターに閉じこめられる日々に逆戻りだ。

「そういえば、大隅さんはニューヨークに息子さんがいらっしゃるんじゃなかったですか? プライベートなことをお聞きして済みません、この前どなたかから、そんなお話を伺ったように思ったので」

今までほとんど家族の話などはしなかったのに、急にどうしたのだろう。恐縮しながらも返事を待っているようだった。

「ええ、もう五年になります」

「そうですか」

また前を向いて黙ってしまった。表情から読み取ることはできないが、話題としてまずかったと思っているのかもしれない。半端《はんぱ》な間が話を続かなくさせる。

「高校を出て一年浪人して、そのあと急にニューヨークへ行くと言い出しまして」

「あっちで何をなさっているんです？」

「それが私にはよくわからないダンスなんですよ。大学も行かずに中途半端なことをして、困ったもんです」

ほお、と感心ともつかないような反応が返ってきた。また会話がとぎれる。これだから皆からやりにくいと言われるのだろう。彼なりに慎重に言葉を選んでいるのかもしれないが。

「ダンスというと、バレエですか？」

「そんな高級なもんじゃないです。ヒップホップとかいう最近のやつです。中学の頃から変なものが好きになって。若い奴《やつ》の気持ちはわかりませんな」

息子はサラリーマンに向いていないとは思っていたが、ニューヨークまで行って本気でダンスを極めると言い出したときは仰天した。同級生たちは大学を出てすでに就職しているというのに、この先どうするのか。

最初の頃は心配で度々訪ねて行ったが、会えばもめるだけで、結論も出ないまま帰ったものだ。最近は年に一、二回しか顔を合わせていない。

「やっとオーディションに受かったと言ってきましてね。ミュージカルのダンスグルプらしいんですが」

「いや、それはすごい。あの世界も競争が実に激しいと聞いていますから」

先週、息子が妻に連絡してきた。妻は会ってきてくれと言うが、今回もどうしようかと迷っているところだ。顔を合わせるのは、ちゃんと舞台に立ってからだと思うのだ。成功してから会うほうがあいつも嬉《うれ》しいにちがいない。氏原は離婚して、確か今は一人のはずだ。家族のことを話題にするとはどういう風の吹きまわしだろうか。

氏原の口調が滑らかになった。

「ミュージカルは楽しいですね。私もよく観《み》に行きます。〝マンマ・ミーア！〟も〝レ・ミゼラブル〟もよかったですし、ニューヨークもロンドンも、それぞれ特徴があって面白いですよ。私なんかいつも一人だから、気軽に楽しめるし、いいです。〝ノイズ&ファンク〟なんかもう一度観たいな」

「お好きなんですか？　そうですか。わたしはああいう系統は苦手でして、というより良くわからないんです。音楽というとクラシックという感覚が強いものですから」

「少し前にやっていた〝チャーリー・ビクター・ロミオ〟はご覧になりましたか？　ミュージカルではなくて芝居です。事故機のボイスレコーダーをそのまま演じたものです。航空用語が多く出てくるから英語でもわかるだろうと思って、ニューヨークで観たんですが」

「ああ、あれは結構話題になっていたから、僕も日本で観に行きましたよ。あのなかにもあったアエロペルー機の事故を、丁度訓練の教材に使っていたものですから」

実際に起きた航空機事故六件を題材に、事故機のコクピットボイスレコーダー（CVRつまりチャーリー・ビクター・ロミオ）に残された記録を、そのまま再現した芝居だった。客席からコクピットを正面に見るように舞台がしつらえてあり、計器などは見えない。狭いコクピットが舞台なのだから当然だが動きもほとんどなく、極限状態における人間の心理を描き出す演出が、非常に効果的に感じられた。

「あれに出てくる事故報告書は、全部読んで知っていたんですがね。でも迫力がありました。ただ、交信が普段聞き慣れている航空英語ではなくて、全部日本語だったんで、ちょっとだけ違和感があったかな」

「混んでましたか」

「ええ。下北沢の割と小さな劇場だったので満席でね。説明役にCAが出てきたり、キャビンアナウンスが流れたりで、その意味では乗客として飛んでいるような感覚になりやすかったですよ。ニューヨークではいかがでしたか」

「あっちの大きな劇場でもいっぱいでしたね。それに、航空関係者とおぼしき人がたくさん来てて、一目でわかるもんですね。面白かったですよ。そういえばあの教材はよかったな」

氏原がこんなに良くしゃべる男だとは思わなかった。それにミュージカルや芝居が好きだとはとても普段の様子からは想像もできない。

後ろのクルーバンクのドアが開いて、まだまだ眠そうな顔をした村井が背を屈《かが》めて出てきた。時間ぎりぎりなのであわてている。

「すみません。ちょっとトイレに」

歯ブラシを持った右手を伸ばすと、ペデスタル上のボタンを押してトイレの空き具合を調べている。前方は空いているようだ。

「戻るときは三回ノックしますから、ロックを外してください」

村井が乱れた髪を手でなでつけながら、ドアを開けて出てゆく。若い、というよりどうも幼い印象が抜けない。交替のためにチャート類をかたづけ始めた氏原は、いつもの表情に戻っている。上目遣いにこちらを見ると軽く頭を下げた。

「大隅さんは一番大変な時間帯で、すみませんね」

「いえ、お互い様ですから」

「今日はオーロラが出そうですね。楽しんでください」

そういえば、前方がぼんやりと白くなってきた。オーロラは毎回見られる訳ではない。暗い冬に多いのはもちろんだが、それでもきれいに出るのは三、四回に一度くらいだろう。外気温度を見るとマイナス54℃と冷えてきている。オーロラと気温は特に関係ないはずだが、どうも寒い方が出やすいような印象がある。

ノックが三回聞こえたので、ドアのアンロックボタンを押す。ようやく眠気の覚めた様子の村井が入ってきた。氏原は村井に現況の申し送りを済ませると、短く刈り上げた頭からヘッドセットを外し電動椅子《いす》を後ろに下げた。

「息子さんにお会いになるのが楽しみですね。じゃ、交替します」

氏原が立ち上がるのと入れ違いに、長身を折りたたみながら村井が機長席に座る。運航鞄《かばん》を機長席の脇《わき》に置き、ヘッドセットをつけてからシートベルトを締め、座席位置を後ろに下げて調整を終えた。

「交替しました。アイハブコントロール」

「ユーハブ」

村井が操縦を引き継ぐ。引き継ぐといっても、昔のようにずっと操縦環で操縦しているわけではなく、大半の時間オートパイロットを使っているので、軽く手を添えてポジションを確認する程度だ。

最近の若い者は欧米人並みに手足が長い。村井も長い手を操縦環にかけたまま前を見て、また座席位置を細かく調節し直した。時間を見るとやっと全行程のほぼ半分が過ぎたところだ。

村井がさっそく口を開く。

「お疲れでしょう、ぶっ続けで。すみません、もうあと四時間お付き合いください。ちょっと聞き逃したのですが、CAのレストは」

そこで後ろを振り返ったのは、氏原がクルーバンクに消えたのを確認したかったからのようだ。すぐに向き直って声をひそめた。

「チェッカーは、何か聞かれましたか」

「いや、質問というのは特になかったな。もうバイブレーションも気にしていなかったし。CAは遅番がレストに入ったと思う」

「雰囲気、良かったじゃないですか」

「まあね。息子がニューヨークにいるので、その話で」

「へえ、息子さん、あちらにお住まいなんですか。それでチェッカーがおっしゃってたんですね。お会いになるのが楽しみですねって」

「今も迷っているんだが、あいつとは多分会わないよ」

会わないと聞いて、踏みこんではいけない関係にあるとでも思ったのだろう、村井は息子の話に触れなくなった。そのほうがダンスだミュージカルだと説明しなくて済むから助かる。

「ええと、いま丁度ノースウエイですけど、下から何も言ってこないのでコンタクトお願いします」

アンカレッジセンターにコンタクトすると、エドモントンセンターへと管制移管された。エドモントンセンターを呼び出してもなかなか返事がない。多分真夜中なので人手が少ないのだろう。しばらく待って、あとでもう一度呼び出すことにする。

「CPDLCのログオフはまだですか」

ノースウエイのすぐ先の西経一四一度を境に、米国領アラスカの空域からカナダの領空となるが、そんなに焦《あせ》る必要もない。

「そうだな」

「マニュアルでログオフしてください」

もう少し待ったほうがいいと思うが、村井のチェックだから彼の気が済むようにしておこう。通常ここでのログオフは地上からされるが、今回は少し遅れているようだ。ログオフに続いてエドモントンセンターとの通信設定を終える。

「大隅さんはチェッカーとは親しいんですか？」

「なぜ？　昔から知っているが、仕事上の関係だけだな。特に親しいわけじゃないよ」

「どうもあの氏原さんはやりにくいんですよ。なんか圧迫感があって」

氏原の話になると村井は急に落ち着かなくなる。今日までにいろいろ聞き回って、良くない噂《うわさ》だけが耳に残っているようだ。

「そうか。ただあの人は口数が少ないだけと思ったけどね」

評価は公平だし、仕事に関しては他のチェッカーと特に違うところもない。だが一般的にはそうは見られていない。あの人はやりにくいとか厳しいとか誰かが言い出すと、またたく間に悪いレッテルが貼《は》られ、誰も素顔を見なくなる。そのことを今話してもわからないだろう。そんなに神経質になる必要はないのだが。

「たしかに変わっているという評判は聞いたことがあるが、そう思ってかまえるから、余計感じるんだろう。気にすることはないと思うよ。ちょっと僕もトイレに行きたいのだが」

気が付きませんで、と村井が横のストレージから酸素マスクを取り出す。高々度を飛行する際、二人のうちどちらかが席を離れるときには、残ったパイロットは万が一の故障に備えて、必ず酸素マスクをすることになっている。マスクを被《かぶ》った村井は二、三回呼吸をすると、照明を少し明るくしてから右手の親指を上げた。

立ち上がり、思いきり伸びをした。

ノックが三回聞こえたので村井はドアロックを外した。トイレから戻った大隅は、水でも飲まないかと段ボールにかがみ込んだ。ミネラルウオーターを紙コップに注いでくれたのだが、酸素マスクをかぶっているので、そのままカップホルダーに置くしかない。

「あれ、もうないな」

振り返って見るとペットボトルを逆さまにして振っている。自分の分は半分も入れないうちに空になったようだ。ボトルをゴミ入れに投げ込み、氷のタッパーを開けると溜《たま》った水をコップに注いだ。

「この氷がコップに入ればいいんだが」

まだ残っている氷の固まりを未練がましく眺めてから段ボールに戻し、やっとシートベルトを締めてくれた。酸素マスクを外せてほっと一息つく。酸素マスクは防煙ゴーグルと一体になっているため、かぶると視界が限られてしまう。特に夜間は手元が見にくい。照明を暗くして外が見えるようにする。

オーロラ見物で有名なイエローナイフまで、あと一時間ほどになった。北極の方角が大分白みかかっている。幻の大都市が存在するかのようだ。席に戻った大隅が、西経一三五度の位置通報《ポジションリポート》の準備を始める。高度をワンランク、ステップアップできるころだ。CDUのクルーズページを開いて上昇限度をチェックする。まだ安全マージンをクリアーできていない。

「まだ上げられないな。あとでもう一度チェックしよう。通常のリポートにしておくよ」

通信が終わるとまた単調な時間の流れに戻った。

「今日はオーロラが出そうですね」

「さっき、チェッカーもそう言っていたよ。楽しんでくれとさ」

しかしチェックフライトが楽しめるわけがない。自分にとって今日のオーロラは、ただの怪奇な自然現象としてそこにあるだけなのだ。

「大隅さんはもう何回も見ていらっしゃるから、特に珍しくもないでしょう?」

「まあそうだが、毎回違うんだよ。美しいとかすばらしいとか、感動する心は余裕がなければ生まれないだろう? その時の心の具合っていうのかな、時には邪魔に見えるし、目に入らないというか、何も感じない時もあるしな。その時のフライト如何《いかん》で、見え方は違ってくるような気がするけどね」

そんなものなのだろうか。大隅は目を細めて、宇宙からくる光の針を探している。オーロラは、一見レースのカーテンのように見えて美しいが、言うなれば、降り注ぐ光の針の集まりだ。決して安全なものではないと思うのだが。

「オーロラのそばを飛ぶと、宇宙線の電子レンジに入っているような気になりませんか」

大隅は、こちらを見てふっと笑った。自分の余裕のなさをやんわりとたしなめられたような気がした。

「理屈を知っていることと、心で感じられることは別だろう。バラの花を見るか棘《とげ》を見るか、今日のオーロラに何を感じるかだな」

「チェッカーが楽しんでくれというのは、そういう意味だったのですか?」

「いや、単純に楽しんでほしいのだと思うよ。でもな、衣食足りて礼節を知ると言うよな。僕らは食が足らんもんなぁ」

オーロラと礼節はあまり関係ないと思う。たとえ食が足りていても、そもそもチェックフライトを楽しめるパイロットなどいない。そろそろ、ステップアップができてもいい頃だ。CDUのクルーズページを開いてまたチェックする。まだ安全マージンが取れていない。

「大隅さん、ちょっと聞いていいですか?」

「何? 腹の減った年寄りに、まだ何か聞くようなことがあるのかな」

「また氏原チェッカーのことですみません。どうもやりにくくて」

自然に声が小さくなるのが、自分でもわかる。

「まだ何の質問もないんです。あの人のチェックを受けるのは今回が初めてで、どんな傾向の質問をするというか、何について聞かれることが多いんでしょうか。よろしかったら教えて頂けませんか」

大隅はなんだそんなことかとまた笑顔を見せた。

「どうせ周りからいろいろ聞いてきたんだろう?」

「同期が機長昇格のチェックで氏原さんに落とされたんです。その時の質問がひどいんです。運用規程のリミテーションから始まって、機長の義務、機長の権限、搭載書類まではまだ良いですよ。そのほかに管制所の種類とか管制業務の種類、接地点標識の大きさとか、計器着陸装置の有効到達範囲と設定基準まで聞かれたらしいんです。自動車の免許を取るのに交通整理の方法や、道路標識の書き方、信号機の立て方を聞くのと同じじゃないですか。あまりにも現実離れした質問だと思うし、これじゃ誰が受けてもフェイルしますよ」

「同期君がそう言ったのかね」

彼だけではなく皆そう思っているのだ。常軌を逸しているといっても言い過ぎではない。彼の場合はそのほかに最低気象条件の規程も聞かれたし、CDUのセットも全部させられた。それが今日はまだ何の質問もない。聞かれないことで、ますます不安がつのると訴えた。

「そうか。そんなに厳しく聞いたか。……その同期君のフェイル科目は最終進入《ファイナルアプローチ》と進入復航《ミストアプローチ》、それと接地点か。そのあたりじゃないか？」

「えっ、ご存じだったんですか？」

「いや、質問からそんな感じがしたんだ。質問には基本的な知識を知るためのものと、確認するためのものの二種類がある。最初は一般的な質問をしていたようだが、多分フライトを見ているうちに、根拠のない飛び方をしていると思われたんじゃないか。きっと、どこまでわかって操作しているかを確認するために質問したんだろう」

「どういうことですか？」

「ああ、規程や規則を知らないと、自信を持って操作することができない。計器着陸にしてもミストアプローチにしても、どこか曖昧《あいまい》になってしまうんだな。たとえば距離が遠すぎるのに進入《アプローチ》モードに切り替え、まだ電波が不安定なのに気付かずに乗ってしまう。先行機や後続機との間合いのとりかたや、待機経路《ホールディング》に入るスピード、またそこから出るときのCDUのセットなどに混乱が見られる。コンピューターのインプットも適切でない。そんな所が目についたのじゃないかな」

「何をするにもえらく細かく指摘されて、その理由をいちいち聞かれて閉口したと言ってました。根拠のない飛び方ですか……」

「たとえば着陸においても、ただ漫然と滑走路に進入していくだけではだめだ。操作一つにも何故《なぜ》それを行うのか根拠があるはずだ。何となくパワーを出しましたでは、プロ仲間には通用しない。君の同期君は、場当たり的に操作していると思われたんだろう」

「場当たり的ですか」

「先手が打てないから、無駄な操作が多くなる。エアスピードが減ったからパワーを入れた、ではだめなんだ。何故エアスピードが減ったのか。降下率が減ったのか、追い風に入ったのか、下降気流があるのか。現象を見るのではなく原因を見つけて対処するんだ。ともかく基本は根拠ある操作だ。慣れてくると、考えなくても体が正しい反応をしてくれる。そうなってくると口だけで着陸できる。そうでなきゃ、一人前ではないわな」

口だけで着陸する？　そんなことができるのか。

「着陸するのに自分は一切何も触らないのさ。その代わりパワーとかピッチとかトリムとか、すべてを指示するんだ。それでちゃんとコースに乗って着陸できないとな。パワー〇・五パーセント出して、頭が上がるからちょっと押さえて、ピッチを一度ダウン。そこでトリムを一回取って、流され始めるから少し右に。パワー〇・三パーセント絞る。という具合だ」

「トリムを取ったり、頭を押さえたりというのは手に伝わる感覚でしょう。操縦環を持っていないのに、どう手応《てごた》えを感じるのですか？」

大隅は自分の左手を見ながら、親指をトリムを操作する時のように動かした。

「いや、わかるんだよ」

その動きは意外に繊細だった。

「たとえばだ。河川敷や広場なんかでラジコン機が飛んでいると、その機体の動きに合わせて体の中でGを感じてしまう。そんな経験、あるだろう？　見ているだけで、乗っているのと同じ反応が体に起きる、それに近いかな」

うまく飛ばしているのを見ていても何も感じないが、ぎくしゃくした飛びかたのラジコン機を見ると、たしかに体の中にプラスやマイナスのGを感じてしまう。自分だけの感覚かと思っていたが、大隅もそうなのだ。

「コクピットで隣に座っているだけで、シップの動きに合わせて手のひらや足の裏が反応するんだな。反応と相手の操作が合わないというか、手応えとずれることがある。そんな時は、実に居心地が悪い。氏原君も同じように感じたんだろう。だから細かい指摘をしたんだと思うよ」

「今日はまだ何も聞かれてませんし、指摘もされてませんが」

「そりゃあ、機長昇格のチェックとは違うよ。あのチェックではこのパイロットを機長にして本当に大丈夫か、たくさんのお客さんを託せるかを見ているんだ。そのためには知識から操作まで、疑問がわけばどこまでも追及する。君は現在、基本的なことはすべてマスターしている。だから機長発令になった。今日のチェックは君の機長としての、運航の質を見ているわけだ。村井君のリーダーシップや判断力、フライト全般にわたっての審査だな。機長昇格とは全く違う所を見ていると言っても良いだろう」

「そうですか。このまま何もないと良いんですがね」

「君はまだ機長として新品だからな、細かいところで質問はあるかもしれない。いずれにしても、自信を持ってやるように心がけたらどうかな」

チェッカーが隣席で、自分の知識や技量を細かく採点している。そう考えると、どうしても堅くなってしまう。彼の一言で、俺の人生がぶちこわされてしまうことだってあるわけだ。

「査察機長という権威に堅くなっているんじゃないのか。チェッカーだって人間だ。君にできてチェッカーにできないことだってある。全部を完璧《かんぺき》にやろうとしたり、少しでも良く見せようとするから、無理が出るんだ。気持ちを変えたらいい。苦手なところは得意なところで充分カバーできる。そう思えば余裕がでるんじゃないか？」

今日はよく見せようと無理しすぎているのかもしれない。離陸直後からしばらくは、がちがちに緊張していたのは自分でもわかっている。巡航《クルーズ》に入って少しは気配りもできるようになったと思っていたのだが、大隅には今までのフライトに余裕がないように見えたのだろう。

課題を乗り越えることが自信を生み、それが余裕へつながる。そう感じたことがあった。あれはまだコーパイになる前、訓練の合間に敬子と、東京の遊園地でジェットコースターに乗ったときだ。

時速二七〇キロの新幹線では寝ていた彼女が、ジェットコースターの八〇キロに悲鳴をあげていた。以前にも何回か乗ったことがあったが、そのときに自分の感覚が変化していることに気付いたのだ。時速八〇キロのすべてが予測できてしまい、恐怖も驚きも何も感じなかった。人は考えもしなかった動きに直面した時、スリルや恐怖を味わう。乗っている自分がコースの一歩先にいて、常に次の動きを読んでしまえば意外性がなくなる。加速、減速、上下の動き、すべてが小さく遅く感じられてしまう。飛行機も三次元を動く乗り物だから、訓練された体が余裕を持って通常の反応をしたのだと思う。降りたあと、彼女が興奮して感想をしゃべるのだが、話に生返事しながら、初めて自分はプロのパイロットに近づいたと感慨を抱いたのだった。

「あの氏原さんに隣に座られて、大隅キャプテンはやりにくくないですか?」

「それも気の持ちようさ。後ろから一挙一動をじっと見られるより、一緒に飛んだ方が楽だろう。そもそも何でチェッカーが隣に座るかわかるか?」

今まで特に理由など考えたこともなかった。

「なぜですか?」

「それはな、このキャプテンはどのくらいコーパイを使えるかを見るんだよ。君のように若いと、コーパイの中には同年代もいれば、先輩もいるだろう。ひねくれているのもいれば、元気なだけで使い物にならないようなのまで、いろいろだ。使いにくい代表がチェッカーだ。チェッカーでもコーパイ席に座ればコーパイなんだ。機長としてどんどん指示を出したほうがいい。チェッカーに指示を出すのは心苦しい、ここは自分でやってしまおうなんて思っていると、自分の機長業務にまで影響する。肝心なときに間違えたり大きな失敗につながったりする。チェッカーに過剰に気を遣う奴《やつ》は、使いにくいコーパイに当たっても同じことをする。人を使い切れないんだな」

　自分のいつものフライトを見られているような言葉だった。確かに使いにくいコーパイの時は、つい手が出てしまう。もし氏原にそんな印象を与えているとしたら、これからのフライトでそれを取り戻さなくてはならない。他に何かアドバイスがないだろうか。

「僕がチェッカーだったら、そうだな、知りたいのは君のフライトに対する考え方かな。フライトは問題解決の連続だと習っただろう。まずはこの先のフライトの組み立て方を見るだろうな」

「わかりました。ありがとうございます」

　お礼を言ってはみたものの、今ひとつわからないところがある。フライトの組み立てとは何か。この先というからには、つまりプランニングの事だろう。この先のポイントとなるのは、ニューヨークへの進入しかない。雪がひどくなれば状況はめまぐるしく変化する。そのプランを無駄なく綿密に立てろと教えてくれたのだろう。

大隅は顔を上に向け、僅《わず》かに水の残った紙コップを逆さにして、最後の一滴まで飲み干した。

「今回ほど水ばかり飲んだフライトはないな」

インターホンが鳴った。マイクを取った大隅が「飲み物は何がいい？」とこちらに顔を向けた。一番腹にたまりそうなものはスープだ。小声で伝えると合点《がてん》がいったように大きくうなずいた。

「スープない？」

〈全部出てしまいました〉

「トマトジュースかオレンジジュースでいいや」

〈それも全部出てしまいました、申し訳ありません、コクピットに持っていく分はありません〉

「でも朝食の分はあるんだろう？」

〈ええ、それはとってあります。でも足りなくなるといけないので、朝食まで開けてはいけないといわれています〉

「何があるの？」

〈冷たいものはウーロン茶です。温かい日本茶と、いま落としたばかりのコーヒーもあります〉

大隅はマイクを手で塞《ふさ》ぐと、「それを先に言えばいいのに」とつぶやいた。しばらくすると白鳥がコーヒーを乗せたトレーを片手に、疲れた顔をして入ってきた。

「お待たせしました。先ほどレストの交替が終わりました。いま遅組が入っています。お砂糖は大隅キャプテンですか」

ミルク、砂糖、スプーンのセットを差し出された大隅も、彼女の様子に気づいたようだ。

「ああ、ありがとう。君はパリも飛んでいるよね」

「はい。何か？」

「フランスではコーヒーのことを、『悪魔のように黒く、地獄のように熱く、恋のように甘い』と言うだろう。だから砂糖は必需品なんだな」

「はあ？　恋のようにですか。初めて聞きます」

彼女は感心したように、悪魔のように黒くと小さな声で復唱しながら、トレーをこちらに渡してくれる。大隅はミルクもたっぷり入れ、ゆっくりスプーンでかき回してから口に運んだ。

「うん、なかなかいいね。ブラジルではいい男がいると女性が『Café《キャフェ》!』と声をかける」

「キャフェ? コーヒーが、いい男?」

「黒くて、熱くて、……眠らせない」

「わあ、キャプテン、誰かに言われたことあるんでしょう?」

「は、は、僕も昔はな。君もそんな男と出会ったことあるだろう?」

そうね、と目を細めると、「今もアメフトの選手の中に一人」と笑った。

「でもキャフェの彼、今はお腹《なか》が空《す》いて自分が眠れないらしいんです。もう少し食べ物を積んでいれば良いんですが、何も出してあげられなくて。今日は本当に疲れます。ビジパー(ビジネスクラスパーサー)の三崎さんが、この前にも同じようなことがあったと言ってました」

その時は学生柔道だかレスリングだかの団体だった。力士が乗ってくる場合は重量計算に公表体重を使用するなど特別に配慮をするし、運動選手は一般に体が大きいということで、一人あたりの数値を増やしてある。だが、それに応じて食料を多く積むというきまりはない。だからこのようなことになるわけだ。チェックの時に限って、普段起きないことが起きるというのは本当だ。

大隅が手招きをして白鳥をそばに呼ぶと、窓の外の白くぼんやりした部分を示した。

「もうすぐオーロラが現れる。その前触れだよ」

「すごい！　出たら教えてください。今まで見たことないんです。写真撮れますか？」

「普通のデジカメで大丈夫だ。フィルムなら超高感度のものがいるけどな」

香水がかすかに漂ってきた。そうだ、聞きたかったことを思い出した。

「〝マニア〟です。アルマーニの。奥様にクリスマスプレゼントですか？」

忘れないうちにメモしておく。白鳥は、オーロラ、必ず教えてください、と嬉《うれ》しそうに念を押すと、背筋を伸ばして出て行った。

勤務中に写真を撮った新幹線の運転士が以前問題になったことがあったけれど、コクピットからオーロラを撮影していても良いのだろうか。大隅は吹き出した。

「そんなことといったら、僕らはここで食事するんだぞ。飯は食って良いが写真を撮っちゃいかんとは言えないだろう。運転中の携帯電話を禁止したのだから、飛行機も無線通信してはいけないというのと同じレベルの話だ」

それとこれとは、と言いかけたが大隅は熱くなって続けた。

「うちの近所の公園は、ボール遊び禁止、犬の散歩禁止、ラジコン飛行機禁止、ローラーブレード禁止、バーベキュー禁止だ。何かやって遊んでいるなと思うと、翌週には禁止の看板が立てられてるから、もう看板だらけだ。本来公園は皆のものだから、イギリスのように場所を分けて、誰もが楽しめる工夫をすればいいのにな。日本全体に余裕の心がないのか、社会が成熟していないんだな」

「はあ。そう思います」

「名古屋ではエスカレーター上を歩くのも、禁止だそうじゃないか。今の日本のようにすべて禁止していくと、規則がないのと同じになる。そろそろ高度を上げた方が良いんじゃないか。下に聞いてみようか」

ＣＤＵを見ると既に安全マージンを上回っている。関係ない話をしていながら、高度のことも考えていたとは驚きだった。

「お願いします」

エドモントンセンターにフライトレベル３７０を要求すると、すぐに上昇許可がきた。

高度セレクタースイッチからの指示がオートパイロットに伝わると、シップはピッチ角を六度に上げて静かに上昇を開始した。

新しい巡航高度になると、オートスロットルが最適速度になるように自動的にパワーをセットする。エンジンがまた単調な音を響かせ始めた。「爺《じ》っつぁまはのんびりしていて手が掛かる」なんてとんでもない。そんなことを言い出したのは、どこのどいつだろう。手を焼かせているのは俺の方だ。疲れた顔をして入ってきた白鳥も、帰るときにはあんなに明るい雰囲気に変わっていた。ちょっとした気の遣いようなのかもしれないが、自分にはとてもまねできない。見えないリーダーシップとでもいうのだろうか。

外気温はマイナス59℃を指している。この時期、ヨーロッパ線であれば、シベリア上空ではマイナス70℃前後が続くだろう。北米線ではかなり冷えたとしても、燃料が凍る温度にまで下がることはまずないと習った。心理的にはずいぶん楽だ。現在燃料タンクの温度はマイナス34℃、まだ余裕がある。

「聞くのを忘れるところだった。前はB6を飛ばしてたのか?」

「はい。コーパイではB6と、-400です」

「それならなおさらだ。今日はB6のような飛び方はするな。氏原君は、ああいう飛び方は好きではない。そうだな、さしずめ正統派とでもいうのかな」

「正統派ですか。B6のような飛び方というと、縦の航法《V・NAV》を外して、横の航法《L・NAV》と他のモードでオートパイロットを使う飛び方が、いけないということですか？」

V・NAVを使わなくても、規則違反ではないはずだ。

「いけないとか、そういう話じゃない。たとえばパソコンでも機能全部を使いこなせる人は少ないのと同じだ。L・NAVは誰でも使うが、V・NAVはコンピューターを良く理解しないと使うのが難しい。彼は間違いをせずに有効に使う方法として、今の操作手順《プロシージャー》を作ったんだな」

「氏原チェッカーが作ったんですか？　でもあの人の名前はパイオニアグループにはなかったですよ」

「パイオニアグループが行く前だよ。－400導入のための調査《サーベイ》で行っている。今から一五年くらい前だから、彼がチェッカーになるより前だ。L10のキャプテンになってすぐだろう。FMSのモードの複雑さは、自己流の使い方をするとマンマシーンシステムの破綻《はたん》を招く。それが事故につながると彼は見抜いた。だから上空で使う言葉一つにしても、オーダーから返答まで、規程にないものは一切使わせない方針になった。－400のことを他機種の連中が、空飛ぶ運航規程と呼んでいるのは知っているだろう？」

確かに－400の訓練では用語の使い方で苦労した。それを決めたのが氏原となれば、飛び方一つ一つにこだわりがあるのは無理もない。でも飛行の基本は、渡り鳥が太古の昔からやっていることだ。彼らはチェックなど受けなくても、空中衝突も着陸失敗も起こさない。

「B6の名誉のために言っておきますけど、B6もV・NAVを使っていますよ。しかし-400のように、使い方から使う言葉の一つにまで厳密に規制するというのは、少し神経質になりすぎてませんか」

「環境の差かな。B6は国内がメインだし、慣れた飛行場だとあんな面倒くさいものは必要ないからな。近所に買い物に行くのにカーナビを使うようなもんだ。国際線主体の-400では長時間フライトの後に、寝不足と時差に悩まされながら、ランディングをしなくてはいけない。V・NAVには、高度や速度の制限までプログラムに組み込まれているだろう。だからミスったり、勘違いすることもないわけだ。うまく使えば無駄がないし、間違いを減らせるというんだな」

氏原に合わせるためには、ニューヨークのアプローチをV・NAVにまかせて、着陸まで持っていけということか。しかし、自分のようにV・NAVなどに頼らずに、オートパイロットのモードを次々と使いわけて飛ぶことの、何がいけないのだろうか。

「どうもわからないんですが。いくら氏原チェッカーが決めたからといって、わざわざ使いにくいV・NAVを無理して使わなければならないというのは非合理的でしょう。安全面にかえってマイナスだと思うんです。名古屋の中華航空機墜落事故のようなことが、また起きてしまわないとも限らないじゃないですか」

一九九四年、台北《タイペイ》発名古屋行き中華航空一四〇便は、名古屋空港への最終進入中に失速し、滑走路脇《わき》に墜落炎上した。運輸省（当時）事故調査委員会は、パイロットの自動操縦装置への不慣熟による誤った操作があったことを指摘し、加えてエアバスA300の設計段階で誤操作を招く要素が含まれていたことも示唆《しさ》している。事故は解除したつもりの自動《オート》機能が一部に残っていて、それが手動の操縦に相反する動きをし続けた結果だった。

「あの事故こそ氏原君が心配していたものだよ。オートパイロットのモードを頻繁《ひんぱん》に変えると、現在の設定がわかりにくくなる。そうなると二人の意思疎通《そつう》がうまくいかなくなり、モードの混乱につながるんだ。これこそが、マンマシーンシステムの破綻だな。なるべくモードは変えない方がいい。間違いが起きやすくなる。ところでV・NAVが使いにくいというのは、どういう意味だい？」

「V・NAVはセットするのに、いちいちコーパイにオーダーしなければなりません。そもそもV・NAVなんか使わなくても飛べますし、急ぐ時ほど使いにくいでしょう」

「慣れの問題だろう。どんな機能でも慣れれば使いやすくなる。だがな、間違いを起こしやすいやりかたでやっていると、いつか必ず誰かが大きな間違いを起こす。マーフィーの法則だ」

いや、自分でモードの設定をする飛び方のほうが、V・NAVを使うよりも間違いはないし、早くて安全だ。人間がコンピューターに唯々《いい》諾々《だくだく》と、盲目的に従うというのはどう考えても納得がいかない。

大隅は質問に笑顔で答えてはいるが、頑として自分の意見を変えようとしない。

「自分でモードを設定するというが、そのときの君の判断の善《よ》し悪《あ》しは誰がチェックするんだ？　コーパイにオーダーするのは、そこでダブルチェックになるからだ。自分で飛ばしながらだと、誰でもそうだが神経が飛ばすほうに偏《かたよ》ってしまう。つまり夢中になるんだな。気分はいいし満足感もある。気がつかないうちにチェックがおろそかになる。そこに危険が潜むんだ」

今の子供は電卓なしでは計算一つできない。パイロットもV・NAVにどっぷり浸《つ》かると、コンピューターなしでは何もできなくなる。プロである以上、高度処理や速度の計算を自分の頭でできなくてどうする。コンピューターなんて物は、燃料計算とか到着時間の予測にでも使っていればいいんだ。B6の頃から先輩の機長たちに散々言われてきた。いつ故障するかわからない機械になど、頼らないほうが結果的には安全だという意見にも一理あると思うのだが。

「FMCは二台積んである。二つとも同時に壊れる確率は、双発機の両エンジンが壊れる確率と一緒だ。だからといって双発機は危なくて乗れないか？　それじゃ聞くが、V・NAVを使っているときはコンピューターに任せっきりで、君の頭では何も考えていないのか？」

「いえ、答えが本当にこれでいいか、常に疑って見ています。その作業が無駄だと思うのです」

「無駄どころか、結果をモニターしてチェックする。ダブルチェックになっていると思わないか？」

大隅の考えはわかった。だが、つい先日、V・NAVを一切使わずに千歳に降りたときなども、コーパイは目を丸くして感心してくれた。周りの雰囲気はなんと言っても、コンピューターに頼らずに飛ぶのを評価する方向にあるのだ。あいつはコンピューターがないと飛ばすこともできない、と言われたくない。

「状況の変化に合わせながら、次々とモードを変えて機《シップ》をコントロールしていく。これが美しい飛ばし方だと思うのですが」

「それではコンピューターがなかった頃の飛び方と変わりないじゃないか。美しいかどうかは好みの問題だ。インプットはコーパイに指示する。計算はコンピューターに任せて、機長の頭脳はこの先の状況分析に専念する。今流の言葉で言えば、この方がクールじゃないか？」

まるでクイズでも楽しんでいるかのように、声の調子も変わらなければ笑顔も絶やさない。このまま会話を続けていても平行線だろう。この際知りたいのは大隅ではなく氏原の考え方だ。歳《とし》を取ると暗算が苦手になる。コンピューターに頼るような奴《やつ》は、ぼけが始まっているんだと説く先輩もいる。氏原は頭脳明晰《めいせき》だしまだ四〇過ぎだ。まさかそんなことはないだろう。

コンピューターなんかなくてもここまで安全に運航できます、はるかにうまく飛ばせます、というところをますます見せたい気持ちになる。進入管制レーダーに誘導されているときは、V・NAVを使う必要はないという人も多い。今回もそうすれば見せ場も作れるのだが、氏原はどう考えているんだろう。V・NAVに凝り固まっている訳だから、V・NAVを外さず、そのままで行けとでもいうのだろうか。

「ということは、JFKへの進入では、V・NAVの使い方が、氏原さんのチェックのポイントになるわけですね?」

「コンピューターは計算は速いが五感を持っていない。そういう意味では普通の機械だ。空を見て雲を読み、位置を考えて風を知る。そして高度と速度とパワーを決めて飛ぶ。それがパイロットだ。基本を忘れちゃいかん」

「氏原チェッカーは——」

「さっきから聞いていると、君はチェッカーのことばかり気にしているようだが、機長として気を遣わなきゃいけないことはもっと他にあるだろう」

強い口調にぎくりとした。気がつくと機長というより、コーパイの思考になっている。注意されても仕方がない。フライトの全《すべ》てを完璧《かんぺき》にこなすように心がけてこそ、チェックフライトでの評価も良くなる。氏原のことばかり気にするのは止《や》めるべきだ。

右席を窺《うかが》うと、大隅は目を細めて前方を見つめていた。

「かすかに出てきたな」

今までぼんやりと白くなっていたところが上下に伸び、北極の冷たく輝く星空から、光の針が地球の中心目がけて次々と降りはじめている。オーロラだ。その雄大な光景は、自分たちがドーム球場を飛ぶ一匹の蚊よりも小さいということを、改めて感じさせる。

「きょうは新月だったかな。月がないから、はっきり見えるな」

降り注ぐ光の筋はすぐに消えるが、残像に重なりながら次々と霧雨《きりさめ》のように降りてくるので、そよ風に揺れるレースのカーテンのように見える。地上から見ると七色の色が付いて見えるらしいが、それは夕焼けが赤く見えるのと同じで大気中の不純物のためだろう。上空では冷たい白光色だ。

「宇宙の神秘を垣間《かいま》見るような気がしないか。自然を相手にして飛ぶことのすばらしさに、いつも感謝したくなる」

大隅は感じたことをそのまま言葉にすることで、自分の心の余裕を確かめておきたいのだろう。

無数の星が漂う宇宙を仰ぎながら、神という概念を発明せざるを得なかった人類の限界を、いつもならオーロラを見ながら感じられただろう。しかし今は情緒に浸ってはいけない。詰め込んだ記憶と技術力、判断力だけが俺というちっぽけな人間の本日の価値なのだ。自分にとって本当に和めるのは、チェックが無事終わった後でしかない。

オーロラは広がり始めた。左側だけに見えていたものがみるみるシップ全体を包む。

「彼女を呼んでやろうか」

オーロラの青白い光は、クルーの姿を影絵のように浮き上がらせる。白鳥はコクピットに顔を出すなり、窓の外の光景に釘付《くぎづ》けとなった。

音もなく降る光の夕立は、幾重にも裾《すそ》を重ねながら手が届きそうな近くにまで降りては消える。柔らかくひだをそよがせ、波のように寄せては引く。やがて宇宙からの光の帯となって星明かりの地表に沿いながら、球体の彼方《かなた》へと伸びていった。北極を中心にその周りをカーブを描きながら、自然は地球に巨大な光の王冠を戴《いただ》かせたのだ。

空には無数の星が輝き、静かに戴冠式《たいかんしき》を称《たた》えている。

計器の照明とオーロラの幽《かす》かな明かりが、窓の外を見つめる彼女の横顔を妖艶《ようえん》なまでに浮かび上がらせた。

「一生忘れないわ……」

彼女のほおがオーロラに照らされた。過去の想《おも》い出か未来の夢に共振したのだろう、暗いコクピットで彼女はそっと涙を拭《ふ》いた。昂《たかぶ》った心を抑え、職場に戻るためだ。俺たちのことは忘れても、オーロラが彼女に与えたものは心に永く残るにちがいない。

まもなくイエローナイフ上空に到達する。オーロラ観光でずいぶん有名になった街だ。たぶん地上から観《み》ている人には、ジェット機の光は邪魔者に映ることだろう。

「若いってのはいいな。今日はつくづくそう思ったよ」

彼女が出て行ったあと、残ったコーヒーを飲みながら大隅がつぶやいた。

「この歳になると何を見たって、あそこまで感動はできないからな」

「そうですか」

「若いときに良い音楽や書物、絵画にたくさん触れる。それがあとの人生を豊かなものにするのだろうな。僕なんか、でかいニューヨークステーキが食えたら、今すぐに心を打たれるけどな」

　大隅が目を細めた。

「豊かになるのは体重じゃないんですか？」

「はは、そうか。でもな、船では食事は楽しみの一つ、というのを聞いたことあるだろう。飛行機にも通じることだ。機内は閉鎖空間だろう。その点、水上の船よりも潜水艦に近い。空飛ぶ潜水艦だな。一歩も外には出られない、風を感じることさえもない。乗客の楽しみは映画や食事しかないわけだ。食べ物くらい十分に積んでおいて欲しいと切望するよ」

「ええ。空腹になるとお客さんも怒りっぽくなるし、雰囲気もぎすぎすしますから」

「クルーも一緒さ。少しでも気分を休めるようにするには食事がいいんだ。所詮《しょせん》積めるものは限られているから、大したものは出ない。それでも気分が変わるし、会話のきっかけになる。まして今日みたいなことが起こると、会社への不信感につながるからな」

「食べ物の恨みは恐ろしいですからね」

「そうだ。これは現場でなきゃわからん問題かもしれないがな」

確かにこの不満を本社に持って帰っても、昼休みに社員食堂で食事がとれる人にはわからない。一食や二食食べなくても死なないよ、で片づけられてしまう。どうしたらこのギャップを埋めることができるだろう。

「さあイエローナイフだ。ずいぶん冷えてきたぞ。マイナス67℃だ。残《ざん》が一一万五五〇〇か、予想より一〇〇〇ポンドほど良いな」

ドラム缶五九八本分の燃料を今までに燃やしたわけで、残りが約三四四本分ある。計算値よりも約三本分燃費が良いということだ。風速三六メートルの追い風が続いているためだろう。

大隅がログを取り出してデータを記入する。夜中に起こして悪いねぇ、と付け加えながらエドモントンセンターを呼び出し、ポジションリポートを済ませた。時々ぱちぱちという空電がイヤホンに聞こえるだけで、あとは何も聞こえない。前を飛ぶユナイテッドと後ろのJAL以外に、飛んでいる飛行機はないようだ。あの二機も同じオーコラの中を飛んでいる。暗いコクピットから雄大な自然現象を眺めながら、パイロットたちは何を感じているのだろう。

「君は何でニッポンインターに入ったんだ？　ＪＡＬのほうが待遇が良かったんじゃないか」

いきなり問われて、返答に困った。大隅はオーロラを見つめたままだ。

「待遇は、細かいところでは違いもありましたけど、大筋はあまり変わりなかったように思います。そうですね、ＪＡＬより五年くらい早くキャプテンになれるし、国内線がメインだったからでしょうか。二〇年も三〇年も国際線《インター》を飛ぶと必ず体を壊す、ってある先輩が言ってましたので」

「そうか。リタイヤ後五年だっていう話だろう」

リタイヤ後五年間が生存可能年月ということで、何年か前にそんな噂《うわさ》が流れていた。

「いま国際線を飛びながら、どう思う？」

「僕はまだ始まったばかりですから。これが何年も続いたらわかりません。あんな元気だった砧機長だって、そうでしょう？　それより、大隅キャプテンはなぜニッポンインターに入られたんですか？」

「そうだなぁ。昔から国策会社のＪＡＬは一流で、民間企業のニッポンインターはいつもその次でな。馬鹿《ばか》にされたり見下されたりは日常茶飯事だ。おかげで、会社には一体感みたいなものがあったんだ。ＪＡＬに追いつき追い越せがスローガンだった。そのハングリーさが良かったんだな。そのころ一緒にがんばった連中が、リストラされていくのを見るとな」

大隅は、横の窓に額をつけるようにして暗い地面を覗《のぞ》いた。

「この辺はずいぶん寂しいところだな。住んでる奴らは何を食ってんだろう」

オーロラはまだ輝いているが、イエローナイフを過ぎてしまうと人工の明かりはたまにしか見えない。ほとんどが雪と氷に覆《おお》われていて、大地は星の薄明かりを冷たく反射している。地上はマイナス30℃くらいだろう。街らしい所もない。小さな明かりがぽつんぽつんと見えるだけだ。このあたりの人たちはどうやって生活しているのかと、誰もが思うところだ。

「ちょっと見せてください」

ログを渡してもらう。今までのデータを見ても大して計画《プラン》と変わらない。この先、追い風が少し強くなると思うが、到着は早まるとしても五分程度だろう。雪でも降れば、あっという間に一五分以上は遅れる。

「朝食まで、あと二時間か。ニューヨークのお天気でもとろうか？」

言い終わると同時に大隅の指はＡＣＡＲＳのボタンを押していた。この人の考えは、自分よりも常に先行しているようだ。到着まではまだ四時間もある。現在のニューヨークの気象状況をとっても参考にしかならないと思うが、四本の滑走路のうち、どれを使っているかを知るだけでも役に立つ。

弱い北の風、曇り、気温マイナス４℃、使用滑走路４Ｒ。気温も予報より暖かいし、まだ雪は降っていない。続いて代替空港のニューアークをみるが、ほとんど同じような天気だ。

午後に前線が通過する可能性があると成田で聞いたが、天気はこのまま持ちそうだ。たとえＪＦＫが雪で閉鎖になってもほんの数時間に過ぎないし、それほどの降雪は年間二日か三日しかない。緯度的には三沢空港とほぼ同じ北緯四〇度ほどだが、ＪＦＫの年間降雪日数は、幾日だったか。到着時に雪が降っているとなると、チェッカーに質問されるかもしれない。

ＪＦＫにひどい雪が降れば、ニューアークも雪で閉鎖になる可能性が高い。氏原はその点をついてくるに違いない。

前線の通過が予想されているのに、代替空港をもっと離れた空港にしなかったのはなぜか。

機長としての判断について考査するための質問になりそうだ。今日の予報ではそこまでの判断は必要ない。その代わり燃料を一万六〇〇〇ポンド余計に搭載してきたと答えよう。実際に代替空港まで雪で閉鎖になったらどうするか。そんな事は今から考えたくもないが、どこへ逃げるかくらいは、決めておいた方が良いかもしれない。レストの時に調べておこう。

XI　代替空港

ドアの開く音に振り向くと、氏原がクルーバンクから出てきたところだった。交替時間のぴったり一五分前だ。明るい声で話しかけてきた。

「おお、オーロラですね。だいぶ前からですか？」

「イエローナイフの一〇分くらい前から出ています。まだ交替には早いですけど、よろしいですか」

「いいですよ。村井さん、交替しましょう。クルーバンクの中が暑いので、ヒーターを切っておきました。寒かったら入れてください」

なぜかACARSがシカゴとデトロイト空港の天気をプリントアウトしてきた。シカゴの雪は弱まっているが北西風が強くなってマイナス16℃、デトロイトは断続的吹雪と雷でマイナス10℃だ。両空港とも五大湖のそばで、冬も夏も厳しい天候の所だと聞いている。ニューヨークから代替空港として行くには遠すぎるし、第一そんな燃料はない。

顔を上げると、二人がこちらを向いているのに気づいた。なにか問題でもあるのだろうか。ちがう。自分がこの天気をどう判断しているのかに注目しているのだ。

「JFKはまずまずのお天気ですね。この分だと雪が降り始める前に着けると思います。燃料も一〇〇〇ポンドプラスになっています――」

氏原へ通常の申し送りを済ませる。交替の準備のためにチャート類をかたづけようとすると、横で大隅がはるか前を飛ぶユナイテッド機の光を指さした。

「あいつら今頃は大騒ぎしてるんじゃないか。この天気じゃ揺れるし滑走路は凍ってるし、着陸は大変だぞ。北西風が強くなっていて気温も下がっているからな」

チェックを受けていない人間は、よその会社のシカゴ便の心配までできるのか。

「そうですね。僕はシカゴ便を飛んだことがないので知らないんですけど、この風では苦労するでしょうね」

「到着は二時間先だから、そのころにはもう風も落ち着いているか。おぉ、デトロイトも吹雪か」

軽やかに言いながら大隅はこちらの顔をじっと見ている。もう少し気象状況を詳しく調べろというのだろうか。

「ワシントンの気象も取ってください」

大隅はワシントンを表す〝KIAD〟を打ち込みながらも、どこか不満そうに見えた。ワシントンはデトロイトに比べればニューヨークに近い。天候を知っておくことは悪いことではないだろう。

ACARSがすぐにプリントアウトしてきた。曇りで風も弱いが気温がマイナス13℃。予報は雪だがまずまずの天気だ。まだ大隅は何か言いたげな顔をしている。そんなに心配することはない。JFKの滑走路4Rは、ゼロゼロでも着陸できる機能をもつカテゴリースリーの計器着陸装置が設置されている。いざとなれば自動着陸《オートランディング》をすればよいのだ。氏原と早く交替しろという意味だろうか。

「それでは少し早いですけど、交替します。ユーハブコントロール」

「アイハブ」

大隅に操縦を交替してもらい機長席を離れる。入れ違いに氏原が席に着いた。イエローナイフを過ぎると、それまで北東に進んでいたルートが南東に向かい、オーロラが現れる地域から急速に遠ざかっていく。既に左の窓からは遠くが白くぼんやりとしているだけで、はっきりした姿は見えなくなっていた。

この先は荒涼とした湿地帯が続き、河と湖の連続となる。現在は何の光もない暗黒の地に過ぎないが、昼間見る景色はシベリアに良く似たもので、地球の北のほうはどこも同じような風景なのだと感じる。カナダは鉱物資源が豊富で、この辺りもダイヤモンドやウランが採れると北米線のグランドスクールで習ったが、地形や雰囲気が似ているシベリアにも、同じように鉱物資源が埋まっているだろうとは理解できる。

次に交替するときは朝日が昇る頃だ。大隅は既に六時間もここに座っている。この先の二時間が一番眠くなる時間帯だともいわれている。自分と交替する二時間後は、眠気と疲れで限界に近いのではないか。その前に朝食があるから、大隅に限って心配する必要はないかもしれないが。クルーバンクに向かう前に、コクピットの時計に目覚ましを合わせる。

ドアロックが開いてチーフパーサーが顔を出した。それだけで、コクピットの雰囲気が和やかになる。

「おお、珍しいね。どう、レストはちゃんと時間を取れましたか?」

氏原が話しかけたのを、大隅は制した。

「待て待て。もしも、もしも僕らの朝食をだ、どっかの選手にやろうなどと思っているのなら、すぐにここから出て行ってもらうが」

そこまで聞いたチーパーは、黙って体の向きを変えるとドアに戻りかけた。

「おい、本当なのか！　またカップ麺《めん》なのか」

足を止めたチーパーは振り返って、冗談っぽくにっこり笑った。

「キャプテンにカップ麺をお出しするなんて、とんでもないですわ。すべてなくなりましたから」

一瞬安堵《あんど》とも驚きともいえない沈黙があって、大隅がおそるおそる口を開いた。

「今度は、何を、考えているんだい？」

チーパーはこちらに向き直ると、もう一度笑みをたたえて、お聞きになりたいですか、とでも言うように首をかしげた。大隅が大きくうなずく。

「スペシャルメニューをと思ったんですが、もう何もないんです。氏原キャプテンは、残り物で良いと言われたので、炊飯器に残ったご飯でおにぎりを作ってきます」

「で、僕らは？」

「大隅キャプテンはいまダイエットをされていると伺ってますし、村井さんは、ごめんなさい、村井キャプテンはたくさん召し上がって、大切なチェックに眠くなっても困るでしょう。それでコンチネンタル風ブレックファーストにコーヒーとクロワッサンでいかがでしょうか」

クロワッサンは良いとしても、コンチネンタル風ブレックファースト？　確か今朝のホテルも同じようなふれこみだった。両方とも何々風が付いている。これは裏がありそうだ。しかし大隅は意外に良い条件と思ったのだろう、咳込《せきこ》むように続けた。

「上等、それで良いよ。クロワッサンはいくつ付くんだい?」

「なんとか一人一つは確保したいと思っていますが、何しろまだサービスも始まっていないので、その結果次第でしょうね。ともかく搭載されている食べ物では全然足りなくて。大隅キャプテン、会社に何とか言ってくださいよ」

急に矛先が向けられた大隅は、一瞬ひるんだ。

「わかった。帰ったら言う。でも僕らには弁当を取られたぐらいしか申告のしようがないけどな。ともかく今日の所は、クロワッサンを一人一つ以上でたのむよ」

会社に意見を出す場合は、キャプテンリポートとエアセーフティーリポートという二つの方法がある。両方とも事故や異常運航を扱うもので、用紙に機内食並びに弁当などという項目はない。どちらにしても機長が責任を持って書くことになるのだが、今日の場合、フライトプランにサインしたのは大隅ではなくて、氏原だ。そのことに思い当たったのか、氏原が割って入った。

「ちょっと待ってください。大隅さんも村井さんもご自分から同意されたんでしょう? そうなると自ら提供したことになります。そもそもこの問題は客室部の管轄《かんかつ》ですから。あっ、村井さん、どうぞレストに入ってください」

「はい。でも、かまいません。重要なことですので、聞いておきます」

ドアノブに手をかけたチーパーが首だけを動かして振り返った。

「ともかくよろしくお願いいたします。ホテルに着いたら満足いくまで召し上がってください。あと五、六時間でしょう？　私はキャビンに戻りますので」

まだ五、六時間もあるのだ。彼女は機長たちの気持ちなどお構いなしに、入ってきたときと同じプロフェッショナルな笑顔を残して、キャビンに戻っていった。

「いや、私はこの問題の根は深いと思いますよ」

チーパーが出て行くと、氏原は表情を改めた。今朝、第一印象で猛禽類《もうきんるい》のようだと感じたことを思い出してしまった。氏原が言うには食事ができなかったことをこのまま会社に報告しても、パイロットを管轄する乗員室は動いてもくれないだろう。客室部の新しいサービスが絡《から》んでいるからだ。統括本部も違うし、所轄のメンツもあるのでなおさらだ。新サービスに賛成した人間が人事異動で他のセクションに移るか、つぎのキャンペーンが始まるまでは改善は無理だ。

「この秋にサービスが変わってから、こんなことが二回も起きたということですけど、あくまでクチコミでの話でしょう。文書では何も発表されてません。客室本部にしてみれば、何たって自分たちに来た苦情ですからね。部外には出さないでしょうし、実情は摑《つか》みにくいとおもいます。まあ、疲れて帰って必死にリポートを書いても無駄でしょうね。大隅さんが書けば乗員室が困るだけだし、私が書けば査察室が困るだけですよ」

「村井君はまだ組合員か?」

大隅が急にこちらに話を振ってきた。組合にこの話を持って行けということらしい。

「乗員室は動かないだろうが、組合ならすぐに反応するだろう。なんたって組合員の健康問題に密接に関わることだからな」

氏原もそれに賛同したので、結局は自分が組合にリポートを書く羽目になった。レスト中に時間と状況を書き留めて日本に帰ってから、いや、ニューヨークに着いたらホテルからメールしよう。クラムチャウダーを食べる前に書けば、鬼気迫る文になるだろう。大隅がインターホンでCAを呼び出している。

「忙しいとこ悪いけど、水を持ってきて欲しいんだ。ああ、ペットボトルで」

組合に苦情を持って行ったのが知れたら、睨《にら》まれるだろうな。にわかに心配になる。パイロットも会社員だから企業内の人事考課に組み込まれており、おかしなことに一緒に飛んだこともない事務職から評価を受ける。東大閥の社内で学歴もせいぜい高卒扱いのパイロットは、職人として黙って会社に貢献するしかない。それでなくとも乗務手当やら何やらで、給料は彼らより高くなっているし、派手に見える職種だから、いろいろな方面からの締め付けはそれなりにある。当のパイロットは審査やチェックが多いので、人事考課にまでかまっている暇はないのが現状だ。いずれにしても断れば氏原の気分を害するかもしれない。暗い気持ちのままクルーバンクへ入った。

弁当の一件を簡単に書き留めると、気になっていたニューヨークの降雪日数を調べる。ラインオペレーションガイドには年間約三〇日と出ていた。仙台の約半分。割と常識的な数字ではないか。そんなことをしているうちに猛烈に腹が減ってきた。血糖値が落ち、自分でもわかるほど全身から力が抜けていく。たしか運航鞄《かばん》のどこかにガムが入っていたはずだ。書類のあいだに手を入れて奥を探るが、なかなかそれらしいものには触れない。

あった！

落とさないように指でつまんで取り出してみると、それは古いお守りだった。交通安全と書いてある。誰かからもらったものだろう。鞄の中やスーツケースにはこの手のものが必ず入っている。古くなっても捨てると何か起こりそうで、どうして良いのかわからないまま溜《た》まっていく。コクピットにも交通安全祈願の大きなお札《ふだ》が下げてあるのだから、俺たちがお守りを持っていても不思議はない。

鞄の底を探っている指先に、また何か手応《てごた》えがあった。そーっと引き上げる。今度こそガムだ。たった一枚しか入っていない。だいぶ古そうだがとりあえず口に入れる。一口噛《か》んだだけでシナモンの味が口中に広がった。これだけでも気分が少し落ち着く。何とか朝食までこの一枚のガムで持ちこたえよう。

次にデューティーが回ってくるのは着陸二時間前だから、国際標準時《UTC》の一二時一五分、日本時間だと二一時一五分、現地時間では朝七時一五分だ。五大湖のひとつスペリオル湖の東側を通過して、ポジションで言えばYYU《ヤンキーヤンキーユニフォーム》、オンタリオ州のカパスケーシング辺りだ。ちょうど日の出の頃だろう。トロント管制区に入って交通量が一挙に増え始め、上空でもフランス語の交信がたまに聞こえるようになる。

スペリオル湖の東側を通過するといっても、東京と浜松くらい離れているから、よほど天気が良くないと湖を望むことはできない。先ほどの気象情報だとあの辺は前線の雲に覆《おお》われているはずだから、景色どころではないかもしれない。

ニューヨークの進入方式をもう一度復習してから休もうか。それにしても先ほどの大隅の、何か言いたげな眼つきが気になってしかたがない。氏原もこちらをじっと見ていたっけ。

シカゴでは既に雪は弱まっていたが、デトロイトに吹雪だった。ワシントンの天気も取った。一万六〇〇〇ポンドのエキストラ燃料内で行かれる空港を探せ、ということだったのかもしれない。するとボストンか。

ニューヨーク以外の空港は自分にとってどこでも同じだ。コーパイ時代の九年間で一回だけ、機長になってからは、まだ一度も代替空港に行ったことがない。着陸しようとして、進入復航《ミストアプローチ》をした経験はあるが、必ず目的地飛行場に着陸できた。台風でも吹雪でも必ず着陸してきたので、「こんな天気に降りてくれてありがとう」と、函館空港の売店のおばちゃんから魚を一匹もらったこともあった。

会社の教育では、代替空港のビデオを観《み》てアプローチチャートを調べるくらいで、どこも実際に見たことはない。所詮《しょせん》その程度のもので、一〇年に一度行くかどうかもわからないことで、心配したり悩んだりする必要はないと思っていた。今回はどうも勝手が違う。

代替空港に行った経験がない。

一般には、優秀な機長さんだと評価されるのかもしれないが、仲間からは「お前は運が良い」の一言でかたづけられる。

悪天候での着陸には最低気象条件《ミニマム》が決まっていて、一律に適用される。ミニマム未満では、腕の善し悪《よあ》しには関係なく誰がやっても着陸できないし、そのときの天候がたまたまミニマム以上になれば着陸できる。

仲間内では誰も認めようとしないが、偶然と言われる気象のタイミングを読むのも、一つの技術ではないか。自然が相手だから運も必要だろう。レーダーを細かく調整して雲を見る。風の変化を調べ、気象の息を知る。待つのも技術だ。慎重に読んで、大胆に実行する。乗客から見れば、単に目的地に着陸したというだけのことなのだろうが、着陸できた喜びをじっと嚙みしめることが、次回につながるのだ。

自分が、代替空港へ行ったことがないのを氏原や大隅は知っていて、それで心配そうな口ぶりになったのなら納得できる。現在使用している滑走路4Rは、カテゴリースリーで一七五メートルしか見えなくても降りられる、ということもわかっているはずだ。氏原は着陸は手動《マニュアル》でと言っていたが、マニュアルで降りられない天気だったら、オートでもOKを出すだろう。チェックの時に初めて代替空港へ行くような事態だけは、絶対に避けたい。

へみなさま、本日のこの便は機長のチェックを行っていますので、オートランディングは使えません。現在の天気ですと、オートなら降りられますが、それではチェック

になりませんので、マニュアルで降りられる他の空港へ向かいます〉

　こんなアナウンスで納得する乗客はまずいないだろう。万が一降りられなかった場合に備えて、進入復航《ミストアプローチ》の手順をもう一度確認しておこう。吹雪の中を進入限界高度まで降り、一瞬の判断でミストアプローチへ移る。TOGA《トガ》スイッチを押してパワーを入れ、着陸に集中していた頭を離陸の状態に切り換える。フラップのセットも着陸から離陸上昇に設定しなおし、機体が上昇に転じるとすぐに車輪を上げる。上昇旋回しながらレーダー誘導を受けてミストアプローチ経路に入り、指定の高度と速度を維持しながら待機飛行《ホールディング》に向かう。その間にコーパイに情報を集めるように指示する。現況と予報、燃料、代替空港の気象並びにそこへ行く経路の気象状況、代替空港へ行った場合の乗客のハンドリングなど、コーパイが手短にわかりやすくまとめて報告してくる。機長はそれを参考にしてもう一度進入を試みるか、あるいは代替空港へ向かうかを決める。

　これこそが機長としての決断だ。

　その決断で、人もお金も時間も、関連するすべてが動きだす。一分もしないうちに地上から一斉に問い合わせがくる。機長はそれぞれに的確な返答を伝えなければならない。その間にもレーダーを見ながら、悪天候を避けて飛行を続ける。訓練マニュアルに書いてあるのはこんなところだ。

この時ほどコーパイとの連携が重要な場面はない。今日はコーパイの代わりにチェッカーが乗っているわけだ。はたして機長業務をやっている自分のような若造と、コーパイ業務をするベテランとの間で、指示命令や意思疎通《そつう》がスムーズにいくだろうか。うまくいって当たり前。判断や指示の僅《わず》かな遅れに気づいたチェッカーが、手を出したり指示したりした場合は不合格だ。チェッカーが「このままでは危険だと感じた」と解釈するためだ。チェックにフェイルすると資格審査会が開かれ、良くて再訓練、悪ければ制服の四本線は取り上げられ、副操縦士に降格される。そんなことになったら妻の敬子や、クリスマスプレゼントを待っている娘の理美まで、悲しませることになる。

氏原はどう判断をするのだろう。いや、チェッカーに気を遣うのはやめたはずだ。さっき大隅には、きつく忠告された。この先は飛行機という機械と天候という自然に、持てる技術と知識の全《すべ》てをつぎ込み、完璧《かんぺき》な安全フライトを目指すのみだ。

やはり代替空港へ行くのだけは避けたい。最終的にはオートランディングを使うことになろうが、ＪＦＫが除雪などでクローズあるいは混雑したときのために、何分間待機飛行できるかを事前に調べておく必要がある。エキストラが一万六〇〇〇ポンドもあるし、補正燃料《コンテンジェンシー》も使っていないので、かなり余裕はあるはずだ。レストが終わって最初にそれを確認しておこう。

大隅は、機長としての判断やリーダーシップを見るチェックだと教えてくれた。コクピットだけじゃない。キャビンをも含んでのリーダーシップだ。こちらの意向が全員に伝わるように連絡を密にして、はっきりとした指示を出すべきだ。

交替するときにニューヨークの気象情報は入っていたのだから、キャビンにも伝えておくべきだったかもしれない。それにしてもあのとき大隅は、何の関係もないシカゴとデトロイトの気象をなぜ取ったのだろう。

ほかに判断ミスはなかったか。

弁当だ。乗客が文句を言っているからといってクルーミールを回した結果が、クルー全員のストレスになった。たとえ些細《ささい》にみえるものでも、コクピット内にストレスを感じる人間が出始めたら、安全にとって無関係とは言えない。

あれは機長の判断を必要とするものか、それともチーパーの範疇《はんちゅう》なのだろうか。チーパーが言い出したときに止めるべきではなかったのか。チーパーのリーダーシップが、俺のリーダーシップに優《まさ》ったと見られていたら大変だ。朝食のクロワッサンとコーヒーはやめさせ、クルーミールを出させよう。

待て。北米線は燃料が凍る温度に近づくことはないと習ったが、北米線の使用燃料はJET・Aでヨーロッパ線とは違う。折出点《フリーズポイント》はたしかマイナス40℃だ。規程で決められている燃料の最低温度は、フリーズポイントプラス3℃だから、制限値はマイナス37℃になる。

さっきの燃料温度がマイナス34℃だったから、差は3℃しかない。燃料は時間が経《た》てば必ず機体表面と同じ温度になる。マッハ0・85で巡航中の機体表面温度は、空気の断熱圧縮で大体28℃から30℃ほど上昇する。イエローナイフでの外気温度はマイナス67℃だった。それにプラス28℃として、表面温度はマイナス39℃か。

燃料温度は、たしか一〇分に1℃くらい下がるはずだ。とすると三〇分で最低温度を切る。まずい。あのとき大隅がわざわざ外気温を口にしたのは、交替の時にそれについてコメントするのを忘れるなという意味だったのだ。次に操縦席に着いたときに、多分聞かれるだろう。「速度を上げましょう」とか、「高度を下げてもう少し温かい空気層を飛びましょう」とか、何か言っておくべきだった。速度を増やせば表面温度が上がる。その変化はマッハ0・03ごとに2℃だ。0・88にすれば2℃は上がり、表面温度を制限値ぎりぎりに保てるか。いや、それでは高速度失速に近すぎると言われるかもしれない。

今までのところ、まだエンジン音に変化はない。ということは、速度も上げてはいないし、高度も下げていない。外気温度が上がったのだろうか。ベテラン二人が座っているのだから、どちらかが対処したのだろう。

何か勘違いしていないか。日本で積むのはアメリカ仕様の燃料ではない。JET・Aワンだから、フリーズポイントはヨーロッパと同じだ。しかしこの飛行機のように、アメリカから飛んできた機体には向こうで積んだ燃料がタンクに残っている。それに日本の燃料を混ぜた時にはどうなったっけ。一律に最低温度の制限値が決まっていたはずだ。どこに書いてあった?

燃料が凍るとどういうトラブルを引き起こすのか。液体の燃料が固体になる。燃料パイプが凍りつく。流れが止まる。すべてのエンジンがほぼ同時に止まる。こんな事が実際に起こるのか。

マイナス34℃の燃料とはどんな様子なのだろう。水が一滴でも入れば、一瞬にして水は凍る。燃料に触れている水蒸気も凍る。もっともマイナス67℃の空気中に水蒸気は存在しないだろう。マイナス67℃とはどんな世界だ。生物が生存できるのは何分間? このベッドの壁の向こう側がそういう世界とは信じがたいのだが。いずれにしても身体《からだ》が寒い。

音と振動で機体が揺れた。続いて二回、三回。思わずベッドの縁を握る。目を開けるとバンク内がほんのりと明るい。

壁のシートベルト着用のサインが点灯していた。単調なエンジンの音に変わりはない。揺れが続いているのは、雲にでも入ったからか。

それにしても寒い。空腹のせいだろうか。そうか、氏原がヒーターを切ったと言っていたな。

あと二〇分で交替だ。いつのまにか寝てしまった。ベッドの上に地図類《チャート》が出しっぱなしになっている。ニューヨークの進入を復習しようと思ってそのままになっていた。急がないと目を通しきれないかもしれない。

電灯の下に引き寄せ、空港概要、施設と読み始めたが、時間がない。このまま行けばキングストンアライバルが予想される。前回はキングストンの三五マイル手前を、フライトレベル290で通過するように指示が来た。書き込んでおいたはずだ。もう一度チャートを開いて確認する。確かにある。

氏原からV・NAVで飛ぶよう指示を受ける可能性だって考えられる。V・NAVならば、制限事項としてLENDYで二五〇ノット、フライトレベル190がインプットされて入っている。高度は指示が来てからセットすればいい。V・NAVの機能として、降下のパスを優先して維持するので、そのままコンピューターに任せて降下を続けよう。降下のパスが急すぎて、速度が出過ぎるようになったら、どう対処するのがいいだろうか。

使用滑走路が4Rだと、レーダーが東側へ誘導するだろう。予報では雪が近づいている。雪雲の中だと注意しなければいけないのは雷だが、その時はその時だ。今はよけいなことは考えないことだ。

腕時計の目覚ましが鳴った。ネクタイを結び、まずは乱雑に広がった書類をかたづけることにする。

XII 雪雲

コクピットのドアを開けると、いきなり真っ白な光景が目を刺した。見渡す限り一面の雲海だ。その上面すれすれを、滑るように飛んでいる。太陽が顔を出す直前だった。地上はまだ冷たい闇《やみ》に包まれているだろうが、上空の絹雲《けんうん》は既に光を浴びて金色に輝いている。所々盛り上がっている雲を避け、その間をスラロームのようにすり抜ける。薄いちぎれた雲が周りを飛び去っていく。時速八九〇キロを味わえる一瞬だ。いつもなら楽しいはずのフライトだが、起きたばかりの頭にこのスピードは少々きつい。

「おはようございます」

二人とも前を向いたまま返事をしてきた。その間にも雲の固まりの一つをすり抜ける。

「ちょっと忙しくてね、引っかかると揺れるから、ベルトをしていてください」

氏原に言われて、取り敢《あ》えずジャンプシートに腰掛けてベルトをする。

「もう食事は済ませたから。あの雲には少しかかるかな。これ以上傾《バンク》けさせてお客さんに不快感を与えるといけないので。君の分はインターホンで頼んでください」

左翼が一瞬雲に入り、軽い揺れが起きた。それを抜け出ると正面右側にある雲を避けるためにすぐに左バンクを入れる。短い髪にサングラスという姿が、精悍《せいかん》そのものだ。

「君が休憩の間に三万《さん》三〇〇〇《さん》に降ろされてね。それで雲すれすれになったんですよ。これを過ぎれば、雲は低くなるかな。ああ、もう一つありますね」

そういう氏原の声が弾んでいる。やはり自分で思うように飛ばしているときが楽しいのだ。機長席の横を雲の切れ端がかすめ、一瞬だけ涙が浮いたように窓がくもる。

雲海は美しい。しかし近づくと、機体は揺れる。それは表面が荒れて波立っている海にも似ている。層雲のように中に入ってしまえば揺れない雲もある。スキューバダイビングをする時に波があっても、潜ってしまえばほとんど揺れないのと一緒だ。空飛ぶ潜水艦とはよく言ったものだ。

スラロームが一〇分近く続いたので、それだけ大隅との交替も遅くなってしまった。管制の都合で高度を下げられたのと、風が向かい風になったことで、燃費がいっぺんに悪くなった。現在は二七〇〇ポンドのマイナスとの申し送りを受ける。

大隅との交替は単純にはいかない。揺れが収まってシートベルトサインを消したあと、まず左側の機長席にいる氏原が、右側のコーパイ席にいる大隅に「ユーハブコントロール」と伝え、操縦を交替して席から立ちあがる。その席に交替の自分が座り「アイハブコントロール」と告げて大隅から操縦を引き継ぐ。次に大隅がコーパイ席から出る。そこへ氏原が着席してやっと席替えが終わる。その度に運航鞄《かばん》とチャート類を移動して、ヘッドセットを外し、席についてからまたそれを差し込んで、シートを調整し直すのだ。

「氏原さん、椅子《いす》が生暖かくて、気持ち悪いでしょう。少しさましてから座られたらどうです？」

後ろで思い切り伸びをしている大隅は、八時間以上ここに座っていたわけだ。

「大丈夫ですよ。ほんとにお疲れ様でした」

どんな職場でも八時間ぶっ通しで座っていたら、疲れるだろう。この気力と体力を、自分が大隅の歳《とし》になった時にまだ保っていられるだろうか。とても自信がない。氏原がつづける。

「ゆっくり休んでください。交替が遅れたので、着陸までお休みになっていて結構ですよ」

「いや、一応コクピットに出ますよ。LENDYあたりでインターホンください。村井君の着陸をとくと拝見したいから。いや、これは冗談。じゃ、休ませてもらいます」

それからもう一度大きく伸びをすると、よれよれになったズボンを引き上げながらクルーバンクに消えていった。

これから先は着陸まで氏原と二人だ。大隅の時にはなかった威圧感が右席から静かに迫ってくる。言葉を交わせば質問が始まるのではないか。身動き一つにも、まぶたや顔の皮膚が引きつる感じだ。氏原のことは考えないようにしよう。気を遣うのは機械と自然だけに決めたはずだ。

どこまでも続く雲海の彼方《かなた》が、赤から金色に輝きだした。太陽が顔を見せる前触れだ。管制区もトロントに代わっている。

「どうぞ食事をしてください」

氏原のほうが逆に気を遣ってくれたようだ。サングラスをかけた顔は正面を向いたままなので表情は読めないが、早く食べないと忙しくなりますよという意味なのかもしれない。時計を見るとあと一時間半で到着だ。食事をとる旨《むね》をインターホンで伝えたので、もうすぐCAが運んでくれるだろう。

「朝食は何でした？」

「ああ、私はのりのおにぎりで鮭《さけ》といくらだったけど、大隅さんは何でしたかね。CAさんはコンチネンタルブレックファーストと言っていたな」

やはりクルーミールではなかったのだ。急にまた空腹を感じる。そういえば先ほどまで、朝食時にこそ機長のリーダーシップを発揮しよう、と考えていたのではなかったか。

ドアが開いて白鳥が顔を出した。オーロラに感動していた表情は消え、少し取りすましたような笑顔になっていた。

「おはようございます。お待たせしました。コンチネンタル風ブレックファーストです」

糊《のり》のきいたナプキンを被《かぶ》せたトレーを両手でしずしずとおろしてきた。半袖《はんそで》の肌が朝焼けの空を映して、ピンクに染まっている。

「失礼して」

椅子を下げてトレーを受け取ると、陶器の触れ合う感触がした。ファーストクラスのカップと皿だ。せめて器だけでも、ちゃんとしたものを使おうとしてくれたのだろう。瀬戸物の重みを膝《ひざ》に置いて、上にかけてあるナプキンを取る。コーヒーの香りと湯気が立ち昇った。

フォークやスプーンが銀色に輝いている。同時多発テロ以降は客室の安全確保のためプラスチックになっていたが、ナイフ以外は金属に戻っている。地上では当たり前のものでも機内では嬉《うれ》しいのだ。一人用のホイップドバターと、ジャムは二種類も添えてある。陶器の皿にはクロワッサンが……、思わず振り返ってしまった。

「さっき、大隅キャプテンにも小さいって言われました。それでも一つ確保するのは大変だったんです。会社が特別に注文して作らせている、健康クロワッサンだそうです」

焼け具合も匂《にお》いも、端の方の崩れかたまで本物だが、サイズだけがミニチュアなのだ。飛行機にたまにしか乗らない人だって多いのだから、普通の食事を出せばいいじゃないか。なぜ健康を押しつけるのだ。日本人の手先の器用さを、こんなところで証明しなくてもいい。日本の文化はクロワッサンまで、ミニサイズにするのか。

いつものクルーミールが豪勢な食事に思えはじめた。最初にOKをしたのがいけなかった。今さら後悔してもはじまらないが、何としても悔やまれる。

高まる食欲を抑えながら、まずコーヒーに口を付け胃を落ち着かせる。健康クロワッサンを二本の指でつまみ上げる。ぱりっとした食感は本場もの顔負けだ。良い粉と良い塩を使っているにちがいない。しかしそれは一口で終わりだった。これが最後の食事と思うと、寂しさがいよいよこみ上げてくる。

手についたバターを拭《ふ》きながら、空飛ぶ潜水艦の話をまた思い出す。機外に一歩も出られないのだから食べ物くらいたっぷり積んで欲しい。自分たちはF1パイロットと似ている。全身にGを受け、高速で移動する肉体労働者だ。これからが正念場というのに、空腹では力が入らないではないか。これで事故でも起こしたらどうするんだ、ちゃんと食べさせてくれと訴えたいが、怒る相手もいない。

前方の一点が金色に割れ、太陽が光を放ち始めた。その強烈な輝きはサンバイザーを下ろし、サングラスをかけても目にしみる。雲海が反射して赤から金色に染まる。光の微妙な変化とスケールの雄大さについ見とれてしまう。一日の始まりはオーロラよりも感動的だ。

水平線の先で、いくつもの盛り上がりを見せている灰色で堅そうな積乱雲は、縁取りだけを金色に輝かせて、我々が近づくのを待ちかまえている。間もなく国境を越えるが、この調子だとアメリカ側も雲海で覆《おお》われているのではないか。

前線の移動が早まっている。

頭が熱くなり、何とも言えない寒気が背筋を走り抜けた。三万フィートかそれ以上の高い雲が延々と続いている。これは低気圧に伴う前線の雲と考えるのが一般的だ。

「ニューヨークとニューアークのお天気を取ってください」

氏原は無表情にうなずくとACARSを叩《たた》き、プリントアウトを黙って渡してくれた。濃いサングラスなので目の表情はよくわからないが、特に不愉快そうでもなく、このひとはこういう人間なのだと今更ながらに思うことにした。

ニューヨーク、弱い風、視程四マイル、曇り時々雪。気温マイナス4℃、気圧は降下中、使用滑走路4R。二〇マイル西のニューアークは弱い北風、視程が五マイルで少し良いが、あとは同じような天気だ。まだ大きな変化はない。両空港ともに雪、北西の風で降雪注意報が出ている。

これが現実だ。

すでに前線がかかりつつあるのではないか。低気圧が発達して前線の移動が少し早くなり、悪天域がすぐ側まで来ている。大隅が言うほど、自然に感謝したくなることばかりではない。

通常のフライトでは、天気やこの先のことなどをコーパイの意見も参考にして決めるのだが、チェックフライトとなるとそうはいかない。最も使いづらい副操縦士が乗務しているのであれば、自分ひとりで結論を出すしかない。すぐにワシントンの天気も取ってもらう。インターホンのチャイムが鳴った。チーフパーサーからだ。

〈お忙しいところすみません。朝食が終わるまでもう少しかかります。到着予定時間とお天気を教えて頂けますか。気にしていらっしゃるお客様が何人かいらっしゃいます〉

氏原が入ったばかりのニューヨークの天候を手に取った。

「了解。ええと、到着は定刻で入れそうです。現地時間の九時一五分、お天気は雪、気温マイナス4℃、着く頃には多分真っ白ですね」

〈はい。了解しました。先ほど雲すれすれに飛ばれましたよね。お客さんが、特にアメフトのみなさんはスピード感があって面白いと大喜びでした。朝日が出る頃だと思って、丁度カメラを前方風景にしていましたので、雲がきれいに映っていました。気分が変わって、食事の文句も少なくなりそうで助かります。今日から雪が降ると、ホワイトクリスマスになりそうですね〉

「ああ、寒そうですよ。雪がひどいと少し遅れるかもしれないけど、ま、大丈夫でしょう」

氏原が同意を求めるようにこちらに顔を向けると、サングラスの奥でちょっと笑ったような表情をした。余裕があるのか。それとも皮肉なのか。ともかく氏原に気を遣いすぎるのはよそう。飛ぶことに専念するのだ。

ワシントン・ダレス空港でも雪が降りはじめた。ＪＦＫと比べると少しはましなようだが、この辺り一帯がすべて雪のようだ。滑走路が開いていれば自動着陸で降りられるが、雪でクローズになったらどうしようもない。前線がかぶってくる前に何としてでも到着したい。

自分では猛スピードで飛んでいるつもりでも、低気圧のサイズから見るとほんのわずかな移動に過ぎず、前線との位置関係はほとんど変わっていない。ＪＦＫに降りられなかったら、いったいどこへ行けばいいのだ。

残燃料が気になり始めた。現在四万九〇〇ポンド、計算通りに使うとしても三時間と少しだ。それまでに何とかしなければならない。

「すみません、ちょっとログを見せてください」

明るい声で返事をしながら氏原はログを渡してくれた。また振動を気にしているのか、三番エンジンのスラストレバーを微調整している。

もう一度燃料プランを調べる。横に１８２００と、意味不明の数字が手書きしてある。何だろう。プラン上はＪＦＫに到達した時の残燃料は、三万七〇〇ポンドと予測されている。その燃料を単純計算すると、最大飛行時間は二時間九分となる。これを全部代替空港へ向かうのに使えるわけではない。向かった先の空港上空で待たされることも考えなければいけないし、希望通りのルート、高度を使えるとも限らない。予想と違う風が吹く可能性もある。

前線の移動が早まったとすると、内陸部のデトロイトやシカゴはそろそろ天候は回復する頃だが、そうか、先ほど大隅が天気を取ったのは、万が一のことを考えて、デトロイトとシカゴへも行くことを考慮しろ、ということだったのか。だが今から向かうには既に離れすぎている。二時間弱の燃料となるとやはりワシントンしかないだろう。

気が付くと膝《ひざ》の上にニューヨークの天気、右手にワシントンの天気、左手にログと、そこいら中が紙で埋まっている。新人のコーパイがよくやる図だ。彼らはそれにペンとマイクを持ち、地図まで広げるのだが、幸いそこまではいっていない。

氏原に気づかれないようにそっとかたづける。ログだけを膝の上に残してもう一度よく目を通す。特に燃料の欄を見直す。

「どうしますか?」

いきなり聞かれて何のことかわからなかった。

「シラキューズをフライトレベル290で通過しろと言ってきましたけど、どうします?」

全然聞いていなかった。大失敗だ。先ほどのインターホンをモニターするのに、管制通信のボリュームを下げてそのままにしていたらしい。背中に冷たい汗がじわっと流れた。あわててボリュームを上げる。

「すみません。アクセプトでお願いします」

「二万九〇〇〇だと下の雲に引っかかりませんか。大丈夫ですか」

あらためて外を見ると丁度その辺りが雲頂になっている。外を見てから返事をするべきだった。また失敗だ。

「そうですね。じゃ、このまま行くと言ってください」

トロントセンターにその旨をつたえると、ボストンセンターと交信するように指示してきた。切り替えたとたんに早口の英語が飛び交う。航空路が混み合っている。雪のためにかなりダイヤが乱れているようだ。やっと割り込んで交信すると、すぐにフライトレベル２９０に降下せよとの指示だ。了解するしかない。親指を上げて了解と合図する。

〈OK、フライトレベル２９０に降下する〉

MCP《モードコントロールパネル》の高度設定《アルトセレクター》を二万九〇〇〇に変更してノブを押す。高度を下げ始めるとまもなく薄い雲に入った。正面にあった太陽が遮られ、コクピットから眩《まぶ》しさが消える。シートベルトサインを入れようとしたらインターホンのチャイムが鳴った。チーパーからだ。

〈ミールサービスが終わりました。到着の準備もほとんど完了です。もしよろしければお飲み物でもお持ちしますが〉

今はいらない。氏原に伝えてもらう。

「ありがとう。飲み物はけっこうです。お天気も到着時間もさっきのと変わっていませんから」

揺れそうだから間もなくベルトサインを点灯する、と付け加えるようにたのむ。

〈雪ですと空港からホテルまで時間がかかりそうですね。それに……〉

「それに、何ですか?」

〈いえ、ホテルに着いてから大隅キャプテン、何か食べに行かれるのも雪だと大変そう、ふふ〉

氏原の口元からも笑みが漏れた。雪まみれになった大隅を想像したのだろう。今日三回目の笑い顔だ。誰も見たことがないという氏原の笑顔を俺は三回も見た。いい土産話になる。

チーパーは思ったより朗らかな性格のようだ。大隅を話題にして、難しい氏原チェッカーに構えている様子もない。機内食が足りないとなると、クルーミールを回してしまう発想は普通じゃない。それでいてクレームも上げさせず、コクピットもやんわりと取り仕切っている。リーダーシップというのは案外こういうものかもしれない。特に天気の悪い日には、彼女のようなチーパーがいてくれると助かるものだ。インターホンの声が頼もしく感じられる。

俺のことはどう思われているのだろう。リーダーシップを発揮できない頼りない新米機長と見られているのではあるまいか。

インターホンが終わったあと、しばらくすると軽い揺れが始まった。

「ベルトサインをお願いします」

「はい」

氏原の表情にもう笑みはない。

《この先、徐々に高度を下ろして》

キャビンアナウンスがモニターを通して聞こえてくる。

《ケネディ国際空港ご到着は、現地時間一二月二三日午前九時一五分、定刻の九時一五分を予定いたしております。ニューヨークは皆様のご到着を、雪化粧でお待ちしているようです。気温は零下四度……》

俺にとってはその雪化粧こそが問題なのだ。氏原が何故《なぜ》かチェックリストを見ている。降下《ディセント》チェックリストか？　着陸のためのブリーフィングもしなければならないが、それはもう少し後でも良い。少し早い気もするが、取り敢《あ》えずチェックリストを済まそう。

「ディセントチェックリスト、お願いします」

氏原がサングラスを外しながらこっちに顔を向けた。

「まだちょっと早くないですか、そんなにあわてなくて良いですよ。それよりこの先どうします？　ＪＦＫがだめだったら」

一番いやなことを聞かれた。すぐに答えられるような質問ではない。今までの情報だけでは不十分だから、新しい情報を頼む。

「ＡＣＡＲＳでニューヨークに聞いてもらえますか。もう少し詳しい情報が入ると思うので」

「そうですね、到着時間もまだでしたし。キャビンのフォルトコードはこれですか？」

送信するとすぐに返事が来た。

《WELCOME TO N.Y.　一時間ほど前から降り始めた雪は現在も続いており、予報でに今日一杯続く、とのこと。現在のところ離発着には影響は出ていないが、これ以上ひどくなれば遅れも考えられる。この先一、二時間はこの状態が続くと見られ、到着時間帯は特に心配はない。アプローチコース上での揺れは報告されていないが、降下中二万フィート前後で中程度の揺れあり。使用滑走路は4R、ブレーキングアクションは全区間ともグッドで特に問題なし。誘導路上に所々凍結箇所があり要注意。現在の天気は以下の通り……》

ＪＦＫとニューアークの現況が書かれていた。先ほど取った天気とほとんど変わっていない。雪が少し強くなったようで視程が僅《わず》かに落ちている。それでも思ったよりはるかに良かった。いつまでもつかはわからないが、当面はフライトプラン通りで良いはずだ。氏原もそう感じたのではないだろうか。

「到着が一時間後ですから、一応いまの状態が続くとして、間に合うと思います。このままＪＦＫに進入を続けます。降りられないときにはニューアークへ向かいます。ニューアークなら中心街までＪＦＫと同じくらいの距離ですし、乗客の都合も考えるとそれが一番良さそうです」

「了解」

了解は単に〝理解して了承した〟の意だ。チェッカーとしての氏原の意見は依然として不明である。表情が全く変わらないので、そこからも推測することはできなかった。代替空港へ行くのに、乗客の都合まで考慮していることだけは、わかってくれただろう。

機は降下を終え二万九〇〇〇フィートで巡航に入った。雲中飛行で軽い揺れが続くが、眠りを誘う程度の揺れだ。大隅は熟睡しているにちがいない。

ニューアークもだめになったときはどうするか。氏原が本当に知りたいのはこれなのだろうが、うかつには言い出せない。

「すみません、もう一度お願いして良いですか」

「いいですよ。アイハブ」

「ユーハブコントロール」

二万九〇〇〇に降ろされたので燃料はますます苦しくなる。ログを手元に置いて燃料欄の再確認から始める。この１８２００というのは何の数字だろう。

ＪＦＫ上空到達時の燃料残で、純粋に使えるのが補正燃料《コンテンジエンシー》の四〇分も含めて三万七七〇〇ポンド、最大飛行時間は二時間九分だった。本来コンテンジェンシーは、今のように計画外に高度を下ろされたり、風が予想と異なった場合の補正のための燃料で、代替空港へ行く燃料ではない。また一度進入復航《ミストアプローチ》すると約二〇〇〇ポンドを食う。

そう考えるとコンテンジェンシーは計算に入れず、余裕分としておいた方がより安全だろう。

補備燃料《エキストラ》の一万六〇〇ポンドと、代替空港のニューアークへ行く燃料の七六〇〇ポンドの合計、一万八二〇〇ポンドが次の代替空港へ向かうのに使える燃料となる。18200、横の手書きと同じだ。誰が、いつ計算してくれたんだ。大隅か氏原か。ほてった頭に冷たい汗が吹き出す。

氏原がEICASを指さした。NAIと表示があり、エンジンナセルの防氷装置《アンティアイス》が作動したことを示していた。防氷はエンジンの圧縮空気の熱を使っておこなうので、僅かだが燃料を食う。僅かと言ってもマイナス39℃の大気の中を、時速八九〇キロで飛ぶ四つのエンジンの前面を0℃以上に暖めるのだから、家庭用のストーブとは桁《けた》が違う。了解と呟《つぶや》いてまた燃料計算に戻る。今日のように天候が急に悪くなると、他の飛行機も同じように新たな代替空港を探すので、不特定要素が多くなる。乗客のハンドリングを考えると、営業所のある空港が望ましい。

ワシントン・ダレス国際空港しかないか。ワシントンDCはニューヨークより南西に位置するので、低気圧の影響は少なくて済みそうだ。すぐにチャートを出して距離を調べる。二五八マイル、というと東京─大阪より少し長いくらいだ。可能性はある。

他にないか。ボストン・ローガン空港は。距離的にはワシントンとほぼ同じだが、東にあるのでニューヨークから向かうと、到着時に降雪のピークと重なる可能性がある。どうも適当とは思えない。ともかく頭を冷やそう。FMSに計算させるのが確実だ。

「CDUのルート2をちょっと使います」

氏原に断ってCDUの現在使っていないルート2ページに、KIAD《ワシントン・ダレス》とインプットする。一瞬のうちにワシントンまでの予測燃料使用量が示された。一万五七〇〇ポンド。単純計算上のワシントンでの残燃料が二万二〇〇〇とでた。これだけ余裕があれば十分だ。実際の燃料はこの数字より少なくなる。JFKの天候が悪化すると、三〇分間のホールドもありえる。それで八五〇〇を使う。JFKにアプローチを開始して、運悪く着陸できずに進入復航《ミストアプローチ》すると、二〇〇〇ポンドは使うだろう。それからワシントンへ向かっても、上空で一万ポンド以上残る計算になる。ワシントン・ダレスへ行くことは可能だ。

あらためて書かれていた数字、１８２００を見る。丸っこい文字、これは大隅の筆跡だ。いつこんな予測をしたのだろう。交替する前に書いたのか、あるいはもっと前か。千歳とアンカレッジの中間点を書き込んだのも、日付変更線に印を付けたのも大隅となると、書き込んでくれたのは出発直後かレストが終わってからか。大隅がここまで予想していたとなると、氏原も同じように考えていたはずだ。これはベテランパイロットにとって普通の作業なのだ。

　到着まであと四三分、既に国境を越えてアメリカへ入っている。着陸の準備に本格的にかからなければならない。ＪＦＫの進入地図《アプローチチャート》と空港図を用意して操縦環のバインダーに挟む。ニューヨークのエリアチャートを窓際《まどぎわ》のバインダーに挟んで、両方の航法地図が見やすいように揃《そろ》え、一通りのセットができた。ボストンセンターが速度を聞いてきた。マック・《ポイント》85と答えると・80に落とすようにとの指示が来た。現在のパイロットフライングは氏原だから、彼の指示でＣＤＵに・80をインプットする。

「アイハブコントロール」

氏原と操縦を交替してパイロットフライングとなる。飛行に関する指示は自分が出す事になる。

「ＣＤＵに着陸《ランディング》データをお願いします。ＩＬＳランウエイ４Ｒ、一応ＬＥＮＤＹに二五〇ノット、フライトレベル１９０が入っているか見てください。フラップサーティランディング、ランディングウエイト五三万七八〇〇ポンド（二四四トン）」

一通りのセットが済むとランディングブリーフィングだが、その前にもう一度天候をチェックしておきたい。」

「新しい気象《ウエザー》が出たと思うので、取ってください」

ACARSによれば使用滑走路4Rと変わりなく、雪は降り続いているがまだ視程も悪くない。気温マイナス4℃、ニューアークもほとんど変化なしだ。これなら代替空港もそのままでよい。悪くなればオートランディング、カテゴリースリーで降りるつもりなので、そのことに関して問題はない。

「ランディングブリーフィングを始めます。JFKに関して今日は特に関連する重要な航空情報《ノータム》はありません。ランウエイ4R、周波数109・5。コース045、ウェザーは雪ですがカテゴリーワン、アバーブなのでマニュアルランディングを行います。ミニマム213。もし天候が悪化してミニマム以下になった場合は、滑走路の状態を見てカテゴリースリーまでのオートランディングを行います。現在のところその実施要件は、地上機上ともに満たしています。

JFKでの推定残燃料は三万七七〇〇ポンド。着陸できない場合はホールドは三〇分までとして、ウェザーを見てニューアークへ向かいます。ニューアークの状況が悪い場合、まっすぐワシントンへ向かいます。その際は管制には高度二万六〇〇〇フィートで要求してください。所要時間四八分で燃料は一万五七〇〇ポンド。ワシントンで一万ポンド以上の余裕があります。フラップサーティランディング、ターゲットアプローチスピード……」

しきりとコップの水に手が伸びる。氏原はうなずきながら黙って聞いていたが、オートランディングについてもコメントはない。終えると「了解」の一言《ひとこと》だけが返ってきた。

先ほどから気になっているのが、ニューヨークに近づくにつれて雲が厚くなり、レーダーにも悪天域を示す赤い部分が増えてきたことだ。まだ帯状に連なってはいないが、それでも九〇マイル先には避けなければならない固まりがある。これは確実に冬の雷雲だ。あと一二分ほどか。

旅客機のレーダーは主に気象をみるもので、悪天域は降水現象を伴うという性質を利用して、水分に反射しやすい電波を使っている。雷雲のように対流が盛んで強い降雨現象があるところは赤く、次が黄色、問題ない部分は緑というようにカラーで画面に表示する。揺れもほとんどそれに比例しているが、風の変化や温度差で揺れる場合は、レーダーで察知はできない。

インターホンが鳴って氏原が取った。チーパーの声だ。

〈L1の山野です、お忙しいところ済みません〉

「どうぞ。どうしたんですか？」

〈お客様の中で、どうしてもトイレを使いたいという方がいらっしゃいます。ベルト着用サインがついている間はご遠慮くださいとご説明したのですが、この先も揺れそうでしょうか。だいぶ困っていらっしゃるようなんですけど〉

「ちょっと待って」

氏原が顔をこちらへ向けた。答えを待っている。すぐレーダーを拡大してこの先五、六分の状況を調べる。特にない。五分以内なら良いと答えると、氏原の繊細な指がレーダー画面の黄色い部分を指で追った。

「ここまでは揺れそうもないですね。他にもトイレに行きたい人がいるかもしれません。この先の事を考えて、トイレに行きたい人は今のうちにとご案内したらどうでしょうね」

ワシントンへ行く事態にならないまでも、雪でホールドさせられるかもしれない。そうなるとかなり長い間トイレは使えない。一人がトイレに立ち上がると、連鎖反応が起こるものだ。あと八〇マイルある、一〇分以内と時間を限ってトイレ使用だけOKすることにした。

〈了解しました。ありがとうございました。一〇分以内、とご案内します〉

答えるチーパーの声が弾んでいた。乗客は許可があって初めてトイレを使える。機長はこういう些細《ささい》なことがらを一つ一つ積み重ねることでクルーから信頼され、やがてそれが自然にリーダーシップとなって身についていくのだろう。

雪のために代替空港に向かっている、という他機と管制とのやりとりが突然飛び込んできた。レシーバーに手を当てたまま氏原の動きが止まった。良く聞こえなかったのか一瞬置いて確認するような眼差《まなざ》しをこちらに向けてきた。

「今のはどこの空港かわかりません。どこか北の方だと思います。ＪＦＫではないような気がします」

「ええ、私もそう思ったのですが」

管制の交信が頻繁に行き交い、この辺り一帯の航空路が混雑しているのがわかる。航法画面《ＮＤ》上にもかなりの数の衝突防止装置《ＴＣＡＳ》対象機が映っている。ＮＤは車でいうカーナビ画面のようなもので、航路とそれに係わるポイント名、レーダー、ＴＣＡＳ《ティーキャス》などの情報が表示される。

ＴＣＡＳが少しでも危険性を感知すればターゲットの色を変えて示し、また警報も発してくれる。それでもこれだけ混んでくると目が離せない。何も見えない雲の中なので速度は感じないが、現在、時速八〇〇キロで飛んでいるのだし、ＴＣＡＳ搭載機同士の空中衝突も現実に起きている。こんな時は管制官も大変なのだ。進入管制を扱っている部署などは、三〇分で交替するほどストレスがかかるという。

二〇〇二年七月、スイス管制下のドイツ南西部の上空で、DHL社の貨物機とモスクワ発バシキール航空のチャーター機が空中衝突し、二機ともボーデン湖北岸付近に墜落した。双方ともTCAS搭載機だった。バシキール航空は旧ソ連のアエロフロートから分離独立した航空会社で、その機には、バシコルトスタン共和国大統領府や政府閣僚などの要人の子供を含む学生が五二人乗っていた。最初はバシキール機の応答の遅れが事故の原因とされていたが、ドイツ並びにロシアは、管制のミスが濃厚という見方を事故解析で明らかにした。その結果、スイス側も事故原因の一部は、航空管制当局の設備にあることを公式に認めた。後に、二名で担当すべきところを一名は休息を取っていて、出された指示にも過失があった疑いが明らかになった。

普通ならこれで終わるところだが、二年後、管制官の一人が死体で見つかった。そばに「ジュリアは一人で旅をしない」とのメッセージが残されていた。ジュリアは事故の犠牲になったロシア人少女の名前だった。一時は、子供を亡《な》くしたロシアマフィアの仕業ではないかとの記事が、かの地の週刊誌をにぎわせたという。

管制官が脅迫を受けた例としては、二〇〇一年一〇月イタリア、ミラノのリナーテ空港で起きた地上での衝突事故がある。この事故で地上で作業中の四名を含む一一八名が死亡した。後に管制塔内の会話テープが公表されると、もし当該管制官が無罪になるのなら、彼らにもスイスの管制官と同じようなことが起きるぞと、どこからか脅迫があったと言われている。

二〇〇一年一月に静岡県焼津《やいづ》市上空で起きたJAL機同士のニアミスでも、管制官の責任が問われている。

間もなくハンコック上空にさしかかる。着陸まであと三〇分だ。レーダーに赤く映っている部分を避けなければならない。NDの画面を拡大して避ける方向を判断する。左がいいだろう。すぐ管制にリクエストを出したいが、どうも氏原だと頼みにくい。しかしこのままでは悪天域に突っ込んでしまう。

「すみません。この固まりを避けます。磁針路《ヘディング》100《ワンゼロゼロ》をもらってください」

指示する間にも、悪天部分に近づいて、急に外が暗くなった。前面ガラスに過冷却雨が当たり、騒音が一段と派手になる。窓の縁にシャーベット状の氷が張り付き始めた。肩が強張《こわば》るのがわかる。まだ揺れは小さいが、いつ大きくなってもおかしくない。

少し遅かったか。

〈OK、リクエストアプルーブド。元のコースに戻り次第、リポートせよ〉

「了解」

L・NAVからヘディングモードに切り替えて、かろうじて左に避ける。その赤い固まりの横を通過すると明るくなり、高い雲に囲まれた空間、雲の谷間にでた。ホッとして心の中でため息が出る。TCASが黄色に変わった。

〈トラフィック、一時の方角《ワンオクロック》、5マイル〉

管制の指示に緊張が走る。氏原が正面の雲から現れた機影を見つけた。

「OK、インサイト。サンキュウ」

指さしながら返答する間に、頭上を一〇〇フィート差で音もなく飛び去っていく。彼らもあの雲を避けているのだ。レーダーの角度とレンジを変えてこの先の状況を探るが、しばらくは大きな揺れを伴う雲はないと見た。ヘディングを右に切って元のコースに向け、L・NAVをアーム（待ち受け状態）する。

再び計器飛行になり軽い揺れが続く。食事が終わって満腹の乗客は、適度な揺れで眠くなるだろう。薄暗い雪雲の中で、いつ暗闇《くらやみ》に飛び込んでもいいように、夜の照明にセットする。間接照明とバックライトによって、計器やスイッチが浮き上がる。そろそろ高度を降ろす許可が欲しいのだが、何も言ってこない。これだけ忙《せわ》しく交信が飛び交っていると、忘れられたのではないかと少々不安になる。

「……きませんね」

「ええ」

ええでは、何を考えているかわからない。氏原はなぜ一緒に飛ぼうとしないのか。第三者的な立場で見ているのが気に入らない。正面を向いたままこちらを見ようともしない。そういえば彼はＶ・ＮＡＶ正統派だった。Ｖ・ＮＡＶページを見ると、降下開始地点《ＴＯＤ》まで二〇マイルある。

エンジンをアイドルまで絞って、高いところから一気に降ろすのが最も経済的である。降下開始地点をＴＯＤ《トップオブディセント》と呼び、ＮＤ上にも小さな丸で表示されている。いまここに示されているＴＯＤは、ＬＥＮＤＹでの制限値である速度二五〇ノット、フライトレベル１９０を満足させるために、降下《ディセント》を開始するポイントを表している。

ただ現在は防氷装置を使っているので、エンジンのアイドル回転数が少し上がっている。その修正をしなければならない。

「ディセントフォーキャストページで、防氷装置の使用高度に二万九〇〇〇フィートを入れてください」

「了解」

氏原の反応は相変わらずだ。繊細な指でキーをたたいてインプットし、終わると胃のあたりに左手を戻す。画面上のＴＯＤが三マイルほど手前に移動した。Ｖ・ＮＡＶをメインに飛ぶとなると、機械の指示にこちらが合わせなければならない。こんな事をどうして頭の良い氏原がするのだろう。機械が計算だけで作った降下プランでは、管制の指示が変わる度に修正に次ぐ修正をしなければならない。混んでいるときは少し早めに降ろすなど、余裕を持ったプランを立てるべきだと思うのだ。

ＴＯＤまであと一七マイル、二分少々しかない。降下の要求を言うと、まだ早すぎると言われるだろうか。先ほどの答えはええだったが、今回はそうはいかないだろう。

「済みませんがディセントを要求していただけませんか」

「少し早いかな、一〇マイルを切ってからしませんか。これだけ混んでいると向こうをなるべく待ってあげた方が、交信量が少なくて済みますから。だいぶいろいろなところで雪の影響が出ているみたいですね」

氏原から、悩みながらというか、照れたような言い方の答えが返ってきた。たしかに管制官はほとんど息つく暇がないほどの忙しさだ。Ｖ・ＮＡＶに気を取られていたのも確かだが、日本人の英語と違ってネイティブのスピードの速い英語は、聞こえていてもなかなか頭に入ってこない。便名でさえ、頭のゼロを取ってワンゼロと呼ばれる。管制官の立場に立って考えているのはわかるが、それならこちらの立場にだって、なってくれても良さそうなものだ。

ＴＯＤまであと六マイルとなった。氏原がマイクに手をかけたのと、管制から降下のクリアランスがきたのが同時だった。

〈ニッポンインターワンゼロ、Cross LENDY flight level one niner zero, speed two five zero. ニューヨークセンターと交信せよ〉

氏原が答えている間に、オートパイロットの高度設定ダイアルを、フライトレベル１９０に巻き下げる。ほぼ同時にＴＯＤに到達し、Ｖ・ＮＡＶが降下の指示を出した。四本のスラストレバーがアイドルまで絞られて、単調だったエンジン音が急速にしぼむ。氏原が周波数を切り替えてニューヨークセンターを呼び出すと、早口の指示が待っていた。

〈ニッポンインターワンゼロ、まっすぐＬＥＮＤＹへ向かえ。ＬＥＮＤＹから滑走路４Ｒへレーダー誘導の予定〉

「了解。ＬＥＮＤＹへ向かう」

復唱を終えた氏原に、ＬＥＮＤＹ直行コースのインプットを指示する。ＮＤ画面上にＬＥＮＤＹに向け白線が伸びる。

「スタンバイエクセキュート」

氏原がＣＤＵのキーボードに指を添え、指示を待つ。

どんな時でも操縦しているパイロット《パイロットフライング》のＯＫがないと、ＣＤＵの執行《エクセキュート》ボタンを押してはいけない。エクセキュートボタンはパソコンでいうエンターキーだ。それを押すことによってプログラムが実行に移される。

「エクセキュートお願いします」

　氏原が復唱してボタンを押す。白線がピンクに変わり、それまでのコースが画面から消える。かなりのショートカットになったが、喜んでばかりはいられない。そのぶん距離も短くなったので、Ｖ・ＮＡＶの最適降下経路《パス》より少し高くなってしまった。だからコンピューターなどに頼らずに、少し早めに降ろしておけば良かったのだ。いつもやっているように、ＦＬＣＨ《フライトレベルチエンジ》モードにしてスピードブレーキを引きたくなる。降下率が増えて簡単に降りられる。そしてパスに戻ったあたりで、もう一度Ｖ・ＮＡＶに戻してやればいいのだが、この氏原はそれを嫌う派だ。

　ＣＤＵにDRAG REQUIREDと表示が出た。パスを保つために降下率が増え、速度が増加してしまったので、Ｖ・ＮＡＶがスピードブレーキの使用を求めてきたのだ。続いてパスを維持できなくなったのか、スピードを優先させるモードに自動的に変わった。Ｖ・ＮＡＶを外したい衝動にかられるのだが、我慢して、ＦＭＳの指示通りスピードブレーキを引く。そっと引かないとエレベーターが急激に降りた時のようなマイナスGが起きる。機体の揺れに振動が加わり、降下率が増え始める。この振動はスピードブレーキによるものでノーマルだ。

フライトレベル260を過ぎる頃からかなりきつい揺れが始まった。ND画面上の風力の数字と方角を示す矢印が頻繁に変わる。まだディセントチェックリストも、アプローチチェックリストもやっていない。忙しくなる前にやっておけば良かった。氏原がレーダーの角度を少し下向きに調整する。細かい赤色部分がレーダー一面に現れはじめた。急いでチェックリストをやろう。

「ディセントチェックリストとアプローチチェックリストを続けてお願いします。キャビンに最終着陸態勢に入った合図もお願いします」

レーダーから顔を上げた氏原は、なぜかキャビンに合図をするのをためらっている。この忙しい時に何をやっているんだろう。

「いろいろ言って悪いんですが、いまこの合図を送るとCAはベルトチェックに歩くかもしれません。揺れが大きいので、チェックは座ったまま目視でするように言った方が良いとも思うのですが、アプローチチェックはそんなにあわてなくても、揺れが少し収まるまで待ちませんか」

カンパニーで揺れは二万フィート前後と言ってきていた。ＬＥＮＤＹを過ぎて高度を降ろせば揺れが収まる可能性がある。

「それではディセントチェックリストをお願いします」

チェックリストをやっている最中にＶ・ＮＡＶのパスに戻ったので、スピードブレーキをゆっくりと戻す。振動が消えて滑らかな飛行になった。もう一度レーダーを拡大してチェックする。小さな赤い固まりがいくつか空港上空あたりにかかっている。

ガラスに雪が当たり始めた。嫌な感じだ。ナンバースリーの通信機に、天気情報を流している空港気象情報《ATIS》の周波数がセットされている。それを聞きたいのだが、管制《ATC》との交信も忙しく、ＡＴＩＳ《アティス》を聞いている時に呼ばれたら聞き逃しかねない。

「すみませんが、ＡＴＩＳを取っていただけませんか」

氏原が応答したのと、ニューヨークセンターが呼んできたのとほぼ一緒だった。

〈ニッポンインターワンゼロ、フライトレベル１９０の許可を取り消す。フライトレベル２２０で水平飛行に移り、すぐにニューヨークアプローチと交信せよ〉

いきなり高度変更を言われても困るが、２２０まで残りあと一〇〇〇フィートあったので、何とか高度を突き抜けずにレベルフライトに間に合った。

アプローチに切り替える。そこでも早口の事務的な交信が行き交っていて口を挟む間がない。混んでいるので待機飛行《ホールディング》の可能性が高いと思われた。

「スピード、二三〇ノットまで落とします」

「了解。ATCを聞き逃すといけないのでACARSでとりましたから」

氏原がATISを切り取って渡してくれる。ATCが呼びかけてきた。

〈ニッポンインターワンゼロ、滑走路が31R《スリーワンライト》にチェンジのため、LENDY上空で待機飛行《ホールド》せよ。高度を確認する、フライトレベル220、どうぞ〉

「フライトレベル220、LENDYでホールド了解、進入予定時刻《EAT》を知りたい」

〈大した遅れはない。後ほど知らせる〉

案の定ホールドがかかった。それにしても今日に限って滑走路が変更になるとは。冬は滑走路4Rを使うことが多いと聞いてからこの一ヶ月、イメージトレーニングもすべて4Rでやっていたのに。ついていないというのはまさにこういう時だ。すぐにアプローチチャートを31Rに変え、速度もホールディングスピードにセットする。

カンパニーが呼んできた。

〈現在風が少し北西寄りに変わったために、31Rに変更になりました。その間に4Rの除雪を行うのかと思います。新しい天気《ウエザー》は風が三四〇度から一七ノット、視程四分の三マイル、RVR（滑走路視距離）が二六〇〇フィートで強い雪です。雲高《うんこう》二三

○フィート、気温がマイナス5℃、今のところぎりぎりですが、時々吹雪いて視程がかなり落ちます。要注意をお願いします。残燃料はどのくらいでしょうか〉

「了解。現在LENDYでホールドがかかっています。一応三〇分のホールドは可能で、もしだめならばワシントンに向かう予定。状況が変わったら連絡をください」

計器のセットを滑走路31Rに変更する。31Rにはカテゴリースリーの設備はなかったが、ツーのものがあったはずだ。もしもの場合に備えてカテゴリーツー自動着陸用のアプローチチャートを用意しよう。だが、なぜか見つからない。ジェプソンチャートのニューヨークJFKを、一ページずつ探しても見つからない。理由は明らかだった。JFKは4Rだけがカテゴリースリー用で、あとは全《すべ》てカテゴリーワンということだ。31Rになるとは想像もしていなかったので、勉強不足だった。今更それを悔やんでも仕方がない。氏原に気づかれただろうか。そっと右をうかがう。彼は相変わらず無表情で前を向いたままだ。

「すみませんがキャビンの様子を聞いてください。揺れで酔っているような人がいるかどうか。それから、滑走路が変わったので、LENDYでホールドすると伝えてください」

31Rはカテゴリーワンのオートランディングはできるが、ミニマムが手動《マニュアル》と同じなので、マニュアル操縦で降りなければならないだろう。それで降りられなかったら代替空港へ行くしかない。手のひらが汗でじっとりする。インターホンにはすぐに返答があり、特に気分の悪くなった人はいないとのことだった。

〈ホールドは何分ぐらいでしょうか〉

氏原がこちらの返事を待っている。管制《ATC》が遅れはないと言ったので、多分一回くらいだろう。五、六分と答えてもらう。

〈もし長引くようでしたら、コクピットからアナウンス入れて頂けますか〉

またいやなことを言ってくるものだ。OKの合図をしてインターホンがやっと終わる。後ろで何かごそごそ音がしたと思ったら、場違いなくらい陽気な声と共に大隅が現れた。

XIII ファイナルアプローチ

「たぶんLENDYあたりだと思ってね。よく寝ましたよ」

話に乗っている暇はない。雪が矢のように窓いっぱいに当たるのを見たら、それどころではないのがわかるだろう。そんなことは一向にお構いなく、大隅は段ボールにかがみ込んでミネラルウオーターを紙コップに注いで一気に飲むと、レーダーの画面を覗《のぞ》いてからペデスタルに置いてあったJFKの気象情報を手に取った。

「あんまり良くないですね。丁度被《かぶ》ってますね。いや、まだかな。ま、チェックの時ってのはこんなもんですよね」

氏原も一言返事をしただけであまり相手にしていない様子だったが、それでは悪いと思い直したのだろう、「今ホールドに入るところです」と加えた。普通ならそこで黙ってくれるのだが、大隅は違った。

「おっ、滑走路が変わったんですか。カテゴリースリーのオートランディングはだめだね」

その通り、さすが先見の明がある大隅だ。こちらの考えは全《すべ》てお見通しだ。何かこの先の役に立つことがあれば言ってもらいたいが、今は黙っていてほしい。

「ワシントンですかね、最悪は。でもマイナス13℃は寒いね。どこへ出るにも遠いしな」

速度が遅いので翼にも氷がつき始め、防氷装置がまた働きだした。レーダーで見る限り、幸いこのあたりには悪天部分はあまり映っていないが、それでも先ほどまで点在していたのが、今はつながって固まりになりつつある。吹雪と思われるのが、空港の北西方向から近づいてきている。それが空港上空にかかったら、しばらくは降りられないだろう。あと二〇分いや一七、八分、それ以降の着陸は無理と読んだ。たぶん猛吹雪となり空港はクローズ。次に降りられるのは雲の固まりが抜け、除雪が完了したあとだ。一時間は優に掛かるだろう。

LENDY上空に到達したので、ホールドを開始する。ストップウオッチを押す。

「スタートホールド」

少し大きな声をだして、それとなく大隅が黙るようにし向ける。四分間で一周する基本パターンに入った。

「いま下には何機いるんです、三機ですか?」

そうやって氏原と話をしていてくれるとありがたい。しばらく静かだったのは、鞄《かばん》からヘッドセットを取り出していたからのようだ。

「いや、二機みたいですよ、一機はちょっと前に出て行きましたから。三番目ですか。レーダーで見ると少し、いやかなり難しいでしょうね」

カンパニーが呼んできた。

「アイハブATC、カンパニー、お願いします」

管制《ATC》との交信は自分がするので、氏原にカンパニーを取ってほしいという意味だ。交信中に管制が呼んできたときのことを考えて、担当を分けるのだ。

〈いま一機、ミストアプローチしました。ちょうどひどくなった時に当たったのだと思いますが、要注意です。いまアプローチ開始してもちょっと無理かも知れません。間もなく新しい天気《ウェザー》が出ると思いますが〉

「了解しました。現在LENDYでホールドに入りました。三〇分が限度ですが、まだ時間はあります。また何かあったら連絡願います」

《……ますが、雪のために到着機が少々混雑いたしております。大きな遅れにはならないと……》

モニターからキャビンのアナウンスが入ってきた。この程度の揺れなら乗客も酔わないだろう。

「OK。アイハブATC」

今度は氏原が、カンパニーは終わったからATCの交信を受け持つと言っている。

その直後にATCがフライトレベル210まで高度を下げるように言ってきた。

「フライトレベル・ツーワンゼロ、ニッポンインターワンゼロ」

こちらの返事が終わると、管制官は続けて二機がミストアプローチしたことを、下にいるホールド中の二機に伝え、いまアプローチを開始する意思があるか聞いてきた。

〈Thanks, we'll check, AMERICAN-EAGLE 2022〉

〈Stand-by please, call you back, PAKISTAN 101〉

「なんだ、下のお二人さんはぐずってるね」

大隅の冗談めかした声に氏原もうなずく。聞かれたら何と答えるか。前の二機のようにスタンバイをかけてもいいが、今日のフライトはチェックなのだ。ホールドを続けるなら続けるで、意思をはっきりさせておいた方がよい。空港近辺の雲を調べようとレーダー画面を拡大したが、旋回に入ったために機首が飛行場とは反対方向へ向きはじめて、見ることができない。一度もアプローチしないで、このままワシントンに向かうのはいかにも惜しくないか。一回試みて、それから向かおう。乗客も納得するだろうし、すべての手は尽くしたと氏原も見るだろう。

「まだ新しいウェザーは出ませんか？」

空港気象情報《ATIS》を聞いている氏原が、首を横に振る。こうやってただ待っているだけでも、一分間にドラム缶一本相当の燃料を燃やしている。

「新しいウェザーが出ないということは、だ」

大隅がまた何かぼそぼそ言い出した。

「観測データには現れないが、飛行機が来るときだけ雪が強く降る。雪ってな、そんなもんだ」

たしかに雪には息があり、ふっと弱くなる時がある。しかし偶然は当てにしない方が良い。吹雪き始めたら、そんなものはどこかに吹き飛んでしまう。

反対方向を向いてしまったので、空港周辺の様子をレーダーで見ることはできないが、大隅はぼそぼそ言いながらレーダー画面を見つめ続けている。赤い部分の雲の動きになにか見つけたのだろうか。

四機後ろに日本から一緒だったJALが入ってきた。それを加えると既に七機が一〇〇〇フィートの高度差でホールドしているわけだ。TCASの画面には、世界各国からの機影がうじゃうじゃと絡《から》まるように映っている。

氏原は遅れを気にしているのか、先ほどから計器盤の時計に目をやっている。様子をうかがっても、相変わらず無表情だ。何か意味のある無表情なのだろうか。やけに引っかかる。氏原のことは気にしない、そう決めたはずだ。気象の解析に集中しよう。まもなく次の旋回に入るので、機首が空港側に向き、レーダーにも空港近辺の雲の様子が映る。

下にいる二機のうち一機、アメリカンイーグル機がアプローチをすると言ってホールディングから出て行った。

３１Ｒに向かう経路は４Ｒに比べて単純だ。マンハッタン上空までこの高度で行き、ニューヨーク湾にでるとそこから大きく左に円を描くようにして、大西洋上で一気に高度を降ろす。そのまま最終進入コースに入り計器着陸装置《ＩＬＳ》の電波に乗って滑走路に向かう。

時間的には、二万フィートから進入開始高度の三〇〇〇フィートに降ろすだけでも六分かかる。そこからＩＬＳの電波に乗るまでに三分、着陸まで二分と考えると、アプローチ開始から着陸まで一一分かかることになる。

先ほどレーダーを見たとき、降りられるチャンスはあと一七、八分以内と読んだが、それから二機がミストアプローチをしている。天候が悪化したなら新しいウェザーが出るはずだが、出ていないということは、まだ悪天域が被っていないということか。アプローチを開始したアメリカンイーグル機の結果を見てから決めるのも一つの手だろうが、今日のように気象変動が激しい時には、前便の結果はあまり参考にならないか。

パイロットなら自分の道は自分で切り拓《ひら》くべきだ。

先ほどの自分の読みが正しければ、空港が吹雪となるのは今から一五分後だ。すぐにアプローチをすると言っても、ホールドを出るまでに二分はかかるので、実際に使える時間は一三分、今から一三分以内に着陸しなければワシントン行きは確実だ。アプローチクリアランスを要求するかどうか、二分、いや、一分以内に決定しないと間に合わない。旋回が終わり機首が飛行場方向に向き次第、雲の状況を調べよう。

「ユーハブコントロール」

氏原に操縦を任せて、レーダーに集中する。画面上の悪天域は先ほどより空港に近づいていた。オートをマニュアルに切り替えて、最大感度と最小の間で雲の影が見えるように照度を調節する。急いでいるので操作が荒くなってしまう。レンジをターゲットに合わせ、ビームの照射角度を一度ずつ変えながら雲の厚さを調べる。次にビーム幅を狭め、スイープ速度を速めて少しの変化も見逃さないようにする。細かく繰り返しながら、動きと移動距離を測り、空港上空到達までの時間を予測する。

移動が早い。予測よりも一、二分早まりそうだ。

まだ新しいウェザーがでていない。少し前までが悪くて、どうもここが一つの息ではないかと考えられる。レーダーでの分析でも筋状の空きがあり、それを裏付けている。よし、今ならまだぎりぎりで進入できる。

「アイハブコントロール。このまますぐに進入を開始します。クリアランスをお願いします」

一瞬だが氏原の目が光り、念を押すような間合いがあってマイクを取った。大隅が身を乗り出す。あと三〇秒で次のホールディング旋回に入ってしまう。

「ニッポンインターワンゼロ、いま飛行場の方に向き直った。このまますぐにアプローチに入りたい。可能ならば、クリアランスをどうぞ」

〈了解。ブレイク、PAKISTAN 101、アプローチを開始する意思はあるか？〉

〈PAKISTAN 101、彼らを先にどうぞ。我々はもう少し様子を見る〉

〈了解した。ニッポンインターワンゼロ、滑走路スリーワンライトにレーダー誘導《ベクター》する。風は三四〇度一五ノット、滑走路視距離《RVR》二四〇〇フィート、雪、最低雲底《シーリング》測定不能。ＬＥＮＤＹを磁針路１４０《ヘディングワンフォーゼロ》、速度２８０で出発した時点でコンタクト願いたい〉

速度280ということは、管制官はこちらが急いでいることをわかってくれたのだろう。CDUの設定を〝ホールドを出る《エキシットホールド》〟に変更するよう指示をだす。氏原の指がCDUのキーの上を素早く動く。

「スタンバイフォーエクセキュート」

「エクセキュート願います」

LENDYに掛かる直前にホールディングパターンが画面から消え、アプローチの図に変わった。LENDYを出ると大西洋上で空港を背に降下を開始する。

「LENDYを出ます。ヘディングワンフォーゼロ」

了解。マイクを握る氏原は、無表情に戻っていた。

「ニューヨークアプローチ、ニッポンインターワンゼロ。DEPART　LENDY、ヘディングワンフォーゼロ、スピード280」

吹雪が被ってくるまで、一、二分だ。一秒たりとも無駄なフライトは許されない。アプローチからフライトレベル190へ降下の許可が来た。レーダー誘導《ベクター》が始まったので、L・NAVには最終進入コースと、進入復航のための経路さえ残しておけばよい。

「セットCDU、ILS31R、インターセプトファイナルコースでお願いします」

最終進入コースからの延長線が画面上に引かれる。

「すみませんがキャビンに連絡して、これから最終着陸態勢に入ると言ってください。滑走路がスリーワンに変わったことと、レーダーで見る限りファイナルは揺れが予想されます。ミストアプローチの可能性があることもお願いします。着陸した場合は地面が凍っていて滑る恐れがあるので、停止するまでは絶対に立たないように言ってください」

早口になるのが自分でもわかった。焦《あせ》っている。CDUの操作と交信に忙しい氏原に、大隅が「私がやっておきましょう」とインターホンを取った。

「ついでにカンパニーにも、アプローチを開始したと言っておきますよ」

チェックフライトの一番大切なときに、大隅がそんな口出しをして良いのかと思ったのだが、驚いたことに氏原が片手を上げて謝意を示した。

〈ニッポンインターワンゼロ、速度はそのままで、磁針路《ヘディング》140、一万三〇〇〇フィートまで降下せよ〉

この管制官の声は、低く落ち着いていて聞きやすい。今日のような悪天候下で、冷静なやりとりができるというのは重要なことだ。レーダー誘導を受けながら空港に近づいていく。普段だとこういう緊張感が、コーパイとの間に一体感を生みだし、自らの集中度が高まるのだが、今日はそんな感じが全くない。着陸まで乗り切れるのか心配にさえなる。

〈スピード２８０、ヘディングワンフォーゼロ、ワンスリーサウザンフィート。ニッポンインターワンゼロ〉

氏原の復唱《リードバック》を聞きながら、いよいよ降下と旋回に入る。最短距離で空港に向かい、無駄なく最終進入コースに乗るために、距離と高度と速度の立体図を頭に描く。レーダーの指示に従いながら降下率《ＶＳ》を決める。腕の見せ所だ。Ｖ・ＮＡＶアームのままヘディングモードで飛ぶと、Ｖ・ＮＡＶスピードモードに変った。

Ｖ・ＮＡＶの指示からは外れるが最初は距離をかせぎ、降下率モードである程度下げてから思い切り降ろす。その方が不快感も少ないし、管制官もやりやすい。レーダーも効率よく引っ張ってくれるようだ。いつものように降下率モードに切り替えようとして、二人の視線を感じた。距離測定装置《ＤＭＥ》と高度計とフライトの勘さえあれば、Ｖ・ＮＡＶなどに頼らなくてもどうということはないのだが、今日ばかりは機械の指示通りにするしかないのだろう。

Ｖ・ＮＡＶは最終進入点の高度、速度の制限から逆算して、オートパイロットに指示を出す。画面の端には、その時点の適正高度が表示される。その指示通りに高度処理をすれば、どの地点にレーダーで引っ張って行かれても進入できるわけだ。

高度を設定してノブをプッシュする。ともかく純粋な計算値には、旅客に不安感を与えないように、などという細やかな日本人的配慮は織り込まれていない。エンジンがいっぺんにアイドルまで絞られて機首が下がり、降下を開始した。せいぜいマイナス六度程度だが、音が急に静かになり機首が下がった姿勢になるのは、乗客にとってあまり気持ちの良いものではないだろう。

V・NAVはマージンと称して、速度一つとっても制限値までは使わない設定となっている。このあたりがじれったいのだ。安全のためにはこれを有効利用しろと言うV・NAV派と、あんな機械に頼るようでは一人前でないとする非《アンチ》V・NAV派と、指導層が二分されるゆえんだ。モニターにキャビンアナウンスが入ってきた。

《ただいまより最終の着陸態勢にはいります。皆様お使いになられましたテーブルや……》

インターホンが鳴った。L1と表示されたのでチーパーだ。大隅が取る。

〈お忙しいところを済みません。キャビンの準備はすべて終わりました。ニューアークのお天気をお聞きするのを忘れました。教えていただけますか〉

しまった！　代替《オルタネート》空港の変更をCAに言うのを忘れていた。チェッカーに気づかれないように巧《うま》くやってくれ、頼む。

「ニューアーク？ なぜ」

〈ミストアプローチの時は、オルタネートのニューアークでしょう？〉

「あ、それね。変わったんだよ。ワシントンに。村井君は言わなかったのかな。僕はレストだったんでね。ちょっと待ってくれ。えーとワシントンは、曇りのマイナス13℃だな。所要時間が四八分。寒いよ」

チーパーは済みませんと言ってインターホンを切った。これで連絡を忘れたのがばれてしまった。

そんなことはもうどうでもいい。

「アプローチチェックリストお願いします」

「了解、アプローチチェックリスト、高度計《アルティメター》」

氏原は何事もなかったように、全く冷静な声で高度計から読み上げた。こちらも何事もなかったようにレスポンスして、チェックリストを終える。何か忘れていないか。コクピットの計器類を見回す。何となくちぐはぐで、チェッカーとはリズムが合わない。こんな状態のままこの悪天候に挑んでいかなければならないとなると、着陸は無理かも知れない。

よほど驚いた顔を向けたのだろう。眉《まゆ》を寄せながら例の言いにくそうな口調で続けた。

「村井さん」

「どうもさっきから気になるのですが、『すみませんが』や『お願いします』は止《や》めてください。普通にコーパイにオーダーするようにやって頂いてけっこうですから。ずいぶん私に気を遣っていらっしゃるようだから」

普通にやりなさいということだろうが、先輩に対する一種の口癖のようなものだから、使わないほうがかえって緊張する。チェッカーをコーパイのように使うことなどできるわけがない。

高度を下げると雪はますますひどくなった。降下率をもう少し大きくするため、スピードブレーキレバーに手をかけようとして、止めた。暗算と勘でやってはいけない。FMSの計算と、現在の高度とのずれを表示するバーティカルトラックエラーを参考にする、パスよりもスピードを優先するモードに入っているのでかなり高い。スピードブレーキレバーに手を伸ばしてレバーを引く。やっていることは普段と何ら変わりないのだ。

一万三〇〇〇フィートに近づくと続いて八〇〇〇フィートまでの許可がでた。スピードブレーキを引きっぱなしで降下を続け、毎分一二〇〇メートルの降下率を保って下げていく。一万フィート以下は衝突防止のために、着陸灯《ランディングライト》を点灯し、速度を二五〇ノット以下にすることが義務づけられている。普段ならここでモードを変えて機首を上げ、降下率を減らすのだが、今日はV・NAVを使って減速したい。スピードノブを二五〇ノットにセットすると、やはりスピード優先モードになってしまうだろう。考えているうちに一万フィートが迫ってきた。このまま自動的に減速するのか。体が汗ばむのがわかる。

こんなことはやってられない。

我慢できずにV・NAVを解除しようとした時、機首が上がり始めた。やはりそうだった。V・NAVには制限値がプリセットされているので、何もせずにモニターしていればいい。ただ確実にそうなるか、事前に確かめることが時間的にできなかったのが問題だ。やっと制限スピードになり、パスにもどった。

「ランディングライト、オン」

氏原が復唱してライトを点《つ》ける。オーダーに対する反応はコーパイと何ら変わりない。なるほど気の持ちようだ。大隅の言うとおりだ。

これ以上空港から離れて遠くには行きたくない。速度を殺して早く降ろすには、スピードブレーキは一杯に引き上げるしかないのだが、しかし防氷装置が作動しており、いつもよりエンジンの回転数が高いので、なかなか思うように降りてくれない。

〈ニッポンインターワンゼロ、左へ旋回してヘディング040に向け、高度三〇〇〇まで降下せよ〉

「レフト・ゼロフォーゼロ、スリーサウザン、ニッポンインターワンゼロ」

もう待っていられない。このままでは切れの良いフライトができない。V・NAVのスピード優先モードにもどそう。スピードを二五〇ノットにセットする。

「スピードインターベンション、プッシュ」

「了解」

機は頭を少し下げ、すぐに毎分三〇〇〇フィートの降下率になった。

よし、いい感じだ。氏原との間に心地良いリズム感が生まれた。

OK、二五〇ノットのまま、一気に二五度バンクへ入れて左旋回する。快調だ。かなりショートカットができた。V・NAVの指示の少し上にいるが、今は最終進入コースに直角に飛んでいる。このままのスピードで行けば、高度差はコースに近づく間に消化できる。気が付くと大隅もただ黙って操作を見ている。これで良いんでしょう？

最終進入速度に近づけるためにフラップを下げよう。氏原にはっきりと命じる。

「フラップワン」

*

大隅は、顔を上げるたびに窓の外が暗くなり、計器やレーダーの照明が明るく目立つようになってきたのを感じた。窓に当たる雪が時々青白い放電を飛ばす。村井の首筋にうっすらと汗が浮いている。薄暗くなったコクピットの後ろから見ていても、前の二人の息が合い始めたように思える。村井が氏原にフラップをオーダーした。

今のはいい。

村井が氏原に何か言うたびに、すみませんを付けるので、気になって仕方がなかった。やっと氏原をコーパイとして使えるようになった。その調子だ。氏原との間に生まれたチームワークを大切にしろ。

それにしても村井がアプローチをすると決めたときの、レーダーの使い方は実に繊細だった。氏原に操縦を任せ、自分は雲を細かく読むことに集中して、迷うことなく決断をした。あそこまでできる新人機長はなかなかいない。見ているこっちも思わず引き込まれたほどだった。

あの大胆さは氏原にとっても意外だったようだ。しかし飛び方を見ていると普段はあまりV・NAVを使っていないな。他のモードに手を出さないように我慢しているのがよく分かる。じれったいのだろう。

二回目にV・NAVスピードモードに切り替えてからは、速度も旋回角も降下率も限界まで使いこなしており、見違えるような飛ばし方だ。しかしこれでは姿勢変化やGが大きすぎて、乗客は不快感を感じてしまう。最初からあまりキャビンに関心がないのかもしれない。鮮やかな飛び方に自分で酔っているな。これは訓練ではない。乗客から金を貰《もら》っているんだ。できるのはわかったから、もっと有償飛行らしく飛ばせ。

先ほどからレーダーが空港の方角を映している。ほとんど真っ赤だ。前を飛んでいるアメリカンイーグル機だろうか、真っ赤に示された悪天域の固まりの真ん中に映っている。村井はあれだけ細かくレーダーを使ったのに、アプローチを開始したらレーダーはオートポジションのまま、気にもかけていない。普通の奴《やつ》ならもう一度レーダーを覗《のぞ》くが、今は飛ぶことに集中している。この高度では地上反射が強くて、調節してもよく映らないからだ。この辺のセンスはいい。

村井の手が伸びてスピードブレーキレバーを静かにたたむ。かちっとダウン位置に入ったのに合わせるように、オーダーがでた。

「フラップファイブ」

よし、それでいい。

速度を落としながら最終進入コースに近づいていく。猛烈な雪だ。

〈ニッポンインターワンゼロ、高度二〇〇〇へ降下を許可する。左旋回三四〇度へ向けるように〉

「ツーサウザン、レフト・スリーフォーゼロ。ニッポンインターワンゼロ」

復唱する氏原も、村井のリズムに合わせている。左に旋回して磁針路三四〇に向け二〇〇〇フィートに降りた。エンジンの回転が上がり、水平飛行に移る。

〈ニッポンインターワンゼロ、滑走路31Rへ最終進入を許可する。ケネディ管制塔と1191で交信せよ〉

「クリアーフォーアプローチ、スリーワンライト。コンタクトケネディタワー119 1、ニッポンインターワンゼロ」

氏原がケネディタワーに周波数を変更して、現在のポジションを通報する。計器の表示では右側に最終進入コースの電波があり、左から三〇度の角度でそれに近づきつつある。タワーが、〈五マイル先に先行機がいる、進入を継続せよ〉と言ってきた。

ミストアプローチのコースを見ておこう。膝《ひざ》の上に広げたチャートにリーディングライトを当てる。進入灯はストロボが付いていないタイプだ。ミニマムで見えなければまっすぐ二〇〇〇フィートまで上昇、左に旋回してCRI《キャナシー》・VORステーションに向かう。

後ろからCDUの画面を覗き込んで、そこにコースがインプットされているのを確認する。ミストアプローチをして、これからワシントンまで旅をするのだけは勘弁して欲しい。

オートパイロットが外れたことを示す警報が鋭く短く鳴った。

「オートパイロット、ディスエンゲージ」

村井がマニュアル操縦に切り替えたようだ。いつもは鳴らさないように巧く外すのだろうが、まだ堅くなっているのか。それにしてもなぜここで切り替えるのだ。こんなに天気が悪いときに、たとえチェックだからといって、わざわざ手で操縦することはないだろう。理由を説明してオートのままオートランディングをすればいいのだ。その方が頭をこの先のことに使えるだろう。ここは後で氏原にも注意されるな。

機が最終進入コースの電波をキャッチした。

「ローカライザー、キャプチャー」

レーダーで赤く表示された部分にまもなく進入する。外は暗く、両翼の着陸灯に反射した雪が白い矢となって窓に突き刺さる。次第に揺れも大きくなってきた。スピードを維持するために盛んにパワーの調整をしている。かなりやりにくそうだ。ここが我慢のしどころだ。絶対にビームから外すな。よし、そうだ、進入降下角を示す電波を捕らえた。

「グライドスロープ、キャプチャー」

計器にはクロスポインターとして表示される、縦と横の十文字になった電波の中心に乗った。車輪を降ろし、フラップサーティとして最終進入を開始する。この辺がきれいにできるとあとが楽なのだ。その中心から外さないようにこのまま滑走路まで近づけ。揺れがひどくなっても、あまり足を使うなよ。飛行機と喧嘩《けんか》をせず、動きを適当に抜くんだぞ。

手のひらに圧を感じた。

左手の親指がひとりでに動き出す。なかなか上手《うま》いとは思っていたものの、村井のトリム操作が時々だが少し遅れるのだ。コントロールに圧をかけたり抜いたりするにもずれを感じて居心地が悪い。他のことに気を取られているのか。そうか、進入復航したときのことを考えているな。

村井、肩から力を抜け。その方が集中できる。

＊

「ランディングチェックリスト、コンプリート」

チェックリストを読み終わった氏原とは、業務上必要最小限の言葉しか交わしていない。村井は気がついた。それなのに今までになく息が合ったというのか、テンポがいい。考えてみれば当たり前のことなのだが、チェッカーは最も優秀なコーパイとなり得るから、動きに無駄はないし使いやすい。なぜ最初からこうできなかったのだろう。次のチェックリストは着陸後のランディングチェックリストになるか。それとも再び舞い上がってアフターテイクオフチェックリストになるか。大隅がそんな冗談を言う。氏原が少しほほえんだ。四度目の笑いだ。緊張が高まりそうになると、大隅のしゃべりが雰囲気を和らげてくれるので助かる。

レーダーに映る前方は真っ赤だが、窓から見る外はグレー一色で暗く、そこから白い雪がこちらに向かって吹き出してくる。何も見えず、上も下も判《わか》らない。完全なホワイトアウトだ。

風が乱れているので、それに合わせてエンジンの出力調整を繰り返す。何も見えない雪のなか、回転数の上がったエンジンの甲高い響きは、乗客には不安げに聞こえるだろう。レーダーはもう全体が赤色で埋められ、もはや判読不能なのでオフにする。

〈...Kennedy Tower, AMERICAN-EAGLE 2022, missed approach...〉

一瞬、緊張が走る。先行機がミストアプローチをした。やはり視程が思いのほか悪いのだ。先行機にヘディングと高度が告げられ、周波数を変えるように指示が出される。無線がまた静かになった。いつもは定期便の合間にも、自家用機やビジネスジェットが飛んでいるので、今日のように静かになることは滅多にないにちがいない。

〈Kennedy Tower, PAKISTAN 101, ten miles on final〉

後続機が入ってきた。

〈PAKISTAN 101, そのまま進入をつづけよ。ニッポンインターワンゼロ、滑走路31R着陸支障なし。ウインド350、一二ノット、空港北側に地吹雪がある、十分注意されたい。尚現在のRVRは二四〇〇フィート〉

「クリアートゥーランド。サンキューフォーインフォメーション」

氏原が復唱するのを耳で聞くだけで、いまは計器から目が離せない。クロスポインターのほんの少しの動きでもそれに追従する。

「横風《クロスウインド》コンポーネント、チェック！」

「了解、ジャスト一〇ノットだ」

横風制限一杯の真剣勝負だ。機体が激しく揺れ、ターゲットスピードを中心に対空速度《エアスピード》が振れる。風の方角と強さにむらがある。こういうときは飛行機がビームから外れないように、それだけを注意して、あとは自由にして勝手に揺らせておくのだ。なぜかその方が機体の動きが素直になる。決して押さえ込んではいけない。

「ワンサウザン」

「ノーフラッグ」

一〇〇〇フィートを通過した。氏原との間に一体感を感じる。よし、これなら着陸できるかもしれない。ノーフラッグとはすべての計器に異常のマークが出ていない事を意味している。電波のビームは滑走路に近づくほどに細くなる。ちょっとの油断でもそこから外れそうになる。この天気で一回でも外れたらもう着陸は無理だ。少しの初動も見逃さないようにと、しがみつくような目で計器のクロスポインターを見つめ続ける。視野が狭まってくるのが自分でもわかる。

「ファイブハンドレッド」

氏原の声は全く感情が入らない。機械のようだ。

「スタビライズド」

つられて機械的な声が出る。機がすべて順調で安定している事を確認する意味でのレスポンスだ。プロシージャーとして定められた応答なのだが同時に操縦しているパイロットの意識の有無の確認でもある。左右に機体が振られる。吹雪の中で風が回っている。クロスポインターが逃げようとするのを、息を止めて計器に集中する。まばたきができない。目が乾く。こめかみが痛い。

「ワイパー、フル！」

ワイパーが猛スピードでガラスを拭《ふ》く。ガラス面の水分が切れたら、瞬時にゴムが溶けるスピードだ。それでも雪は視界を妨《さまた》げ続ける。まもなくアプローチライトが見えてくるはずだ。また激しく揺れる。クロスポインターから目を上げることができない。大隅がジャンプシートから身を乗り出した。すぐ横に体温を感じる。氏原も上半身を起こして外を見ている。

「アプローチングミニマム」

このときまで操縦しているパイロットは、計器類と機の状態に専念し、操縦していないパイロットは主に外部を監視して、進入灯や滑走路などの目視を心がける。しかしこのコールから両パイロットのスキャンパターンが徐々に入れ替わり、パイロットフライングは外を、ノンフライングは計器をそのスキャンの重点とする。ミニマム高度になっても目視できなければ危険とされ、進入は続けられない。

ちらっと外を見たが、真っ白で何も見えない。猛烈な雪だ。時速二七〇キロで地面に近づいている実感は全くわかなかった。雪だけで何も見えない。ミストアプローチに備えて、パワーを入れるTOGAスイッチに指を当てた。

「ミニマム」

その一瞬、何か光った。一つ、二つ、三つ、並んでいる。アプローチライトだ！

「インサイト。ランディング」

夢中でレスポンスする。アプローチライトはいくつか見えたが、見失うのが恐くて計器に目がいかない。目は滑走路の中心線のライトを探す。しかし白一色で高さも距離もわからない。

センターラインは！

人工音声がフィートで高度のコールアウトを始める。

〈ワンハンドレッド〉

滝のように流れる雪の間から、ぼんやりした光が両側に見えた。雪に半分埋まった滑走路灯か。注意をむけた一瞬、吸い込んだ息が止まる。強い風にあおられ、反射的に右を押さえてパワーを絞った。いきなり雪の地面が浮かび上がった。時速二七〇キロが凄《すさ》まじいスピードに感じられる。進入角指示灯《PAPI》が設置されていないから、目測では高さがわからない。

〈フィフティ〉

雪の中を移設末端灯の光の列が飛び去った。センターラインが、センターラインが見えない。

〈サーティ〉

両側に滑走路灯が並んでいるのを確認して、一気にパワーをアイドルまで絞る。機首が下がるのを左手で支える。決して引き起こすな。風にあおられるぞ。前も横も滑走路も白一色で、高度の判定ができない。コールアウトだけが頼りだ。

〈トゥエンティ〉

目の両側に光の列が飛び抜けていく。

〈テン〉

猛烈な雪が襲ってくる。滑走路灯以外は何も見えない。いきなりショックがあって、スピードブレーキが立った。

たった今、接地したのか？

「リバース！」と言われて、あわててスラストレバーの前に手を伸ばして、思い切りリバースをかける。一瞬おいてリバースがかかった。全身に減速を感じる。フルリバースの悲鳴がコクピットまで聞こえる。車輪のオートブレーキは全く反応がない。両足でブレーキを思い切り踏みつける。

センターラインが見えないので、両側にぼんやりと光る滑走路灯を頼りに、細かくラダーを使いながらまっすぐ走るしかない。機体が激しく左右に振られる。やっとブレーキの効きが感じられた。滑りながらも、確実に減速している。雪に埋もれていたセンターラインライトがかすかに見えてきた。左に寄っている。

「シックスティ」

六〇ノット（一一一キロ）のコールでリバースをゆっくり戻す。甲高いエンジン音が尾を引きながら消えていく。うなりを上げているワイパーを氏原が間欠にしてくれた。やっと静かになった。コントロールホイールを握っている左手から、力が抜けていくのがわかる。リバースの巻き上げた雪が、着陸灯にきらきら光りながら周りに降ってきた。

ここからは空力的な舵《かじ》が利《き》かない。地上に降りた飛行機は陸に上がった魚のように、持っている機能の半分も使えなくなる。バックもできなければ、幅九五メートルのスペースがないとUターンもできない、二四二トンの巨大な一八輪車になってしまうのだ。誘導路に出るときにステアリングを切ると、前輪が外に押し出されるように滑った。車輪が滑っても止まれるように、リバースに手をかける。手袋の中の手が、汗で冷たく濡《ぬ》れていた。

〈Kennedy Tower, PAKISTAN 101, missed approach...〉

後続機がミストアプローチしたようだ。コクピットの窓から灰色の空を見上げても、降り続く雪以外は何も見えないし、音も聞こえない。

「あいつらもだめか。多分僕らの着陸が最後じゃないか。上手かったぞ、今日は美女と乾杯だな」

後ろから、大隅が肩をぽんと叩《たた》いてくれた。息遣いが自分と同じだ。呼吸が合っているのがわかる。きっとジャンプシートで手や足に圧を感じていたのだろう。

《皆さま、ただいまこの飛行機はニューヨーク、ケネディ国際空港に到着いたしました。現地の時間は、お時間は、一二月二三日午前九時二〇分でございます》

モニターにキャビンアナウンスが入ってきた。窓の外は音もなく雪が降っている。地面の粉雪が風のためか、斜めに模様を描きながら川の水のように地表を滑っていく。

〈ニッポンインターワンゼロ、グランドコントロールに１２１９でコンタクトせよ。

〈メリークリスマス〉

メリークリスマスと答える氏原の口元は、少しほほえんでいるようにも見えた。ニッポンインター一〇一〇便は、一二時間六分の旅を終え、雪景色の朝のニューヨークに到着した。

村井は小さく溜息《ためいき》をつき、シートに身を沈めた。

XIV　機長の誇り

ハイウェイからクイーンズミッドタウントンネルを通ってマンハッタンに入ると、商店やビルのクリスマスの飾り付けが、クルーバスの窓のすぐそばを過ぎるようになった。こんなにきらびやかな本場のクリスマスを理美が見たらさぞ喜ぶだろう。娘のはしゃぐ顔が目に浮かぶ。しかしこの雪では、トーイザラスまで行くのも大変だろうと心配になる。

張りつめていた度合いが高かったときほど続いて味わう安堵《あんど》感《かん》も大きいが、それを追うように脱力感も襲ってくる。先ほどまで聞こえていたCAの話し声も静かになった。彼女たちも焦点の合わない目で、街をぼんやり見ているのだろう。渦巻く雪で、古びたビルも汚れた歩道も、今日ばかりは美しく隠されている。角を曲がると、渋滞した車の間から立ちのぼる湯気が、イルミネーションで赤く染まっていた。歩道に三〇センチほど積もっているようだが、それでも買い物客の姿がちらほら見える。

機《シップ》がゲートに着くまでも一苦労だった。急にひどくなった雪に除雪が間に合わず、ボーディングブリッジのある搭乗ゲートに入るのに、五分近くも待たされた。一二時間以上回り続けたエンジンを止めチェックリストを終えると、氏原が手を差し出してきて、握手をした。

「合格です。お疲れ様でした。細かいところは、ここでは話もできませんし、日本に帰ってからでは時間が経《た》ちすぎるので、ホテルに着いてからお話しします。ほんの五分で終わりますので」

言い終わるとわずかにほほえんだ。今日何回めかの笑顔だった。

それにしても、大隅があそこまで先を考えて、フライトしているとは驚きだった。のんびりしているように見えて、頭の中は遥《はる》か先にある。成田でフライトプランを見たときには、すでにニューヨークでの着陸の事を考えていたとしか思えない。離陸前に氷で手間取ったり、いろいろしゃべっていたのも、もしかするとチェックを受けている新米機長の緊張をほぐすためだったのか。横から見ていてずいぶんじれったく思えたにちがいない。大隅は二席前の座席に寄りかかって目をつぶっているが、すでに頭の中は成田に向かっているのだろうか。うわずっていた自分の態度が何とも恥ずかしい。

途中大渋滞があった割には早く、CAたちと別れてホテルのロビーに着いたのは空港を出てから二時間後だった。外の雪とは別世界の暖かさと静けさだ。フロントの大理石のカウンターで鍵《かぎ》を受け取る。

「荷物を部屋に置いたらクルールームに来てください。すぐ終わりますから」

何を聞かれてもいいように運航鞄《かばん》を持ってクルールームに行く。普通の客室だが、宿泊しているクルーたちのコミュニケーションの場として取ってある部屋だ。ソファーセット、冷蔵庫、電子レンジ、テレビなどが備えられている。着いてすぐ、冷えたビールを飲めるし、時差の関係で真夜中に何か食べたくなった時には、冷蔵庫を覗《のぞ》けばいい。ホワイトボードには申し送りや連絡事項の他にも、安くて美味《おい》しい店の情報や、宿泊しているクルーの名前が書かれているので、誰でも一度は顔を出すラウンジのようなものと言ってもいいだろう。

氏原が先に来ていた。マスタード色のハイネックセーターにダークグレーのパンツ、履き込んだブーツで、制服姿とはずいぶん雰囲気が違う。ソファー横のテーブルには、クアーズと野菜ジュースと、グラスが二つ用意されていた。注ごうとすると、「ちょっと待って」とグラスを手に洗面所に入り、きれいに洗って戻ってきた。

あらためてビールを勧めてくれた。氏原自身はジュースのプルトップを引いた。

「本日はお疲れ様でした」

降りて最初の一杯は、たとえチェッカーと飲んでもおいしい。一二時間も一緒だと、さすがに仲間意識も生まれるものだ。軽めのクアーズが、毛細血管の先まで一気に染《し》み渡るようだ。一息つくとメモ帳を鞄から取り出して用意をする。

「どうも私は人当たりが悪いらしく、受審者の方が堅くなられることが多くて、なかなかリラックスした雰囲気がつくれないのです、チェッカーとしては失格ですね」

ソファーにゆったりと寄りかかって、氏原がリラックスした様子で話し始めた。少し照れたような口調だ。成田で初対面の時に見られた目つきの鋭さもない。

「こう見えても、人に聞いたり努力はしているんですがね。今日は村井さんにとって北米線で初めての定期路線審査でしたね。できるだけ緊張しないで普段通りにやっていただこうと思っていたのですが。完全に健康な人がいないように、チェックで一〇〇点満点なんて人は、私も含めて誰もいませんし、これを機会に何か新しいものを見つけて頂ければ、それで十分なのです。今日のフライトに関して、何か質問がおありですか」

質問されるのはこちらだと思っていたから面食う。ビールを飲みながらのブリーフィングも、和やかな雰囲気を作りたいという努力の現れなのだろうか。特に質問はない。「それでは今日のフライトで私が感じたところを二、三、挙げさせて頂きます」

と氏原は体を少し起こして、焦《こ》げ茶色《ちゃいろ》のノートを開いた。相沢が言っていたやつだ。

「機長になられて二年目ですね。そろそろ慣れが出てきて、基本がおろそかになりやすい時期です。自分のやり方や方法論を持つのは大切ですが、もし自己流になりすぎているとすれば、チェックはそれに気が付く良い機会なのです。ああ、飲みながらで結構ですよ。勤務時間ではないですから」

自分の評価を聞きながら酒に手は出しにくい。

「結論から言いますと、技術面において重要な問題点は何もありません。どうも最近の審査では、規則や安全に対する理屈を述べ立てるのが良しとされていて、技術の巧拙が評価の対象にならない変な傾向があるように感じますが、私は感心できません。些末《さまつ》なことを議論する場ではないのです。その点、村井さんは、ご自分の技術というか、しっかりした技量がおありだから問題はありません」

「ありがとうございます。今日はなるべくV・NAV主体にと思い込んでいたので、あまりスマートに飛べなかったと反省しているのですが、アドバイスをお願いします」

コンピューター主導のV・NAVでは、もたもたするだけで鮮やかに飛べない。今でもその考えに変わりはない。スマートなV・NAVの使い方なんてあるのだろうか。

氏原はしばらく手元のノートを見ていたが、ジュースを一口飲むと顔を上げた。

「アプローチの最後の部分で、スピードモードに切り替えられました。速度も降下率も、旋回角度なども限界まで使われていましたが、テクニックとしては鮮やかだったと思います。村井さんが、ご自分の飛び方について、格好がいいか、鮮やかかどうかと、考えていらっしゃるのはわかります。私が言いたいのは、キャビンにいる乗客の立場から、それがはたして格好がいいかどうかです。あのとき雲中飛行から抜け出して外が見えたら、めまぐるしく変わる景色に、気分が悪くなるお客さんが出た可能性もあるということも、考えておいてください」

飛行機の性能をフルに使い切って、初めて一人前じゃないのか。それを使わない飛び方など美しくないし、だからV・NAVを鈍くさいと感じてしまうのだ。

「なるべく不安感や不快感をキャビンに与えないように、乗客の立場に立って操作するのが、スマートな飛び方だと思うのです」

氏原の言葉がとぎれて、ノートのページをめくる音だけになった。機長訓練の当初は乗客を常に意識していた。だが経験を重ねていくうちに、上手《うま》い人間の飛び方は美しいと気づいたのだ。それ以来美しく飛ばすことは、それだけ高度な技術をもつことであり、より安全性を高めるのだと思うようになった。最近では「乗客の立場で」などといった言葉が、性能を限界まで使い切れない人間の言い訳のように聞こえて仕方がなかった。

「レーダーの使い方は良かったと思います。雲の動きを予測して、アプローチにかかる時間との差を計算してから、ベストを尽くした最後の判断は適切だったと思います。ああいう正確な飛び方は私も好きですね。ファイナルアプローチも良かったと思います。まったくビームを外さなかったし、最後に滑走路を視認したあとも、機の姿勢がほとんど変わりませんでした。風であおられそうになっても、ほんの初動で対処したし、キャビンの乗客は気流があれほど悪かったとは、感じなかったでしょうね」

レーダーの使い方はともかく、なんとも恥ずかしい気持ちが先に立った。あれほどショックのある着陸で本当に良かったのか。思わずビールに手が伸びる。

「ありがとうございます。もう少し上手く、ノーショックのランディングをするつもりだったんですが、見事に失敗しました」

それにしても、あの吹雪の中のアプローチで、よくまあ細かくメモがとれたものだ。

「ところで本日のお客さんの最高齢は何歳だったか覚えていますか？　乳幼児は何人いましたか？」

初めての質問が乗客の最高齢か——。どんな乗客が乗っていたのか、スポーツ選手の団体以外ほとんど記憶にない。心に余裕がなかったのは確かだ。

「L・NAVとV・NAVを使えば、人間が乗らなくても日本からアメリカまで飛行機を飛ばすことができます。キャプテンにはそれ以上のことをして頂きたい。速度やパワーの計算はFMSに任せて、機長はもっと広い視野を持って欲しいのです。いかに美しく飛ばすかが常に村井さんの頭の中にあって、それが最優先となっているように見えました」

落ち着いた声で話す氏原の言葉一つ一つが、ずしりと重みを持ち始めているのを感じた。ノートを取る手に力が入る。

「パイロットなら飛ばすことだけを考えればいいでしょう。着陸でショックが大きかったのを気にしていらっしゃいますが、確かに訓練ではスムーズに着けるのも大切なことです。でも村井さんはキャプテンです。機長としてフライト全体を考えるとき、美しさは重要なことでしょうか。今日のように雪で天気が悪いときは、滑走路も白一色に染まり、高さやセンターラインがわかりにくいだろうことは、事前に予想出来ます。どうしてオートで着陸されなかったのですか？　オートならば着陸後も電波に乗って中心線上を保持できます。センターラインが見えなくても関係ないですよね。もちろんチェッカーの私が成田で言ったのを守ってくれたというのはわかります。でもあなたが機長業務をされている。機長は何が起きようと乗客を無事に、快適に目的地まで届けるのが本来の使命です。機長の判断として、不安なく着陸できる可能性の高い方法を選ぶべきだった、とは思いませんか?」

確かにそうだ。チェックだからといって、やみくもにマニュアルで降りるのではなく、状況を考えればオート着陸も念頭に入れておくべきだった。機長の判断とはそういうものだ。

「どのパイロットにも必ず欠点があります。私自身もそうですが。それが見えてしまうからチェックがいやなのだと思います。コーパイの時は技量だけでなく、それこそ礼儀作法までいろいろ周りが注意してくれます。でも機長になると誰も何も言ってくれません。ご自分の欠点や弱点に気づいて頂くのがチェックであり、それがチェッカーの役目だと思うのです。落とそうとしてチェックをするチェッカーはいません。欠点をどうやれば克服できるかお手伝いできればと、思っています。見方を変えれば、チェックは効率の良い教育です。これからまだまだ先は長いですから、何回もチェックを受けられるでしょう。チェックは増えることはあっても、まず減ることはないでしょうから、堅くなりすぎないで受けて下さい」

「えっ、これ以上チェックが増えるんですか？」

反射的に聞いてから、思わず溜息《ためいき》が出た。

「TCASにしても、CAT《カテゴリー》スリーの着陸にしても、そうだったでしょう。新しい技術が導入されればそれに対する訓練があり、訓練があるということはチェックがあるということなんです。組織というのは、どうもそういうものらしいです」

口元に皮肉っぽい笑みを浮かべ、焦げ茶色のノートをそっと閉じた。もう終わりなのだろうか。

「もう少しキャビンに気を遣うようにしてください。私たちの給料を払って下さるのはお客さんですから。今日のフライトで感じたのはそんなところです。質問がなければそろそろ終わりにしましょう、お疲れ様でした」

空になったグラスを手に氏原は立ち上がった。

一八階の自分の部屋に戻ってカーテンを開けた。煤《すす》けた煉瓦《れんが》の壁が迫っていて、見上げるとビルに囲まれた四角い空から、雪が無限に降りてくる。そういえば今日までのこの一ヶ月間、両肩と頭上にのしかかっていた重い荷が消えている。

氏原の印象は、聞いていたのとずいぶん違う。自然な笑顔を何回も見た。口数も少ないというほどではないし、神経質といってもこのくらいは同期にもいる。通常の範《はん》疇《ちゅう》だ。さっき着ていたマスタード色のセーターを見れば、性格がそんなに暗いとも思えない。指摘は厳しいが、重箱の隅をほじくるような質問というのもなかった。聞かれたのは乗客の年齢だけだ。チェックは教育だという考えも新鮮だった。

自分に対する評価は良かったのか。どうもはっきりしない。あんな着陸でも褒めてくれたのは嬉《うれ》しいが、着陸の善《よ》し悪《あ》しなど、全体から見れば大したことではないという。それよりも乗客の年齢の方が重要なのか。

今日はそんなところまで気が回らなかった。だからといって乗客の立場で考え、機長としてもっと広い視野に立つという、当たり前なことが全《すべ》て欠けていたとも思えない。キャビンにだってそれなりに気は遣ったつもりだ。安全で完璧《かんぺき》なフライトは美しいものだと思うし、正確な気象解析と飛行技術があって初めて達成できるものと思う――。

もう少し氏原の話を聞きたい。今夜、大隅と三人で食事はできないだろうか。泊まり先でクルーと一緒に出ないのは、チェッカーを煙たがって誰も声をかけないからではないのか。周囲はプライベートでは当たらず障《さわ》らずで近寄らない。それを感じるから自分は常に遠慮する。その結果の「日本時間」ではないのか。

大隅には悪いが、コリアンタウンまで行くのはやめよう。途中の焼き鳥屋イーストはどうだろう。あそこなら和食のメニューがいろいろある。思い切って氏原の部屋に電話を入れてみた。案の定、「私がいるとくつろげないでしょうから」と最初は断られたが、結局、イエスと言ってくれた。

いよいよ待望のクラムチャウダーだ。外はひどい吹雪でも、オイスターバーまではビルがつながっている。受話器を置くと、コートも着ずにセーターだけで部屋を飛び出した。

グランドセントラルステーションの、カテドラルのような丸天井も、描かれた星座の絵も、この空腹と今日の雪には寒々しく映る。真《ま》っ直《す》ぐ階段に向かう。お昼前だからまだ空《す》いているだろう。地下の階段を駆け下りた時にはもう胃が鳴っていた。この辺まで来れば食事を楽しむ人声や、食器の触れあう音がしてくるはずなのに、どうも様子がおかしい。店の看板が見えたときに唖然《あぜん》とした。日本では考えられないことが起きている。

こんな有名なレストランがストライキをするか？

しかもよりによってなぜ今日なのか。一二時間もかけて一万一〇〇〇キロを越えて、空腹に耐えに耐えて飛んで来たのだ。その場に座り込みそうになったが、彼らも自分と同じ労働者、ピケを張っている従業員に"Take it easy, do your best."と潔《いさぎよ》く立ち去るしかない。

目が覚めたのは約束の一〇分前だった。ベッドサイドのテーブルに冷えたコーヒーと、駅の売店で買ったクラブハウスサンドが、食べかけのまま反っくりかえっている。シャワーのあと、食事の一件のメモを読みながら一口食べて、そのまま寝込んでしまったようだ。あわてて身じたくをする。セーターを頭から被《かぶ》ると、上着とコートを脇《わき》にかかえて部屋を出る。

中央に大きなクリスマスツリーが飾られたロビーに降り立つと、三階まで吹き抜けの天井がピアノの生演奏で満たされていた。所々に置かれたポインセチアの赤が、大理石の造りを華やかに彩《いろど》っている。どこかでパーティーでもあるのだろう、ダウンジャケットやコートに混じって、イブニングドレスやタキシードが見える。ボーカルが入り、曲がホワイトクリスマスに変わった。

女性の声で後ろから呼ばれた。

「村井キャプテン、こっちよ」

山野チーパーが、丸い石柱の下にあるソファーから、にこやかに立ち上がった。暖かそうなセーターにダウンジャケットを引っかけている。隣にいるブルネットの長い髪の女性は知らない顔だ。チーパーはホテルも違うのになぜここにいるのだろう。

「いいよ、座っていて。どうしたの、この雪の中」

「JFKで欠航便がだいぶ出ているらしいの。私たちのホテル、小さいでしょう。満室なんですって。それで半分がここに回されたというわけ。大隅さんに連絡したら七時にロビーって言われたので、白鳥も誘ったの。お相伴《しょうばん》にあずからせて頂きます。黒の服が素敵ね」

「こんばんは。メン・イン・ブラック・イン・マンハッタンね」

ブルネットは、声と香水で白鳥だとわかった。

「でも髪の色が」

「乗務中はスプレーで染めているのよ」

チーパーが教えてくれる。一体、地毛の色はどっちなのだろう。

「大隅キャプテン、まだお見かけしていないわ。でも焼き肉はだめみたいよ。いまコンシェルジュに聞いたら、帰りのタクシーが難しいだろうって」

それなら、なおさら和食だ。予定変更を話しているところに大隅が現れた。ミシュランのビバンダム君みたい。白鳥がクスリと笑う。

「驚いたね。すごい雪だよ」

大隅は丸くふくれたダウンジャケットの雪を軽く払う。外はよほど寒いのだろう、湯気が上りそうに赤くなった鼻を、彼女たちのブーツに向けた。

「その靴なら、まあ大丈夫かな」

「予報が雪だったでしょう。一応は用意してきたの」

チーパーの言うとおり、二人ともスキー場へ行くような格好をしている。白鳥が
「私、もうおなかぺこぺこよ」と甲高い声で訴える。そんなにはっきり言わなくても皆同じ気持ちなのだ。外を歩かないで行けるオイスターバーはストライキ中だし、焼き鳥屋までは歩くのさえ大変そうだ。今さらホテルの食事では氏原に悪い。

「めんちゃんこ亭までも歩けませんか」

大隅は首を振った。どこか和食の店はないかと話しているところに氏原が例のマスタード色のセーターに濃紺のダッフルコート姿で現れた。機内で見るよりお若いんですね。白鳥が今度はひとり感心している。

「せっかくなのに、この雪では出るのはどうも無理そうですよ。帰りのことを考えるとタクシーも難しいらしいし」

「こうなると籠城《ろうじょう》覚悟でクルールームしかないかな」

「デルモニコまで行って食べ物を仕入れてきましょうか」と切り出すと、氏原が「ちょっと待って」と携帯電話を取り出した。ボーダフォンの世界中で使えるやつだ。

「この裏に、和食の小さな店があります。いま聞いたら開《あ》いているそうなので、そこへ行きませんか。たぶん軒づたいに行かれると思うんですが、富士、ご存じですか？」

ホテルの裏の道を渡って向かいのビルの地下らしい。さすがの大隅も知らなかった。小料理屋と聞いただけで、空っぽの胃は音を立てて鳴いた。

日本のどこにでもあるような白木のカウンターだけの小さな店で、奥の壁には一升瓶が並び、品書きの経木《きようぎ》が貼《は》られている。少し違うのが二カ国語で書いてあるのと、値段がドル表示であることだ。氏原は顔なじみらしく、主人を「山ちゃん」と呼んで紙包みを手渡した。

「いや、いつもすみませんね。娘がすごく楽しみにしているんですよ。いいクリスマスプレゼントになります。ありがたく頂戴《ちようだい》します」

山ちゃんは、プレゼントをカウンターの下にしまい込みながら、軽く頭を下げる。

「今日はこの天気だし、お客さんもいないから、もう閉めようと思っていたんですよ」

そういう割には、まだ何もかたづけていない。曲がクリスマスソングから女性ボーカルに変わった。

「機長さんは女性ボーカルがお好きなんですよね。クルーの皆さんですか？」

氏原にこんな趣味があるとは知らなかった。ジョッキを出しながら挨拶《あいさつ》を終えると、山ちゃんは下を向いて料理にかかった。

「まずはチェック、お疲れさん」

「お疲れさまでした」

「おめでとうございます」

「今日はひもじい思いをさせてしまってすみません」

五人でジョッキを合わせる。氏原もグラスに半分のビールをつきあってくれた。突き出しや酢の物はみんなでたちどころに平らげ、刺身も出されるそばからなくなった。

「カナダ産ですけどタラバガニの良いのが入ってますが」

大隅の「いいねえ」の一言で大皿が出てきた。

「これでいいかな？」

左側の大隅がジョッキを置くと顔をこちらに向けた。自分の右隣にはチーパーと白鳥がカウンターの角を挟んで座っている。大隅がこちらを向いたのはチーパーに話しかけたせいらしい。顔を上げた彼女がにっこりする。そういえば大隅はチーパーとエビを食べに行くと言っていた。白鳥はカニの中身をほじくり出すのに夢中で脇目《わきめ》もふらない。一番奥に座った氏原は、主人と笑いながら話し込んでいる。

「どうした、元気がないな。成績が悪かったのか？」

大隅がカニの足を一本取って身をほぐし始めた。

「どうもよくわからないことがありまして。さっきのブリーフィングで、唯一《ゆいいつ》の質問が今日の乗客の年齢についてだったんです」

「うん、それで？」

「最高齢者と、赤ちゃんなんですが、答えられなかったのです。どうしてそんなことを質問されたのか、チェッカーにお聞きしようかと」

カニの足を半分食べ終えた右隣のチーパーが、手をおしぼりで拭《ふ》きながら顔を上げた。

「最高齢は七二歳、赤ちゃんは四ヶ月でした。コクピットに報告する年齢には該当しなかったので、最初のブリーフィングでは言いませんでしたけど……。担当のパーサーには、ケアーするように指示は出しておきました」

大隅からお湯割りを受け取る。話が奥にも聞こえたのだろう、氏原がカウンターに肘《ひじ》をついてこちらに向き直った。

「そんなに気にすることはないんですよ。高齢者の存在を知っておけば、ベルトサインのオン、オフの基準とすることができますし、まだ鼓膜《こまく》や内耳《ないじ》が弱い生後半年以内の赤ちゃんがいれば、キャビンの与圧や降下率にもっと神経がいくようになる。そう思ってお聞きしたんです。コーパイなら前を見て飛んでりゃいいですが、キャプテンがそれでは困ります。機長は後ろを見て飛べということです」

後ろを見て飛べか。今日のフライトには一番大切なところが欠けていたわけだ。

チェックの合否基準というのはどういうところにあるのだろう。落とすためにチェックする人間はいないとのことだったが、現実にチェックで落ちる人がいる。相沢がそうだ。彼は基準で決められているリミット内で飛んだはずなのに、フェイルしたと悔しがっていた。

「一つだけ、いいですか?」

思い切って聞いてみることにした。チェッカーの審査の基準とは何だろう。

「これだけは各チェッカーによって微妙に違うと思うし、あまりお話ししたことがないので。私もそれに関してはいろいろ苦情も頂いたし、反省点もたくさんありますが」

どう答えようか迷っているようだった。

「会社は組織ですから一応の基準もあれば書類もあります。報告書には、着陸で接地点が伸びたとか、パワーの使い方が荒いとか、いろいろフェイルの理由を書きますが、最終的には、この人の飛行機には自分の家族は乗せたくない、というのが本当のところかもしれません。技術の上手《うま》い下手はありますけど、自分の家族を乗せられるか、家族の命を託せるか、だと思います。あなたの同期の相沢さんの場合は残念ながらそのように感じられなかったのです」

「家族ですか」

氏原なりの安全基準が聞けるかと期待していたのだが、最終的な合否の基準は、安全でもなければ技術でもないのだ。家族と言った氏原の顔に、寂しげな影が落ちたように思えた。

「そりゃあそうだ。相手が信用できなきゃ、一番大切なひとは預けられないからな」

大隅は大きなカニの身を口に入れ、うん旨《うま》いと納得したようにうなずく。

「今までは機長として、安全なフライトを目標にと思っていたんですが、なにかとても現実的なものを突きつけられた気がしています」

「そうか、安全なフライトが目標か。訓練の時に、安全に飛ぶにはどうするとか、この飛び方は安全とか、教官から習ったか?」

大隅の言う通り、たしかにそんな覚えはない。しかし安全を目標に技術を磨くことは、悪いことではないはずだ。

「じゃあ逆に聞くけど、安全って何だ?」

「それは、事故やインシデントがない、要は危なくないということですか」

「まあそうだが、僕が思うに安全は政治家の言う平和と同じだな。第三者の言葉だ。現場の兵隊にとっては常に臨戦態勢なわけで、僕らは彼らの使う言葉に惑わされてはだめだ」

機内が快適な温度に保たれ、飲み物や食事のサービスがされる。赤ん坊から年寄りまで、空の旅を気楽に利用できる。だが大隅の言うとおり、どこの航空会社の広告にも「当社の航空機は絶対に安全です」とは書いてない。書けないのかもしれない。

「それが現代のエアラインだ。今日もそうだったが、高度は三万三〇〇〇フィートで気温がマイナス50か60℃と、そんなところだ。気圧は地上の四分の一しかないし、空気中の水分は〇・〇一パーセントだ」

このグラスには七〇パーセントの水分が入っているけどな、と冗談をいう。先ほどから見ていると六対四か、五対五くらいのお湯割りだが。

「与圧装置の回路やバルブが故障しただけで、人間の意識は一分と持たない。そうなると僕らが動かしているのは、時速八〇〇キロで飛ぶ生命維持装置といってもいい。JET三〇〇人の生命を守っているんだ。その生命維持装置を動かしている燃料の、
・Aワンの引火点は何℃だ？」

カニの足を手に持ったまままいきなり質問だ。たしか35℃から62℃だった。

「そうだ。その温度になると、一四〇トンの燃料を積んだタンク内部は、可燃性ガスで一杯になる。そのすぐ傍で内部が二〇〇〇℃にもなるエンジンが、四つもぶん回っている。こいつに火が点《つ》くとキャビンはどうなる？」

質問がチーパーに向けられた。口の中がいっぱいなようなので、爪《つめ》でカニをほぐしている白鳥に振られる。

「はい。キャビンにはフラッシュオーバーが起きて、天井が一〇〇〇℃になるのに約三分、大量の酸素を消費して空気中の一酸化炭素や二酸化炭素の濃度が高くなって中毒を引き起こします。ですから、その前の九〇秒で全員を脱出させます。それでいいですか」

「よろしい」

うなずいているチーパーの前に、筑前煮《ちくぜんに》の鉢がそっと置かれた。

「そうだ。それが彼女たちの仕事だ。いまカニの身をほじっている白魚のようなあの指でその作業をするんだ。彼女たちは離着陸のたびに衝撃防止姿勢を取りながら、頭の中では脱出の手順を考え、いつも身構えているわけだ。僕らは万が一を警戒しながら、常にぎりぎりのところにいる。だから安全の定義なんて呑気《のんき》なことは言ってられないんだ」

速度にしても高度にしても、法律で決められた値ぎりぎりのところを使って飛ぶのが普通だ。離陸重量、着陸重量もすべて限界まで使う。JFKの着陸も、進入限界高度でかろうじて見えた状態だった。速度は二七〇キロ、重量が二四二トン。それを毎秒一・五メートルの降下率で地面にこすりつけた。吹雪でしかも横風制限も限界だった。自分の持つ技量の全《すべ》てを出し切ったと思う。

「氏原さんは、今日の着陸にご家族を託してもいいと、判断して下さったのですか?」

「まあ、あのくらいはできて当たり前ですが」という返事がカウンターの端から返ってきた。今日は余り触れられなかったが、氏原の技量に対する目はやはり厳しいのだ。プロならば限界ができて当たり前で、それ以上が求められている。隣で大隅が声を上げて笑う。

「いや、上手かったよ。チェッカーから見りゃ物足りないかもしれないんだろうけどさ」

お湯割りを運ぶ口元に、まだ笑いが残っている。氏原も和らいだ表情で、そんなつもりで言ったんじゃないんですがと箸《はし》を止めた。

「村井さんは優秀な技量を持っています。恐いとすればそれについての過信ですね。〝巧《うま》い人ほど事故に近いところにいる〟とは昔から言われていることですが、これは確かです」

俺ならこのくらい大丈夫と他の解決方法を考えようともせず、まず勘と技術で何とか逃げようとする。これには思い当たる節がいくつもある。

「足りないのは、強いていえば経験ですか。でもこればかりは場数ですから、教えることは難しいですね。ただ経験を積むと、今度は慣れが出てきます。乗客の命を預かるという基本を忘れ、キャビンにいるのは顔のない〝PAX〟か、数字上の〝乗客〟であって、個々の人間ではなくなってしまうんですね。この先いろいろな場に立たされるでしょうけど、いつも客室に自分のご家族が乗られていると思っていただければ」

思わずカウンターの下にある自分の手を見つめてしまう。確かに以前自分の娘が乗ったときは、揺れ一つにも気を遣った記憶がある。全て見透かされているのだ。ブリ照りをついている大隅が、隣からそっと教えてくれる。

「かごに乗る人担《かつ》ぐ人、そのまたわらじを作る人、という言葉を知っているだろう。僕らが担ぐ人なら、彼はわらじを作る人みたいなもんだ。乗客が安心して旅ができるように、パイロットの水準を一定以上に保つための裏方が査察機長の役割だと、彼はそう考えている」

その意味では確かに裏方だ。裏方だから、審査の時は相手の考え方を尊重するように、心がけているのだろう。

表情もしゃべり方も、よそよそしくなってしまうのはそのためかもしれない。公平であろうとして、常に一歩引き、一切の意見や感情を表にださない。あくまでも冷静さをくずさない。それが身に染《し》みついてしまっている。

感情を殺して客観的であろうとすればするほど、技術面だけで判断することとの矛盾を氏原は抱え込まないのだろうか。現実にそれが合否の判断の時になって現れている。相沢が客観的には基準をクリアーしていたのに不合格になった、というのはその例だ。

不合格になるパイロットにも家庭があり生活もかかっている。それを承知の上で査察機長《チエッカー》として悩み抜き、たどり着いた結論なのだろう。そこが皆に無遠慮な批判をされるもとになっているにちがいない。だが、技術を見る目を持ちながら、最終の判断基準を自分が一番大切に思っている家族だとする氏原の考えはすばらしいではないか。氏原からも安全という抽象的な言葉は一度も出なかった。機長は常に乗客の命を肌で感じているべきなのだ。

〜I'm in a New York state of mind〜

静かになったカウンターにビリー・ジョエル作の〝ニューヨークの想《おも》い〟が流れてきた。声量のある女性ボーカルだ。さきほど感じた寂しげな影が、氏原を包み込んでいるように見えた。

彼のフライトの基本は、まず後ろ、つまりキャビンを中心に考えて問題を解決することにある。それを基準にフライトを進める。また問題が発生する。判断に迷ったら乗客に戻る。だから「機長は後ろを見て飛べ」と断言できるのだ。隣で眠そうにしている大隅のいう、フライトの組み立ても、そういう意味だったのか。

それに引き替え自分は小手先の技量だけで飛んでいた。それも鮮やかさや美しさといった表面上の追求ばかりしていたのに、完璧《かんぺき》なフライトを目指すなどと考えていたことが恥ずかしい。帰りの便は大隅のチェックだ。様々な場面で盗めるところがありそうに思う。

店を出ると雪も小降りになっていた。氏原は、「ここで失礼します」とホテルの裏口に向かい、酔いを覚ましたい大隅たちと四人で正面玄関まで歩くことにした。

「村井キャプテンは、ロックフェラーセンターのクリスマスツリーはご覧になりました？」

白鳥が白い息を吐きながら話しかけてきた。

「いや、見ていない。ニューヨークの冬は初めてだから」

「だったら二人で行ってらっしゃいよ。そのさきを右へ行けばそんなに遠くないわ。この酔っぱらいは私が面倒見るから」

山野が朗らかな笑顔を向けた。

大隅の腕を支えながら歩くチーパーと玄関で別れて、二ブロック目を右に折れる。マニアの香りがかすかに漂ってきた。〝ニューヨークの想い〟が頭の中に流れる。

五番街は結構な人出だ。車は少なく、空気は凍えて澄んでいる。

深呼吸すると、解放感が体の奥から改めて湧《わ》いてきた。あれほど重圧を感じていたチェックが、ともかく終わった。しかも、仲間内では有名な氏原だ。彼は「チェックは教育」と言っていた。誰でもチェック前には資料を集め、クルーの情報までも集めて一生懸命勉強する。たしかに効率の良い教育だ。

教育?

その時、今回のクルーの組み合わせがおかしい理由がわかったのだ。

自分のような新米機長を、ベテランが二人でチェックする必要などどこにもない。宮田が言っていたのとは逆だ。自分は上手いとのぼせ上がった若造に、ベテランのフライトを見せるために査察室が仕組んだものではないのか。質問らしい質問がなかった理由もこれだ。こんなことを実行できる査察機長は、次期室長と言われている氏原以外にはいない。これこそが、教育なのだ。

――ということは、本当のチェックは成田まで終わっていないのか!?

「キャプテン、見て見て」

白鳥が組んでいた腕を引っ張った。

解説

佐藤言夫《ときお》

小説であれ、映画であれ、旅客機を題材としたサスペンスは少なくない。多くの場合、パイロットが主人公であるか、重要な役割を演じるかし、しかもスーパーマン的に描かれる。今も昔も、パイロットは「特別な職業」とイメージされているから、中でそのようなキャラクターを付与しても違和感がないのだろう。

しかし、実際のパイロットはスーパーマンではない。

いうまでもないことだが、エアライン（民間航空会社）は公共交通機関である。そして大手エアラインでは数千人のパイロットを必要とする。鉄道やバスの運転手がそうであるように、旅客機のパイロットもまた数多くの常人によって構成されなければ公共交通機関としてのエアラインは成り立たないのである。

もちろんエアライン・パイロットが高い技量と的確な判断力、そして強い責任感を求められる職業であることは確かだ。航空事故の確率は他の交通機関に比べて格段に低いものの、ひとたび大事故が発生すれば数百人の乗客・乗員が瞬時に命を落としてしまう。旅客機とは運命共同体的な乗り物であるがゆえに、パイロット、特に機長はスーパーマン的であるべきだ、という一種の願望が世間には根強いのであろう。

＊＊＊

本書の筆者、内田幹樹《もとき》氏はかつて全日本空輸（ＡＮＡ）の機長として、長年にわたり操縦桿《そうじゅうかん》を握り続けた人物である。惜しくも平成十八年末に逝去された。

私は生前、旅客機専門誌の編集長として、内田氏に一度だけお会いしたことがある。本書『査察機長』が単行本として出版された際のインタビューであった。

内田氏は、はにかみ屋でいらっしゃるとの印象を受けたが、一方で独特のダンディズムも発散していた。パイロットとしての略歴などを語る言葉は決して自慢げではなく、かといって過度に謙遜《けんそん》するわけでもない。過酷な訓練と豊富な経験に裏打ちされた職業人としての誇り、「ヒコーキ野郎」としての自信が、その物腰から滲《にじ》み出ていると感じたものである。

個々の性格はまちまちだが、旅客機のコクピットに収まってしまえば「一国一城の主《あるじ》」でもある機長職を務める人には、共通する雰囲気がある。個人としての自立心が強く自信家で、言葉を換えればサラリーマン的ではないということになる。世代の古いパイロットほどこうした傾向が顕著であるようだ。

私は仕事柄、パイロットと接することがしばしばあるが、ベテラン機長の多くから「ヒコーキを飛ばしているのは会社じゃない。俺たちだ」というプライドを、言葉には出さねども、強烈に感じることがある。サラリーマンなら上司、ましてや経営者にはしたがわざるを得ないものだが、エアラインの場合、経営者といえども旅客機に搭乗してしまえば機長の指示・命令にしたがわなければならない。旅客機内における機長の権限はそれほどに大きく、責任もまた重大なのである。

内田作品で描かれているパイロットたちも、企業組織や組織原理への反発を隠さない一方で、旅客機を操縦するという自己の職業に強い自負心を抱いている。その意味では、必ずしもフィクションではなく、一種の実録と言える。登場人物の多くが、私が出合ったパイロットたちとどこか似たキャラクターを備えており、「この人とはどこかで話をしたな」と感じさせる。

通常のサスペンスでは、次々と発生する緊急事態や異常な事件がスピーディに描かれるのに対し、内田作品の特徴は航空会社内部や乗務員同士の人間関係、それぞれの内面心理を、リアルに、刻明に描写しているところにある。対外的には常に優等生であらねばならないエアラインスタッフたちも、実は感情的な一人の人間に過ぎないという当然の事実を、小説的な脚色はしながらも赤裸々に描いているわけだ。それが、内田作品の新鮮さの理由であり、冒頭に述べた「パイロット＝スーパーマン」否定論にもつながる。

＊＊＊

内田氏の作品群は「航空サスペンス小説」と銘打たれている。処女作『パイロット・イン・コマンド』では国際犯罪に絡《から》んだエンジン炎上事件に巻き込まれた若い副操縦士の奮闘を描き、『機体消失』ではこれまた国際犯罪組織によるハイジャックがストーリーの中核をなしている。いずれもサスペンス小説と呼ぶにふさわしい内容でスケールも大きい。

全体のストーリーを一つのフライトに集約して描き出すというのも、内田氏が得意とする手法といっていい。例えば『パイロット・イン・コマンド』では、当局により拘束され旅客機で護送される犯罪者をめぐる犯罪組織の暗躍を活写しているが、日常業務をこなす乗務員たちの人間模様という本来は別次元の話が、ロンドン発成田行きのフライト上で交錯し、ひとつの物語として融合・展開していく。『操縦不能』や『拒絶空港』でも「ワンフライトストーリー」というべき手法がとられている。

本書『査察機長』でもニッポン・インターナショナル・エア010便が物語の大半を占める舞台となっている。しかしながら、従来の内田作品と『査察機長』は決定的に色合いが違う。それは『査察機長』がサスペンスとは異なるタイプの小説であることだ。

本書にも描かれている通り、エアライン・パイロットには年に一回の「査察飛行」が義務付けられている。パイロットとしての資質を審査される定期テストのようなもので、このほかにパイロットは年に二回の航空身体検査をクリアしなければならない。これらにより「不適格」と判断されれば、最悪の場合、パイロットとして乗務ができなくなる。

だからといって即座に解雇されるわけではないが、地上勤務に回されたパイロットは木から落ちたサルよろしく、企業組織内で窓際《まどぎわ》に追いやられる悲哀を覚悟せねばならない。その意味では、パイロットという職業はサラリーマンというよりも、毎年の成績によって職場の保障を得ることができるプロスポーツ選手に近い性格であり、企業組織への秘めたる反発心や己の職能に対する強烈な矜持《きょうじ》も、そこから発せられるものであるに違いない。

本書は、こうしたパイロットが直面する現実を真正面から捉《とら》える、極めてユニークな小説である。

成田からニューヨークへの査察飛行を通じて、「理想のフライトとは何か」をストイックに追求する主人公の村井知洋《ともひろ》機長の緊張や焦燥、葛藤《かっとう》といったものを、淡々と、そして極力現実的に追い続けている。「航空サスペンス」でもなければ「エアライン業界小説」でもなく、いうなればパイロット心理をテーマにした「ドキュメント・フィクション」とでも定義すべきだろう。フィクションならば許容範囲内であるはずの荒唐無《こうとうむ》稽《けい》ささえ徹底的に排除しており、したがって派手なアクシデントが起きるわけではなく、主人公が超人的なパフォーマンスを発揮するわけでもない。

それでも読み進むうちに読者は行間から立ち昇る緊迫感に支配され、次の展開へと目が離せなくなる。私自身も吹雪のニューヨーク・JFK空港へのアプローチシーンでは思わず手に汗を握ったほどだ。

展開としては単なる運航業務を追っただけのストーリーが、なぜこうも読者を惹《ひ》き付けるのか。それは卓越した著者の筆力に加えた「現実の重み」というほかない。つまり本書で描かれているのは、今日もどこかのエアラインの、どこかのフライトで行われているかもしれない日常風景なのである。

ところで、本書を読了した諸氏は氏原《うじはら》政信のような査察機長が現実に存在するのかどうかにも興味が湧《わ》くかもしれない。私が聞く限りでは、氏原機長は現実に存在するキャラクターである。審査の結果をリアルタイムで知られないようにフライト中は能面のように無表情で、口述審査では重箱の隅をつつくような質問をする。「あの人には査察を受けたくない」と恐れられる査察機長も複数いるようだ。

査察飛行は国が定める航空法、運航会社の社内規定、メーカーが定める航空機運用規定の三つに基づき審査を行う。村井がそうであるように、個々のパイロットは自分なりに「理想のフライト像」を追求してはいるが、査察飛行の際はあくまで前記の三つの法規や規定に忠実な運航を心がけねばならない。「一歩間違えば機長資格を失いかねない」というプレッシャーの中、「査察飛行」が緊張感を強いられるフライトであることは間違いなく、その意味でも本書は真実性に満ちたドキュメントであろう。

＊　＊　＊

リアリズムは、フライト中の細かい描写にも存分に発揮されている。飛行機はパイロットの腕一本で飛ばすものだ、と考えている方もいるかもしれない。しかし、現代の航空運送は高度にシステム化された一大装置産業であり、整備士、地上職員、航空管制官といったさまざまなセクションに分業化され、相互に連携して旅客機を運航している。パイロットもそうした緻密《ちみつ》な機構の一員として職責を果たしているのだ。

また、安全性が最優先されるとはいえ、航空運送も営利目的事業である以上、燃料消費を抑えてコストを削減したり、ただ目的地に運ぶだけではなくより快適なフライトを実現するために揺れの少ない飛行を心掛けたり、といった努力もしなければならない。村井機長と、彼を査察する立場の氏原機長との意見の相違、心理的な対立を通して、著者はエアライン・ビジネスの実相をも明らかにしようとしており、このことが作品にいっそうの重厚感を与えている。

チェックリストの読み上げから始まる運航のプロシージャー（手順）、使用される専門用語や空のルール、著者が機長を務めていたボーイング747-400型機の操縦システム・飛行特性など、長年旅客機運航の第一線に身を置いたプロだからこそ書ける具体的事実が随所に盛り込まれ、読者は航空交通の真の姿を知ることもできるだろう。

物語に登場するニッポン・インターナショナル・エア社（NIA）は架空のエアラインだ。ただ、本文中に出てくる「白と青の機体塗装」やNIAの保有機種構成、運航路線などを見ると明らかにモデルとなっているエアラインはある。同社の略号（3レターコード）は「QNH」とされているが（村井が乗務している便名はQNH010便だ）、著者の古巣であるANAの2レターコードは「NH」（ANAの前身の一社が日本ヘリコプター輸送だった名残）であり、NIAのモチーフがANAであることは疑いようがない。多少なりともエアライン業界に通じている人であれば、こうした架空の社名ひとつをとっても思わずニヤリとしてしまうはずだ。だとすれば、登場人物にもそれぞれモチーフが存在するのか。

本書ならではの楽しみといっていい。

＊＊＊

この物語のもう一つの特徴は、ある日の査察飛行を、主人公の村井機長と、村井とコンビを組む大隅《おおすみ》利夫機長という二人による、複眼的な視点により描き出していることだ。

若き機長の村井。ベテラン教官機長の大隅。その思考法、判断力、操縦技量はそれぞれに異なる。しかし、微細に描写される二人の心理は実はいずれも「内田幹樹機長」がかつて抱いたものではなかったか。内田氏が現役パイロットとして活躍した期間に自らが体験し、感じたこと、それらをキャリアも年齢も異なる村井と大隅という架空の人物に仮託して表現したかったのではないか。本書によって伝えたかったのは世間が抱くステレオタイプのイメージではなく、ありのままのパイロット像ではなかったかということだ。

残念ながら今となっては内田氏に本書を物した真意を確かめる術《すべ》はない。しかし、「航空サスペンス作家」として第二の人生でも名声を得た内田氏は、実際にはコクピットを離れてのちもエアライン・パイロットであり続けたのではないだろうか、個人的にはそんな読後感を覚えた。

生涯を終えるまで失うことがなかった、あるいは捨てることのできなかった著者のプロフェッショナリズムが、本書には凝縮されているように思えてならないのである。

（平成十九年十月、「月刊エアライン」編集長）

この作品は二〇〇五年七月新潮社より刊行された。

小野不由美著　黒祠の島

私は失踪した女性作家を探すため、禁断の島を訪れた。奇怪な神をあがめる人々。凄惨な殺人事件……。絶賛を浴びた長篇ミステリ。

大沢在昌著　らんぼう

検挙率トップも被疑者受傷率120％。こんな刑事にはゼッタイ捕まりたくない！　キレやすく凶暴な史上最悪コンビが暴走する10篇。

荻原浩著　メリーゴーランド

再建ですか、この俺が？　あの超赤字テーマパークを、どうやって?!　平凡な地方公務員の孤軍奮闘を描く「宮仕え小説」の傑作誕生。

桐野夏生著　残虐記

柴田錬三郎賞受賞

自分は二十五年前の少女誘拐監禁事件の被害者だという手記を残し、作家が消えた。折り重なった虚実と強烈な欲望を描き切った傑作。

北森鴻著　凶笑面

―蓮丈那智フィールドファイルI―

封じられた怨念は、新たな血を求め甦る――。異端の民俗学者・蓮丈那智の赴く所、怪奇な事件が起こる。本邦初、民俗学ミステリー。

黒川博行著　疫病神

建設コンサルタントと現役ヤクザが、産廃処理場の巨大な利権をめぐる闇の構図に挑んだ。欲望と暴力の世界を描き切る圧倒的長編！

今野　敏著　リオ　―警視庁強行犯係・樋口顕―

捜査本部は間違っている！　火曜日の連続殺人を捜査する樋口警部補。彼の直感がそう告げた。刑事たちの真実を描く本格警察小説。

佐々木譲著　ベルリン飛行指令

開戦前夜の一九四〇年、三国同盟を楯に取り、新戦闘機の機体移送を求めるドイツ。厳重な包囲網の下、飛べ、零戦。ベルリンを目指せ！

白川　道著　終着駅

〈死神〉と恐れられたアウトロー、視力を失いながら健気に生きる娘。命を賭けた恋が始まる。『天国への階段』を越えた純愛巨編！

真保裕一著　ストロボ

友から突然送られてきた、旧式カメラ。彼女が隠しつづけていた秘密。夢を追いかけた季節、カメラマン喜多川の胸をしめつけた謎。

瀬名秀明著　八月の博物館

小学生最後の夏休み、少年トオルは時空を超える旅に出る――。科学と歴史を魔法のように融合させた、壮大なスケールの冒険小説。

横山秀夫著　深追い

地方の所轄に勤務する七人の男たち。彼らの人生を変えた七つの事件。骨太な人間ドラマと魅惑的な謎が織りなす警察小説の最高峰！

査《さ》察《さつ》機《き》長《ちよう》

新潮文庫　う－15－6

平成二十年二月一日発行

著者　内《うち》田《だ》幹《もと》樹《き》

発行者　佐藤隆信

発行所　株式会社新潮社

郵便番号　一六二―八七一一
東京都新宿区矢来町七一
電話　編集部(〇三)三二六六―五四四〇
　　　読者係(〇三)三二六六―五一一一
http://www.shinchosha.co.jp

価格はカバーに表示してあります。

乱丁・落丁本は、ご面倒ですが小社読者係宛ご送付ください。送料小社負担にてお取替えいたします。

印刷・大日本印刷株式会社　製本・加藤製本株式会社

ISBN978-4-10-116046-7 C0193